U0137089

THE ALTAR FIRE

人生最幸福的時刻

一趟靈性的真誠之旅

劍橋大學莫德林學院院長「超越自我」的真情表達！
一本日記為你講述何謂「人生」！
痛苦，絕不是拙劣的錯誤、善意的失誤，
它是多彩世界不可或缺的一幕。

亞瑟‧克里斯多夫‧本森 著
王少凱 譯、孔謐 審校

序言

　　本書講述的內容有些神經兮兮的，也許一些人會做出這樣的判斷，或有這樣的感受。

　　的確，本書與疾病相關，它講述了一個備受疾病困擾的靈魂的故事，但並不是所有與疾病相關的故事後面，都隱藏著一種病態的心理。如一篇研究癌症的學術論文，它是從病理學的角度去寫的，就不存在所謂的病態問題。

　　近幾年，為公眾利益著想，人們常把疾病當成一種自然現象，不再諱莫如深，也不再妄加非議，認為疾病是魔鬼附體，把患有精神疾病的人獨鎖空閣，與人間隔離。然而，從一個極端走到了另一個極端，有的人竟然認為遭受心智困苦之人，是不切實際、異想天開的幻想家，認為他們只要意志堅定，多融入五彩斑斕的現實社會，就可恢復正常。這種想法愚蠢透頂，讓人對此類病人緘默視之，失去了同情之心，也抽回了援助之手。

　　卡萊爾（湯瑪斯・卡萊爾，1795-1881，蘇格蘭評論家、諷刺作家、歷史學家）和蘭姆（查理斯・蘭

姆，1775-1834，英國散文家）的朋友普羅克特夫人（Adelaide Anne Procter，1825-1864，英國詩人、慈善家），一位睿智而堅忍的女人，就叮囑一位總是外表病快快的年輕人說：「千萬不要告訴別人你的健康狀況！他們根本就不在乎。」在某種意義上，這個建議充滿善意，也非常明智。

人們通常認為，只要意志堅定、藐視痛苦，就可以把痛苦束之牢籠。但是面對痛苦，如果從積極意義上講，遭受痛苦的折磨也許別有一番深意。痛苦，絕不是拙劣的錯誤、善意的失誤，它是多彩世界不可或缺的一幕。

痛苦或許已經過去，或許正在瘋狂肆虐，或許即將襲來，不管怎樣，我們都必須面對，又何必刻意隱瞞呢？大千世界，芸芸眾生，一人的坦誠會讓無數人受益。最暗無天日的苦痛，來自於可怕的與人隔離的孤寂。如本書能播撒一縷微茫之光，讓世人感受到一絲光明的福祉，本人將不勝滿足。痛苦中沒有病態，坦誠中沒有病態。對痛苦漠然忍受，認為痛苦無可救藥、難以避免，才是萬病之源。本書的目的也在於表明：痛苦有法可醫、有藥可治，是萬能仁愛的天意之溫情所在。

劍橋大學莫德林學院　亞瑟・克里斯多夫・本森
1907年7月14日

導言

　　本書所記載的，是一部苦痛纏繞的朝聖之旅。作者一路磕磕絆絆走來，悲傷與憂鬱如影相隨，從未停止過糾纏。本想讓這朝聖之旅自我代言，但現在只能說，公開這樣一個隱秘而大膽的筆記，一定要承擔某種責任。

　　首先我必須考慮，也許是出於本能，作者寫這本日記意在何處呢？這並不是說，作者必須爲意圖所左右。但他必須把自己的本意與本書對讀者的價值作以衡量，尤其是書中所記載的人物對本書發表的感受。但是，我不得不承認，對整件事的所謂衡量標準，其實都是虛假的、因循守舊的。

　　假如一部有二百年歷史的神聖而隱秘的日記，在家中的舊書堆裡被發現，假如作者或書中提及的人物不想讓書見光，就以隱私爲藉口極力反對發表，那麼，只能遺憾的說這種藉口不可理喻。逝者的尊嚴不應受歲月流逝的影響，對這一觀念執著的恪守，我們表現得非常脆弱。

　　把幾年前過世者的屍體挖出曝光，這種行爲會

被認為是對死者莫大的褻瀆。可人們卻默認地質學家的所作所為，任由他們隨意挖掘古埃及的墓穴，任由他們處置墓穴中的屍首體。要是有人建議博物館中展覽的木乃伊，應該送回到原墓穴中，人們就會嘲笑他多愁善感。剛去逝幾年的屍體公諸於眾，會讓我們隱隱感到不安，認為這是對死者的冒犯。可是，我們卻從未尊重過這些出身高貴、皮膚嬌嫩的埃及女人的情感，她們本應在這個煞費苦心、精心佈置的體面而周到的墓穴中，再安靜的待上幾百年。

對於這種情況，所謂的責任就無從談起，涉及的人也都不會對於公開見光持有異議。即使作者本人，也根本再無想要隔離塵世、安然度日的欲望。本書作者已離群索居很久，他堅持認為自己有權利處置自己的隱私。

此外，書中還披露了其他一些人的思想和情感經歷，這些對於提升哀悼者和苦痛者的精神境界大有裨益。作者說過的話足以證明（有證據為證），否認他們的權利是極端自私的行為，他本人會堅決予以唾棄。他認為，我也聽他說過，任何人都無權拒絕他人給予的慰藉之情，伸出來的援助之手。在可能的情況下，幫助他人卸去重負是至高無上的責任。

他知道，世界上最體貼的同情是分享經歷，是有能力慰藉他人，告訴他你也曾踏上過同一條黑暗之

路，只不過在天堂聖光的照耀下才獲得重生。我甚至可以大膽的推測，他寫這部書的本意也在於此：減輕苦痛，慰藉他人。作爲遺物，他把書稿留給了我，任我隨意處置。對他的想法，我已心領神會。我想他唯一的疑慮，就是這部書稿的價值是否名至實歸，值得出版。在出版這件事上，無論會發生什麼事情，我會始終要勇敢地承擔自己應負的責任，對此我確定無疑。

我認爲最好先介紹一下我朋友的性格以及他的經歷。如果可能，我寧願讓他自己挺身而出，做一番自我介紹。但可惜最初的日記都是一些平淡的流水帳，所以無法實現這願望了。作者早年的自述已經寫入書中，但他本人要比書中描述的生動有趣得多，所以我願意把朋友眼中的他描繪一番。

我們初次相識是在大學期間，這種同學情分也奠定了我們終身不變的友誼。他是在災難接踵而至的陰影下創作這本書的，這讓人感覺似乎本書充溢著悲傷抑鬱，但這根本不是事實。只有把他在朋友眼中的印象描繪出來，才能與之對比，知道它是否真實。

他是一位鄉村律師的兒子，中等家境，受過與其他孩子一樣的教育。他有一個弟弟和一個妹妹，年幼時母親去逝，之後上了一所重點中學，無論在學習還是在運動上，他都表現得平淡無奇。初見面時，我

對他的印象是，他聰明、平和、友善、單純、舉手投足間有一股帥氣，很願意獨來獨往。他不指望出人頭地，也似乎沒有遠大的抱負。

我和他一起上的劍橋大學，並由此建立了親密的友誼。我們志趣相投，都不太熱衷社會活動。我們一起讀書、散步、交談、娛樂和遊戲。我對他的依賴勝於他對我的依賴。的確，他從不在意與人建立緊密的圈子。他為人坦率幽默、魅力出眾、善於觀察。他不依賴任何人，情願生活在自己的內心世界裡。他有著詩人般的氣質和豐富的想像力，喜歡靜默沉思，很少興奮到得意忘形的地步——至少，我從沒見過他像其他青年人那樣激情四射、蓬勃爆發。

他喜歡志同道合的朋友，卻總願意獨處。除非有明確的邀請，他很少去別人的寢室，卻非常歡迎隨時到訪的客人。他謙虛內斂，我想，他也許從沒想過自己會有什麼社交才能和個人魅力。漸漸地我發現，他有著敏銳的思維和良好的判斷力。過去以為他性情淡泊，沒有什麼特殊的愛好，現在卻發現他對品評書籍和藝術有著超人的天賦。

也許因為非常瞭解自己的弱點，他常常寫詩，卻羞於承認。我身邊就有幾段他寫的詩句，雖不對仗，還有些瑕疵，卻也熱情洋溢、打動人心，顯示了作者細膩獨到的眼光。我想，他所擁有的遠大抱負遠

遠超出了我的意料，其中暗藏著一種對自己才能的自信，這是所有蓄勢待發的強者具有的共性。

總的說來，那些日子裡他的穿著是一種冷色調。對待友誼，他總能坦然處之，這得益於他簡單率直的性格以及強烈的同情心，這種同情心不是來自於衝動，而是來自於理智。這種平淡的交友方式，讓他與朋友的交往有一個緩衝，所以他從未因此而有過多的煩惱。

一次與他散步途中，我發現，他對大自然的美麗有著敏銳的洞察力，這不是對栩栩如生的圖畫產生的模糊的印象，而是對美麗景色細緻入微的評斷。他經常說，更喜歡那些小巧的局部景觀，可以讓人一攬全貌。相比之下，那些廣闊壯觀的景象卻讓他感到難以把握。他的整個思想也是如此：喜好俯首拈來的微小，勝於把握不定的全貌。

我往往容易把他理想化，但回想起來，他確實有著獨特的人格魅力。他思想單純、體貼入微，雖非容貌出眾，卻也風度翩翩，舉手投足瀟灑大方。他的行為從不讓人有局促尷尬之感，他也很少在眾目睽睽之下長篇大論。他的敵人少之又少，密友也是屈指可數。劍橋大學歡樂的時光飛逝即過，在此期間，很少看見過他情感的外洩。終於有一次，在離開劍橋前夜的晚會上，他按捺不住內心的情感，朗誦了一首歐瑪

爾‧卡亞姆（波斯詩人，1048-1131）的詩：

……

啊！玫瑰凋零，春天消逝，
散發濃香的青春也該掩卷休憩。

朗誦到此，他突然中斷，淚水奪眶而出。

畢業後，我因生活所迫必須找工作，而他卻不必為此煩惱，這讓我羨慕不已。他告訴我，他父親希望他自己做出選擇。我猜想，這一定是他父親非常疼愛他的緣故吧。他出國待了一段時間之後，我們在倫敦見了一面，當時他正攻讀律師。這時，他已有了自己的職業。他寫了一部小說，拿出來讓我讀。儘管他謙虛地說，這部小說還不太成熟，可在我看來已經具有很高的水準了。不久，小說發表了，引起了一番小轟動，這讓他下定決心致力於寫作。

他的兢兢業業、廢寢忘食，讓我有些吃驚，明白他是第一次真正找到了自己喜歡的職業。那些日子裡，他大多在家寫作，也偶爾在倫敦逗留，以便與人交往。這段時間我對他瞭解不多，但我猜想他肯定有了一些社會聲望。他不善言辭，無法想像他怎樣做才會逗得大家哄堂大笑。但他沉靜，幽默，富有同情心，身體也一直非常健康。他坦誠友善、平易近人，不知疲倦，從不發脾氣，很少以自我為中心，也執著

於對人格的研究，這使他能善解人意，與他相處從不會令人感到無聊。

他的書不斷付梓出版，這些書雖非書中精品，卻也幽默詼諧，入木三分，一本勝過一本的出彩。三十歲時，他已成了最有前途的年輕作家之一。可之後他做的事情卻出人意料。他與格洛斯特郡（英格蘭西南部的一個小郡）一位牧師的獨生女墜入愛河，愛的死去活來。這位牧師出身高貴，家教良好，視女兒為掌上明珠。女孩的母親早亡，父親也在她婚後不久去逝。

女孩非通常意義上的聰明，也非想像中的我朋友所喜歡的類型。他們在薩里郡（位於倫敦南部的一個郡）的一個小村邊建了座房子，定居下來。三個孩子相繼出生──一個女孩，兩個男孩，其中的一個男孩只存活了幾個小時。這段時間，他幾乎不來倫敦，非常滿足於這種恬靜安逸的鄉村生活，讓我感到有些不可思議。開始時，我常和他們待在一起，這個家庭是我見過的最幸福的家庭。房子很大，很舒適，帶一個大花園。婚後不久他父親去逝了，留給他豐厚的遺產，讓他可以無憂無慮地繼續從事創作。

他的妻子是位虔誠的教徒，她至真至深的善良和同情心，讓她與大家建立了良好的關係。她認識鎮上的每個人，可以自由的出入他們的家庭，成了無數

家庭值得信賴的朋友和依靠。她絕無所謂的狹隘的教區意識。與那些高調的女慈善家們截然不同，她從不故意顯得忙忙碌碌、精明能幹，而且她經常去的人家，都是那些普通的鄰居和朋友，而非她的救濟對象。她的善良自然而隨性，讓她總能及時出現在悲傷與痛苦的場所。

與他的妻子不同，我的朋友總需要努力的融入大家。但必須承認，也許得益於妻子的緣故，再加上他的彬彬有禮、簡單質樸，也為他贏得了大家的尊重和人緣。這些事情從日記中是無法捕捉到的，他自己對此也毫不知情，恐怕是因為他對自己天生的魅力根本沒有意識，總莫名的擔心自己讓大家感覺枯燥無聊的緣故吧。

他告訴我，之所以很少拜訪朋友，就在於他感覺離開工作，一切都變得索然無趣。創作是他的職業，更是他的娛樂方式。有些人工作起來通宵達旦、廢寢忘食。而他卻不同，總是滿懷喜悅、卻有節制的進行創作，從不疲於奔命，但肯定是堅持到最後的人。有時寫完一部書後，他會休整一個假期放鬆一下，但從沒有一天不進行創作，而且從未感覺到辛苦勞累。

他們的生活平靜安逸，不時有朋友來來往往。但他更喜歡客人一個人來，或者是一對夫妻來，這樣

他就不會受到打擾，可以繼續工作了。看到客人需要的東西都準備全了，他就悄然退出，回到書房繼續創作，直到晚飯時再重新現身。妻子對他呵護有加，把一切都打理的周到妥貼。顯然，不用特意的吩咐，她就完全能領會到他的心思，並且按照他的意願安排每天的活動，讓他不必為此勞神費心地反覆叮囑，也感覺不到自己受到了特殊的照顧。妻子所做的一切，他可能毫無察覺。

當然，雖然他喜歡所有的一切都被安排妥貼，但卻討厭方便自我、麻煩他人的作法。在他家做客時，一家人讓你感覺愜意愉快的同時，你還可以體會到精神上的享受。談到鄉村生活時，他滔滔不絕、妙語連珠，絕對是個不會讓人感到乏味的談伴。尤其到了晚上，他愈發和藹可親，一舉手、一投足都是那麼令人傾倒。他有著詩人般的浪漫氣質，心思細膩、語出驚人，談吐間洋溢著迷人的魅力。在我所認識的人當中，無人可望其項背。

孩子們也非常聰明可愛，一家人和和氣氣，互敬互愛，一幅幸福快樂的家庭場景，像一股和煦的春風在朋友圈中飄溢。人們常常感到，有客人來訪時，這是一個幸福快樂的家庭；客人走後，它仍不會歸於枯燥乏味。客人的離去，讓他們回歸到遠離人際喧囂的平靜生活，這種生活既神聖又美好，充滿了濃濃愛

意，也絕不矯揉做作，呆板單調。

　　在此期間，我朋友已經取得了巨大的成功。婚後，他的創作少了一些，沒有了創作的新鮮感，也缺乏了往日的激情。他常常重複寫一些場景和人物，就連人物的思想和語言也變得程式化。我想，這可能是真實的生活遠比藝術創作更有情趣的緣故吧。這時，他的一本書出版了，幾乎令他一夜之間家喻戶曉。在這本書裡，他運用細膩老練的文筆，如手術刀般精準的感覺，透徹而獨到的分析能力，讓這本書充滿了無窮的藝術魅力，從而異軍突起，蜚聲文壇。

　　在這部書裡，我找到了一種在他先前的作品裡從未體驗過的感覺，他在書中酣暢淋漓的表達了自己的思想，並取得了理想的效果。也許除了作者本人之外，所有人都認識到了這部書的價值。書出版後，他到國外待了一段時間。之後，他返回故里。正是在此期間，這本日記誕生了。

　　他回國後不久，我去看他。本以為成功會讓他意氣風發、神采飛揚，可出乎意料的是，他卻看起來神情沮喪、焦躁不安。他告訴我，自己已心力交瘁、江郎才盡。在這本日記中，無法讀出他往日的翩翩紳士風度和超常的忍耐力，有的只是他無時無刻與抑鬱所做的頑強的抗爭。這些抗爭刻骨銘心、催人淚下。他從未抱怨過，也儘量克制自己，避免在我面前流露

出來焦躁不安的情緒。

　　的確，在我看來，他一直以謙謙君子的形象出現，而眼下，他正面臨著一場冷酷無情的考驗。這場考驗讓他茫然無措，但他傾盡了所有的力量，以英雄般的意志與這殘酷的考驗進行鬥爭。他花了大量的時間讀書、散步、教育孩子──這項工作，他做的尤為出色。可是，人生的災難接踵而至。他的兒子，一個聰明可愛、多才多藝的孩子不幸夭折；接著他破產了，大部分財產一夜之間消失殆盡。他用驚人的平靜心態，處理了財產損失的善後事情，然後出租了自己的房子，搬到了格洛斯特郡（英國西南部的一個郡）。

　　在那裡，幸福又開始降臨在他的頭上。如日記中所記載的那樣，他結交了一位新朋友，一位鄉里的紳士，雖身有殘疾，但性格剛毅，依靠一種常人難以理解的神秘力量，掌控著自己的人生。他開始與當地人打成一片，並進行了各種各樣的嘗試：普及教育、與人交往。不幸的是，他的妻子又病了，而且突然間離他而去。不久，他的女兒也撒手人寰。他徹底崩潰了。之後，在他的請求下，我和他一起在國外住了一段時間。後來因生計所迫，我不得不回到了英格蘭。本以為再也見不到他了。對他而言，生命的春天已然逝去，唯一能讓他繼續生活的，就是頑強的忍耐力，

以及往日記憶深處的種種柔情。

在國外期間，我們形影不離。雖從未看見他怨天尤人，但他為了忘記這悲傷苦痛的記憶而進行的種種淒苦的掙扎，卻仍歷歷在目、難以忘懷。我回國不久，他也回到了英格蘭。回國後最初的一段時間，他無精打采、萎靡不振。可突然一夜之間，他像變了一個人，重新振作起來。他開始接受這殘酷的現實，承受住了失去親人的悲痛，恢復了往日平和安靜、不為現實所動的心態。我想，這是他人生觀發生了變化的緣故吧。現在的他，滿足於等待，樂於信任他人。

就在這個時候，那位老先生去逝了。之後不久，老先生的侄女，一位性格堅強、純真質樸的女孩，嫁給了她傾慕已久的一位牧師。後來，教區長的職位出現了空缺，她丈夫接替了這一職位，於是他們就搬到了教區長住宅區居住。我的朋友，作為老先生的最後一位繼承人，把房產所有權轉到老先生的侄女名下後，就搬離了莊園。他又領養了一個孩子——他妹妹的兒子。在各方同意下，這孩子長大後會成為他所有房產的繼承人，同時是目前房產的經營者。

過了大約十五年的時間，我的朋友去逝了。在他生命最後的那段時間，他的生活平靜安逸，他自己也十分滿足於這種生活。我常去莊園裡看望他，他的朋友圈是我所見過的最有號召力的。他非常活躍，當

上了地方行政長官，處理了很多鎮裡的事務。但他主要的興趣還是在教區。在這裡，他有許多摯友，是很多家庭的生活顧問。他經常做大量的戶外運動，也讀了不少書。他沒有把外甥送到學校，而是親自教育他。他的言談舉止又恢復了往日的魅力，不，應該說比往日更勝一籌。他的親和力與幽默感，讓我看到了他往昔的影子，只不過被賦予了更深刻、更豐富的內涵。

過去的他光彩外斂、妙語連珠；現在的他柔情似水、浪漫有加。過去的他，對情感和信仰常常保持緘默；現在的他，已經獲得了最出眾的與人交往的魅力，能夠輕鬆自然的與人實現「精神交流」（因本人言辭鄙陋，暫且如此稱之）。記得他對我說過，在與鄰居交談中他瞭解到，世界上只有一件事情是所有人都感興趣的，那就是宗教信仰。他微笑著說：人們對宗教信仰的投入，要比羅伯特·沃波爾爵士（1676－1745，又譯羅伯特·華爾波爾，英國輝格黨政治家，羅伯特·沃波爾爵士是他在1742年以前更為人所知的名字）所說的多得多。

在我看來，他並不是刻板的宗教信徒。相反，他反對教條呆板的宗教禮儀和教會活動，但卻對原則性的宗教教理篤信不疑，真心的虔敬上帝、友愛鄰居。他親眼目睹了養子的長大成人，他們之間的信任

和摯愛是世間最純美的真情。終於，他要遠離人世。他曾告訴過我，他渴望死亡。但他的離開卻令人始料未及。在病了一周後，吃完早餐從椅子上起來的時候，他突然感到眩暈，然後不到半個小時，他就溘然長逝。

　　他去逝後，我擔負起整理他書稿的工作。這些書稿都是一些零散之作，沒有完整的作品，而且都是在他成名之前創作的。經過反複思考，我終於決定要將這本日記付梓出版，我認為現在是最恰當不過的時候。

　　這本日記最令人動心之處是他的真誠、坦率。也許語調有些悲傷、壓抑，但要是知道作者是以何等的勇氣和坦誠，將自己暴露在公眾面前後，你就不會對這種情感有所挑剔。在絕望時刻，他曾說自己已品嚐了自我卑微的苦酒。他堅持認為自己毫不道德，不能堅持忠貞的愛情，不能恪守為人處事的人生美德，也沒有耐心和勇氣。

　　他說自己一生怯懦，充滿野心、渴求尊重，常為安逸左右。他還說自己慢慢才明白，人生的唯一出路—— 他自己從未敢放膽一試的出路—— 就是，絕對的信任和徹底的服從。他說，他唯一感到安慰的，就是自己已經嚐盡了人生的種種悲苦。我安慰他說，他對自己的評判有失公允、過於誇張。他只是笑著搖

頭否認。他的樣子讓我記憶猶新。我想，正是在這一時刻，他觸動了每個人內心最脆弱的地方。他已經找到了自己的出路，他一直在沿著這條路執著前行。

這裡不是歌功頌德的地方。我的任務只是描繪出來他在別人眼中的形象。透過這本日記中的肺腑之言以及真情的表露，大家將會瞭解到他內心的真實世界。我想：人生之所以美麗，在於人能在不知不覺和循序漸進之中彌補不足，實現人生真諦。他必須要面對接踵而至的人生悲劇，因此，他比任何人更珍惜家庭的溫暖和親情，而當這種溫暖和親情被無情剝奪的時候，他只好從藝術創作中獲得慰藉，填補自我的空虛。可在事業最輝煌的時候，他卻又偏偏失去了創作的能力，這無異於雪上加霜。而接踵而至的財產損失，卻並未對他真正造成災難性的打擊，因為他本來就對錢財不屑一顧。

終於，在生命結束之前，他找到了他一直執著尋求的最寶貴的財富。記得在臨終前他對我說，無論他對生命的感受如何，他一刻也未曾懷疑過，自己的生命就是對用心、有愛的人的一次教育。當意識到這一點，當明白了人生的每次經歷，都無不富有深意和價值時，是他人生最幸福的時刻。我不知道他在期望什麼，或者在等待著什麼，他把自己的未來，正如把自己的過去和現在一樣，都放在了自己畢生奉獻的

「值得信賴的上帝」手中。

珀西・盧伯克（亞瑟・本森《日記》的編撰者）

C o n t e n t s

C o n t e n t s

C o n t e n t s

C o n t e n t s

Contents

C o n t e n t s

C o n t e n t s

C o n t e n t s

C o n t e n t s

C o n t e n t s

C o n t e n t s

Contents

瑞士

在采爾馬特（瑞士南部一村莊）度過了一個愉快的假期後，昨天我們回到了家。我們在采爾馬特整整待了兩個月。在那裡遇見了許多可愛的人，過得非常快樂。那裡天氣晴好，可以長時間的散步，悠閒的讀書，盡情享受戶外生活的美好。但我並不喜歡瑞士。那裡有無數巍峨壯觀的景緻，而真正讓人心馳神往、耳熟能詳的微觀美景卻廖若星辰。那昂然聳立的山峰，斜插雲端的皚皚白雪，冰層覆蓋的殘岩巨石——到處都透露著威嚴與神秘。我們無法知曉那裡在發生著什麼、它們在期盼著什麼。它們根本透露不出人類的訊息，甚至與人類毫不關聯。

每個星期，人們都要到悶熱卻整潔的禮拜堂聽佈道，由一些當地有名的牧師進行傳教，內容是關於休息的必要性，或是滿懷敬畏領會上帝傑作的益處。瑞士的山脈莊嚴巍峨，卻只讓我感到了人類在上帝的心中以及他的神聖旨意中的渺小。如果是一名福音傳道者，需要靜思冥想時，我絕不會在這些大山中踐行。因為那樣我會強烈的感歎《詩篇》中傳教士所

言：「人類究竟是什麼，讓上帝如此警覺？」我會爲此感到深深的沮喪。

我常常認爲，人類來到這個世界就是爲了遭受痛苦，這是人類的宿命。而一直在遭受冰凍、荒蕪折磨的大地，也對生命充滿敵意，它更應該得到救贖。日復一日，在高高的山麓之間，我時常感到一絲困惑，糾結於如何解釋一些奇怪的現象：那些殘岩、冰掛如何常年頑強的生存下來。顯然，這與人類毫無關係。至少，很難想像它們的存在是爲了讓人類置身其中，悠然的休憩。

穿過瑞士翠柏濃郁的山谷，路過了一個建在高地的山村。山村景色怡人，村舍聚攏在一座帶著尖塔熠熠閃光的教堂周圍。木屋藍色罩面，上面高高的飛簷恣意捲曲，鳥瞰著周圍的一切。我禁不住觸景生情，瑞士也許眞是一個休養生息的好去處，山谷、高峰和雪地都爲它提供了天然的屏障。再往上走，到達山頂，你就會發現瑞士其實是由一片貧瘠的山脈所環繞，到處是一望無際冰冷的山石和冰川，只有山地上才露出幾道淺淺的綠意。在這裡，人們爲了生存必須彎腰弓行，要知道人類畢竟只是上帝寬容的產物啊。

奇怪的心情

一天，隨嚮導出行看日出。遠處，一抹朝暉潛藏在荒涼、陰翳的山脊之中，緩緩升起。隨後，一道橙黃的光芒從天而降，它稜角分明的藍色陰影映襯著殘岩雪地，檸檬色的光輝穿透如火的金色，把金色染成了猩紅。太陽慢慢隱去鋒芒，棲息在不安的山海之中，將餘暉撒向大地。還有更驚豔的景色呢！冷峻的山脊變成了深色的高腳杯，冉冉升起的太陽光芒四射。如洋溢著醇香的美酒倒入杯中。這迷人的景色讓我陣陣狂喜，神魂顛倒。

這令人目不暇接的美景意味著什麼？這華麗而肅穆的一切，溢滿孤獨、難以觸及的神聖。世間萬物又意味著什麼？也許我們見過的每一顆星辰，在夜晚過後都會漸漸隱去光芒，但它仍會被各種類似地球一樣的行星如光環般環繞，在這光環之中、星辰之上，棲息著我們從未夢想過的生物。

毋庸置疑，在無數的星球之上，在某個太陽的中心，白晝的光芒正播撒在冰冷的山脊之上，喚醒了有感知的生命，它們雖處在遙不可及的天外，但仍滿載著自己獨特的敬畏、希望、文明和歷史。這是一種多麼充滿神奇、令人陶醉的遐想啊！

空虛的心靈

在這浩淼的宇宙之中，渺小的我身居一隅，正心馳神往，慶倖自己能成為這浩淼世界的觀眾，成為這難以捉摸的宏大奧秘的參與者。然而，我卻突然感到一陣疲倦，不禁感慨，再強大深奧的生命和自然規律，都抵不過長時間的思考之後思想的倦怠。腦力，這種神聖的感知和想像的力量，與渺小脆弱的知覺相比，只會自形慚愧。知覺真是一種奇怪的東西，它常伴有強烈的想去瞭解、認知的渴望，卻常因恐懼走向黑暗而讓人渾身乏力，畏縮不前。

我不禁好奇，為何人被賦予了認識紛繁複雜的萬物的能力，卻沒有被給予認知萬物存在意義的能力。人們渴望投入上帝的懷抱，傾聽他的諄諄教誨。然而，卻常被籠罩的陰影羈絆著，常被無情地驅趕回陳腐局促的生活，為責任、勞作、飲食、睡眠所困擾，尤其還要與我們一樣無知的其他人，與那些驕傲自大之人建立良好的關係，耐性聆聽他們自以為是的對世界萬物的闡釋。即使是愛，也時常有陰影籠罩。

雖然我與妻子莫德親密無間，卻仍無法告知她任何宇宙的奧秘。反之，她亦如此。我們心底無間，互相癡迷，分享一切希望和恐懼，但卻隨時會天各一方。我的孩子埃里克和麥琪，坦誠的說，比我的生命

更加珍貴。我們賦予他們生命，他們用聲音伴隨我的創作。他們又該怎樣？雖然他們對此一無所知，然而他們每個人都是獨立的個體，有著自己的思想和未來。

　　我那個未及起名的兒子，6年前剛睜開雙眼看了一眼這個世界，幾個小時後就匆匆合上。他現在在哪裡？身處何地？亦或無處不在？他知道他給我們生活的喜悅和悲傷嗎？我寧願相信他知道。這些想法漫無邊際、虛無縹緲，全都來自一個此時正凝視深淵之人。

　　無論誰都會說，這裡景色宜人，令人神往。可我卻感到有些枯燥。距離上次出書已經6個月有餘，我一直在刻意休息。我身體無恙，沒有任何不適。以往，腦海裡裝滿書稿，林林總總的想法接踵而至，寫書的計畫恐怕也早已吐枝發芽。可現在，生命中第一次，頭腦一片空白，思想的土壤貧瘠荒蕪，似乎陷入了可怕的沉悶和寂靜當中。並不是所有的一切不再美麗，只是美麗似乎已不再對我有任何意義，任何啟示。

　　人流如鬼魅魍魎般在我眼前穿梭來往，我對他們的一切──事業、思想、希望和摯愛──提不起任何的興趣。只是感到生命如此短暫，前途如此渺茫，所有的一切都已毫無意義。寫出這樣的話來，似

乎表明我已病入膏肓，可實際上，我既未病入膏肓，也未消沉抑鬱，我的生命仍然悠然愜意。

這幾個月來，我從未勞心費神，也無任何不滿，只是興趣索然而已。我想，這是一種思想的倦怠。我已耗盡所有積蓄的水源勾勒出了真實的自我，思想的源頭需要再次蓄滿。然而，寫作生涯不應有疲倦，也許我該隱藏自己的倦怠。我比想像中的富有，莫德和孩子們也都健康強壯，外表看來一切都安然無恙。真希望熟悉的場景、愉悅的家庭生活，讓我再次產生創作的欲望。我知道，家庭生活對我是多麼重要，為了家庭，我必須重拾筆墨。

我說的已然夠多了，而寫日記卻可帶給我不一樣的樂趣，可以讓我回顧過去，追憶往昔生活的流逝。我欠下的書債很多了，有許多書稿要處理，而我卻只顧享受風景，尤其像今天早晨這樣，做一些毫不相干的事情，這看起來是多麼不合時宜呀！也許該像魯賓遜·克盧梭（丹尼爾·笛福的作品《魯濱遜漂流記》中的人物。這本小說被認為是第一本用英文以日記形式寫成的小說，是英國第一部現實主義長篇小說）那樣，列出了事情種種好處和弊端。顯然，我這麼做沒有任何好處，可是弊端卻顯而易見。

家

　　再次回家，又能置身於熟悉的環境中了，心中充滿甜蜜。家中的一切 —— 畫像、書籍、房間、樹木、友善的人們，都似乎在耐心地期盼著我們的歸來。今天，我和花匠懷特 —— 他是一位非常盡職盡責的花匠 —— 一起去散步，我們走了一個小時。散步期間他所說的話讓我深受感動。他說，很高興看到我回家了，沒有我在家，他感覺很無聊。我外出期間，懷特以他慣有的平和與誠實，默默的做了50件小事。我們大家都注意到了，這讓他感覺非常高興。

　　埃里克一整天都和我待在一起，他充滿童真率性的行為，每每讓我捧腹大笑。涼亭當中有一個木馬，因我們外出無人照顧，現在變得鬃毛雜亂無章，渾身濕漉漉的，神情木然呆滯。見到木馬這種無人照顧的可憐巴巴的樣子，埃里克竟然悲傷得流起了眼淚。

　　「你以為我們會忘了你嗎？」他抱著它說道。我就逗趣建議他給木馬好好吃一頓。

　　「我想它不喜歡草料，」埃里克若有所思的

043

說，「應該專門給它餵些樹葉和漿果。」

木馬於是得到了很好的照料。莫德去看了一些退休的老朋友，回來時神采奕奕，向我講述了足有二十個故事，都是關於朋友們如何熱烈歡迎她的場景。有三兩個人過來和我商談公事。能對他們有所幫助，我也非常高興。

下午，我和莫德一起出外散步，我們走了很長時間。我們吃驚的地看到，周圍的一切都已恢復如初。夏季已過，稻田已收割完工，收起的莊稼在草場上悠然的聚攏在一起。一輛汽車向山谷駛來，單調的回鄉之歌一路伴隨而至。

下午茶後，夜幕降臨，我回到書房，取出筆記，呆看著羅列的題目，一籌莫展。題目中有一些新鮮的想法，卻都沒有成形。我感覺度假歸來後，再瀏覽這些題目，就像吹泡泡。新鮮的想法如泡泡一樣，從碗中旋轉著升到空中，越變越大，像五彩流光的金球飛轉著，映射著房間和人影。

然而，今天並非如此。大腦如即將燃盡的火苗，搖曳閃爍。沒有壓抑，沒有悲傷，只有默然和枯燥。當精神在凝神傾聽時，它也會吐出氣息。很奇怪，思想竟會變得如此困頓，沒有任何靈感可言，更不用提任何令人為之一振的想法了。而讓思想興奮起來，只有當書稿在腦海中，帶著些許神秘隱隱出現的

時刻才有可能。

　　無意中瞥見房間中竊竊私語的人兒，望遠處看：或者在寂寞的山路上策馬飛馳，或者兩人在鋪滿月色的花園中悠閒的散步，柏樹在草坪上投下疏影，兩人停下腳步，傾聽樹叢中夜鶯的歌聲，他們臉對著臉，生命的激流隨著嘴唇的相遇、隨著髮鬢的陣陣幽香、隨著心中升起的股股暖流而交融迸發。只有在這樣的時刻，我的思想才會悄然興奮起來。然而今天，我毫無感覺。索性拋開手頭的一切去看孩子。我受到了熱烈歡迎，加入了他們好玩而荒誕的遊戲中。

　　晚餐過後，又坐下看書。看了一會兒，就開始與莫德聊天。莫德安靜的坐在火爐旁的角落裡。一切都是那麼靜謐和諧、溫馨愜意，這就是我溫暖的家啊！待在家裡真好。徒勞地去追尋虛無縹緲的他物填補思想，該有多麼可憐啊！那只會抹殺這溫馨而珍貴的一切。

　　莫德詢問了我上本書的出版情況，我如實告訴了她，她感到非常驕傲。她看出來我心中仍有不安的陰影——女人為何如此敏銳，可以預知所有的一切？——她安慰我，說了一些我沒有勇氣對自己說的話。上部書已讓我心力交瘁，我該繼續休息一段日子。談了一會兒，我恢復了平靜，出外抽了陣煙。這時，那陰影又如鬼魅般襲來，讓我煩躁不安起來。

過了一段時間，終於，我悄悄走進沉寂的房間，躺下來，聽到妻子均勻的呼吸，又有了回家真好的感覺。慢慢的，意識模糊起來，奇思怪想浮了出來，我沉入了夢魘。

令人心痛的回信

　　一上午都在打點事務，處理書稿和信件。關於上部書的剪報已經堆積成了小山，這讓我終於確信這部書取得了成功。開始時，這本書只發行了幾千冊，然後才攀升到了幾萬冊。於是，形形色色的人物和成堆的信件紛至遝來，有的叫人感覺愉快，有的令人歡欣鼓舞，有的只是表達謝意，有的卻顯得或者粗俗無禮，或者過分親昵。我真想知道，到底是什麼力量，讓這些人鼓足勇氣，向一位素昧平生的作者坦露思想和經歷？

　　來信的人當中，有些人固執地想獲得所謂具有洞察力和同情心之人給予的同情，有些人狂熱的渴望成為有趣的人，希望被寫入書中；有的來信浮想聯翩、不可理喻；有的是人性本能的表白，心跡的表露，內心悲苦的發洩。大部分來信值得同情，讓人感動，甚至令人心碎。一位殘疾女士說她想認識我，問我能否屈尊到英格蘭北部去見她一面，還有一位自命不凡的男士，大言不慚的邀請我與他共度一周。他說，他一無所有，只有陋室、粗蔬，但他對我所涉獵

的問題有著深刻的思考，可以爲我點撥一二。難以想像，他該有多麼高雅的品味和博大的智慧呀！

有些人咄咄逼人，說我剽竊了他們的思想，由於他們自己疏於將想法付諸筆墨，才讓我占了先機。有些人索要我的簽名，想與我進行「情感交流」，提出對新書的建議。有人提議說，如果我能寫一本具有現實意義的書，比如說寫一本有關活體解剖的書，那將會功德無量。一些善良人士、作家和評論家對我表達了謝意，感謝我寫出了這樣一部既有現實意義，又有藝術價值的作品，這樣的來信讓我格外珍惜。另外還有一些人卻百般挑剔，認爲這部書並沒有反映出作者的眞實意圖。

下面這封來信，就讓我感受到了切膚之痛。這封信來自我的一位老朋友，他認爲我在書中醜化了他的形象，對此他非常不悅。最糟糕的是，他所說的鐵證如山，令我難以辯駁。表面看來，我的性格、習性、風格都有些自以爲是，所以聽到他的感受，我馬上修書一封，爲自己的粗心大意眞誠的道歉，並向他坦誠，書中人物並非他本人。但毋庸置疑，我的確下意識地摘取了他的一二點特徵。我還說，我眞誠地表示歉意，希望他不要多想，我比以往任何時候都珍視我們之間的友誼。

他的回信如下：

親愛的朋友，當你把痰吐在一位路人的身上，幾天後才寫信道歉，並向他暗示，因為已成事實，所以請求他忘記一切。這表明，你並不想修復你們之間的關係。

　　你希望在發生這一切之後，我們之間不存在任何芥蒂。那麼我只能說，你所做的事情對我已構成一種傷害。我不想以牙還牙、進行報復，而且如果將來有機會能為你做些善事，我定會義不容辭。要是聽說你受到不公平的待遇，我一定會為你挺身而出。但如果你讓我說，自己沒有感到一絲的委屈，還像以往一樣想與你交往，一如既往的信任你，我只能說抱歉，我無法說出這樣的話，因為這是徹頭徹尾的違心之言。

　　我當然知道「塞翁失馬、焉知非福」的道理。我想，如果沒有對個人隱私的侵犯，就不會誕生心理小說了。你一向鼓勵朋友要相信你，向你敞開心扉，可你卻在書中把他描繪得像個小丑，所以他有足夠的理由鄙視你。對此，你也不必感到驚訝。聽說你的新作取得了巨大的成功，你一定會為自己的坦率直言而沾沾自喜吧。請不必再為此事過於計較，非得弄出個水落石出。我將努力忘記這件事，如若成功，定讓君知。

你真誠的朋友

這種信會毀掉你的生活，讓人生變得索然無趣好一陣子。儘管知道自己沒有任何背叛朋友的意思，可卻已然成為背叛朋友的小人。遇到這種情形，可能有人會發誓不再動筆，可我卻無法做到。過了不久，我忍氣吞聲寫了封回信。我也曾嘗試忘記此事，但它畢竟已成為長久友誼的尷尬結局。

我又轉過頭看了書評。書評寫的優美典雅，充滿敬意及溢美之詞。當然，我對此並不全然在意。一位熱情洋溢的書評人，甚至認為我已躋身當代一流作家的行列。對此評價，我雖未忘乎所以，但難免有些沾沾自喜。小說的佈局構思、寫作風格、人物刻畫，都大受褒獎。毫無疑問，這本書取得了前所未有的成功。即便自己有時也產生過懷疑，但編輯和出版商源源不斷的訂書單以及他們提供的豐厚條款，都讓我的疑慮跑到了九霄雲外。

我的書

那麼，對這所有的一切，我真實的感受又如何呢？我不得不站在自己的角度說上幾句。首先，我當然是喜不自禁，但奇怪的是，並不是驚喜異常。我可

以淡定地說，自己並未被成功沖昏了頭腦。我想，如果初入文壇時就能獲得這種成功，我肯定會高興得忘乎所以，會信心滿滿、意氣風發，甚至會成為飄飄然如不知深淺的井底之蛙。即便現在，在實現了某種願望之後，也會產生強烈的滿足感。相比於滿盆的金幣，我更感激自己沾上了好運。

我想，自己一定是撞上了好運，找到了金子或珍珠的寶藏，而不是自己做的有多麼漂亮。對於寫作，我一直有一種宿命的觀點，有事可寫，有才會寫，而這些都不是努力得來，完全是命運的青睞。反思之下，我覺得這部書不過是把一個優美動人的真實故事講述出來而已。我從不認為自己會造福於人類，充其量只是有點小才氣，能博得大家開口一笑。

這當中的奧秘究竟是什麼呢？我只是透過我的筆激起了人類生命中那些美妙、溫柔、浪漫的幻想而已。畢竟思想和情感已然存在，隨時待命，如同等待音樂家喚醒的天籟之音，其實早就在動人心魄的琴弦上沉睡著。我什麼都沒有創造，只是感知和表達了某些現象。在這一過程中，我也未曾獲得任何理智、耐心和智慧，對於生命和愛的奧秘，仍像寫書前一樣孤陋寡聞，知之甚少。就像科學探險者，發現了某些深奧的原理和方程式，而實際上，這些原理和方程式早就存在。

科學家和作家一樣，禁不住誘惑，屈從了自己的幻想，以為自己能識別和使用它們，就可以理所當然的將它們竊為己有，當成自己的發明創造。至於我的寫作風格，雖受人賞識，但它並非汗水積累的結果，而是天性使然。因為喜歡，我才去寫作。那種絞盡腦汁、排除萬難、學會把隱晦模糊的東西清晰的表達出來的感覺，對我來說是一種愉悅。如為此而受到讚譽，我感覺受之有愧。如果從不入流的作家華麗轉身成為備受矚目的作家，也許值得慶賀。而我一直從事創作，並未有何質變，只是寫起來更為熟練而已，自己並未成功體驗到真正的滿足感。

聲譽

我感覺，心中一直被一個陰影籠罩著：不想走下坡路、不想表現遜色、不想衰落下去。不知道還能否寫出更勝一籌的書來，只希望新書至少不遜色於上一本。有過成功的歷史，就不喜歡體驗失敗。到達一定的高度，就很難再降低標準。但要做到這一點談何容易，不僅需嘔心瀝血，更需體會到渾身洋溢的幸福感。而這又非我能力所及。

寫這部書時，我是幸福的，幸福到極點。我點燃了靈感的焰火，看見它像鐵水一樣涓涓流入模具，

凝固成型。這才是至真至純的幸福！我能再次鍛造出這樣的模型嗎？能再看見金錠在炙熱的焰火中融化嗎？能再次激起靈感的火花嗎？我一無所知。

我已成了文壇名人。我渴望成名嗎？當然渴望，但在某種意義上又不渴望。我的要求不高，不想拋頭露面成為社交高手，被人指指點點，這會讓我感覺很不舒服。人們所渴望的華麗的辭藻、耀眼的才氣，我根本無法給予。我只想悠然自得的坐享一日三餐，不願意成為高朋滿座的盛宴中的一員。

相比於達官顯貴，我更願意接觸有趣的平凡人。如果心境更純淨一些，就不會在意這些事情，只需感激生命中日增的溫暖和愜意。而我並非心境純淨之人，常為無法滿足人們的期望而心存愧疚。此外，我也根本不是慷慨豁達、熱血激昂的高貴之人，無法體會人性的偉大，更多的只是感到空虛。這絕非矯情之語，說到底，我只有一種寫作才能，它已佔據我的一切，吸乾了我全部的本能。

真奇怪，年輕的我曾對功名垂涎三尺，常認為功成名就可出人頭地、享用終身。而現在看來，功名的意義已超出了我所期望的範疇，在某些方面甚至不是件好事。功名只是人生的佐料，絕非人生的主食和精髓。讚頌你的人如同宮廷中的侍臣，只有經過他們才可以來到幽深的書房，而這才是人生的終所。我不

是忘恩負義的小人，我情願把獲得的一切都奉獻出來，換取一段激人奮進的全新的友誼，以確保自己懷著與上次寫書時一樣幸福的感覺繼續創作。

也許我該擔當起更多的責任！在某種程度上，我也深有同感。但我不會高估作家的道德義務。作家給人的是慰藉，而不是糧食。作家送人的是快樂，而不是溫飽。當聽說我寫的書能帶來一次慷慨的善舉，或者一次平靜的捨棄，我都會喜不自勝，這種快樂遠遠超出了如潮的讚譽。

當然，從某種意義上說，讚譽使生命更有意義，但我眞正渴望的是實現人生的價值，感受痛苦與喜悅的交融，平淡與狂熱的更迭。現在看來，寫書已經無法讓我感受到這些。我感覺上帝離自己更近了。這純是一種感覺，沒有任何證據可以證明。出於本能，我感覺到有顆聖潔之心在記掛著我，爲了某一神聖的目的正用泥土將我塑造。是的，我願意爲他奉獻世上的一切！

莫德當然爲我感到高興，她認爲我值得擁有這一切。唯一讓她感到意外的是，世界爲何未更早地挖掘出像我這樣出類拔萃的人傑。上帝作證，我並無貶低之意。她的想法的確與眾不同、不切實際，常讓我感到自卑，因爲我知道，她不知道她的愛人及丈夫那令人可鄙的孱弱和空虛。

我好奇，難道這就是成功人士對功名的看法嗎？有些偉人終其一生也無法享受功成名就的快樂，但他們也因此更加幸福。少數富有慷慨人士，如司考特（沃爾特・司考特，1771～1832，英國作家，著名的歷史小說家，歐洲歷史小說的創始者）和勃朗寧（羅伯特・勃朗寧，1812-1889，維多利亞時期代表詩人之一），從未爭名奪利，對功名利祿總是淡然視之。而一些有頭有臉的人物卻渴望功利、攀附虛名，甘願為其奴役。

　　除非名利讓人如願以償，否則，終有一天人們會意識到它在人生中佔據何等渺小的位置。我不依附名利，因為我已擁有自己想要的一切。倘若能心無旁騖地著手撰寫下一本書稿，所有這些無聊的胡思亂想都會煙消雲散。但現在，我的大腦一片空白，如乾枯的果核一樣只會咯咯作響。我必須要像布萊克夫婦（威廉・布萊克，1757-1827，英國第一位重要的浪漫主義詩人）那樣，虔誠的跪拜、祈禱了。

來訪的客人

　　我親身經歷的一個社交活動的例子，很好地解釋了斯蒂文森（羅伯特‧路易士‧斯蒂文森1850～1894，英國作家，十九世紀末新浪漫主義文學的代表，最著名的小說《金銀島》）所指的「小人物」的含義。附近縣城裡的一些紳士，本性溫良，但好自作主張，總會出於客套不請自來，還順便帶上幾位名人。他們對我的書不吝讚譽，說威爾伯頓爵士想與我結交。威爾伯頓爵士名聲在外，但我卻並不想與他有特別的交情。因沒有理由拒絕，我只好應承下來。這種強加於人的事情特別惱人，讓晴朗的早晨蒙上陰霾，使人無法沉下心來寫作。下午也沒得空閒，紳士們和爵士一起來訪。

　　實際上，他們並非乏味無聊之人。相反，他們非常隨和有趣。爵士見多識廣，之所以想認識我，在於我已進入他的視野，他想接納我成爲他名人朋友圈中的一員。我自感才疏學淺、無以回報。我不善言辭，所以會面的大部分時間裡都保持沉默。客人們希望我是那種妙語連珠、風趣幽默之人，可惜那只是他

們一廂情願的最後一根救命稻草而已。

威爾伯頓爵士語調溫和，講起話來滔滔不絕。還有哈里特女士，她說非常羨慕我的寫作才能，說這本書讓她簡直難以釋手，問我是如何寫出這麼精彩的書來的。我無言以對，更不會編造瞎話敷衍。客人們與孩子相處得很融洽。他們還參觀了花園，對我家進行了一番讚譽。沒法說房子簡陋，他們就說房子很方便易行。沒法說花園逼仄，爵士就說他從沒見過使用得這麼緊湊的花園。他們執意要看看我的書房，在那裡還拿走了我的簽名。因為簽名所使用的筆，就是我完成自己成名之作的那隻筆，所以他們就說受到了「額外的優待」。

雖然我沒有這種意願，但他們還是堅持讓我們許諾去拜訪爵士的城堡。我們互道珍重，一再道別，儘管我對這些禮節並不在意，但這種溫馨的場景，還是讓我對他們更生好感。

封建思想

今天，妻子告訴我，客人們向菲茨派翠克斯一家提起了我，說他們很高興認識了我，說我謙虛、樸實。這只是見到我之後，發現我並非超凡脫俗之人後，掩蓋他們失望之情的一種禮貌說法。上帝呀，他

們到底期望什麼？我想，若我能夸夸其談，神祕兮兮的揭示寫這本書的動機如何神聖、創作模式如何高深，也許更符合他們的心願。

就像威靈頓公爵（亞瑟·威靈頓，1769–1852，英國將軍和政治家）的回憶錄中記載的那樣，當親眼目睹晚年的公爵，竟屈尊與客人一起共進晚餐，並親手點燃客房的燭臺時，客人們不勝驚喜、熱淚盈眶。也許我與他們的談話應該更簡單些、更坦率些。我不知道。對我而言，編造神祕兮兮的謊言，非常粗俗愚蠢。

客人們心地善良、彬彬有禮，喜歡人與人之間的迎來送往。他們願意談論我和我的家庭，認為這樣就會讓我平等的進入他們的社交圈。當然，我也樂意進入，對此我毫不懷疑，也不勝感激。但我與他們畢竟屬於不同的世界，沒有任何共同之處。我屬於中產階級，他們屬於上流社會，我從內心深處不希望跨越這階級的雷池。我渴望加入那些志趣相投之人的社會，而不是令我只能仰視的社會。這個上流社會無法超脫世俗，封建貴族的思想流淌在這些人的血液中，充溢著享樂主義思想。雖然不是有意而為，但他們卻本能的認為，能與他們結交是對他人的一種恩惠，如約伯所言：「你們真是子民啊！」（《聖經·約伯記》12：2-4，原文具有諷刺意味）但我並不想攀龍

附鳳，陽春白雪與下里巴人無法共處。

我對自己的現狀十分滿足。生命苦短、秉性難改，更不用說學會另外一種習性。我與貴族階層沒有罅隙，從未想把他們拉回地面，而且隨時認可他們上流社會的地位。總體而言，他們是具有公益思想、溫文爾雅的野蠻人，視榮譽和尊嚴如生命般寶貴。他們經常將我認為格格不入的事物當成一種理所當然。

因我經常招待貴族客人的緣故，懷特，這個自尊心很強、血液中仍具有根深蒂固的封建思想的花匠，對我的敬畏日益加深。我不願與這些貴族打成一片，就像懷特不想與我私交過密一樣。牧師的妻子告訴莫德，她聽說我們總是舉辦一些宴席招待達官顯貴，這樣下去不久就會變成城裡人的。這位可憐的女士對我的書格外高看一眼。我想，這絕非勢利，純粹出於本能和天性。

但我想說的是，這是成功帶來的福祉。但對於一個只想過那種自己熟悉的平靜生活的內向的人而言，這根本就不是福祉。恰恰相反，這是一種折磨。今天，車站站長破天荒地向我舉帽示意，這才是一種福祉。這真是一個有趣的世界。我從未想過，客人們也從未暗示過我，威爾伯頓爵士也許會成為我書中不可或缺的人物，他雖身居高位，但彬彬有禮、沉穩幽默，更重要的是，他很真誠！

隱私

最近，偶然間讀到一些雜誌對名人的專訪文章，讓我對這些名人的精神和道德水準，產生了深深的厭惡。我不是對神聖的家庭生活，懷有強烈敏感的人，但如果肆無忌憚的把家庭生活寫在雜誌上，暴露給讀者，我認為，至少是對聖潔的家庭生活的一種褻瀆。

家庭生活，在某種程度上，只能與最親密的朋友分享，彼此心照不宣的保守生活的隱私，不讓外人知曉。比如說，因碰巧住在某個名人家的附近而被其邀請共進午餐，我認為並不侵犯隱私。

如某人有座裝飾華麗的漂亮別墅，他家裡的人個個才華橫溢，他本人也是社會名流，那麼，能有幸一睹他家的風采，是一種特殊的榮耀。而且來人越多越好，這樣可以有更多的人見證他幸福而美滿的家庭生活，因此人數絕不是個問題。

假如某個社會名流邀請我到他家做客，因我有繪畫才能，就把他家的房子、他本人和家庭成員都畫了出來。如果他不反對——這種情況下反對，似乎

有些矯情、不近情理 —— 我會在書信中對他的待客之道，他的妻子、家庭、書房、藏書、花園以及他的言行也進行一番描述，並把這些展示給對這位名人感興趣之人，或把書信讀給不瞭解他的人。我認為，沒有任何理由可以反對我這麼做。

事實上，盼望瞭解名人的生活和習慣是人之天性。往深層次說，如果一個人品行高尚、充滿魅力，那麼讓大家瞭解一下他那有條不紊、富足幸福的家庭生活細節，未嘗不是在豐富人們的知識，給人以啟迪。誰會認為讓世人知道埃弗斯利教區的京士里家或弗雷什沃特家溫馨感人、令人豔羨的生活是一種背叛呢？誰會認為欣賞這些家庭的種種溫情，瞭解名人的言談舉止、音容笑貌是一種背叛呢？

如果在名人傳記中，對以上種種情況的描寫不是褻瀆，為何在雜誌中就是褻瀆呢？我反對這麼做，也許是傳統思想在作怪。要想這些描述不成為一種褻瀆，有一個前提，即你的描述要自然、簡單、樸實。

採訪

我所反對的採訪，要麼矯揉造作，要麼自以為是，要麼傲慢自大，其目的都是為了粉飾作家。假如作家故作姿態地坐在灌木叢中構思作品或者詩歌，記

者就可以隨手照一張特寫 —— 尤其是作家臉上要掛著老鷹一般深邃的表情，似乎他正在醞釀某個驚世傑作 —— 這種矯飾做作，簡直如地獄般令人感到厭惡。

更糟糕的是，作家本人在與記者談話時，表現出的那種自我陶醉。有妻子在場的時候，一般人是不願告訴素昧平生且心不在焉的記者，自己的靈感和激情來自於這個可愛的女人，他現在擁有的一切，都歸功於她無微不至的關心和支持。如果這樣做了，就是一場最低俗的鬧劇。妻子為他付出了許多，也許事實的確如此，也許他一直都有這種想法，只是等待一個機會說出來，但絕無可能在日常生活中習慣性說出這樣的話，這會讓人感覺他是刻意所為，其目的就是為了打動公眾，達到煽情的目的。

這些讀到的採訪，讓我如鯁在喉，感覺它們都像是事先排練好的一場演出。也許人們這麼說，只是這種採訪場合的權宜應對之策。但如果認為日常生活中人們經常說這樣的話，如果認為日常生活中，人們會像浪漫邂逅故事中的主角那樣一成不變的攀談，那麼，你肯定是頭腦發昏了。

當然，這種採訪能最大限度地滿足人們對名人的獵奇心理。但是，讀到這樣的採訪會讓人感覺很不舒服，原因有二。其一，人們肯定不會認為這是名人

的真實生活，只是他們在這種場合下追求煽情的應景之為。其二，想到這些有頭有臉的人物為了媚俗，不惜放下身段做出這種矯揉造作之事，就會心情壓抑。但我心中還隱隱希望，這種讓人反胃的陳詞濫調，是記者的刻意安排，名人雖不情願，但礙於情面不得不半推半就的尷尬同意。

一位著名的女作家，把她滿頭金髮的孩子們領到記者面前，驕傲的地說：「他們是我最閃亮的珍珠。」或者，她讓孩子們與記者握手，記者問道：「毫無疑問，他們是您最閃亮的珍珠？」作為母親，很難憤怒的加以否認。但如果她木訥的點頭贊同，問話中諂媚的意圖便暴露無遺。這兩種情況，有很大的區別。如不情願接受採訪，就無法判斷出什麼是最樸實的應對方式。

我的感受是，倘若人們真希望瞭解我的生活方式、衣著嗜好、飲食習慣、閱讀書目、居住環境，我會悉聽尊便。這樣，即使狹小逼仄、擺放著餐桌的餐廳照片，以及雜草叢生的花園的照片出現在雜誌上，也不會削減家庭生活的神聖感，因為在某種程度上，這些事情早已為人所知了。但我躺在床上或者正在刮鬍子時的照片，我卻不願刊登出來，因為這些都不是我接待客人的場景。

我也不願意把私下的閒談發表出來，因為這些

都不是經過深思熟慮後的成熟想法。但我希望與來訪者隨意的閒聊，即使談話內容被發表出來，我也不會感覺丟臉。我也希望我們一起談論宗教信仰和行為動機時，都能表現得體一些，既不誇大其詞，也不傲慢無禮，因為這些都不是我通常的聊天方式。歸根結底，有些名人過於追逐噱頭，太想表現的比真實的自我更富有魅力，反而讓採訪變得索然無趣。

出於善意，採訪當然會對名人進行一番粉飾，把他描繪成比名人本人在智力、情感方面都更為出色，但這種行為會對他人造成某種影響。我親身經歷過一些名人採訪。總的說來，他們的品味和談話都令人失望。而品味、能力出眾的人，卻很少願意騰出精力接受採訪，也不願在社交場合高談闊論。他們把自己所有的精力都放在了做報告和出書上，很難再抽出時間和精力，把高深的思想留給日常生活。可偏偏造化弄人，採訪者通常都是些愛窺探他人隱私、搬弄口舌是非的不識相的陌生人，他們社交手段拙劣，品味低俗，所以往往把採訪演變成了鬧劇，對藝術效果和禮貌行為，都造成了致命的打擊。

詩人

　　經常有一些朋友慕名來訪。幾周前，我還成功的舉辦了一場時下非常流行的午餐會。但相比之下，我更喜歡朋友來訪，因為它帶給了我真正的快樂。昨天，收到一封來信。我非常敬重寫信的人，我們見過兩三次面。他是一位真正的詩人，也是位名副其實的歌唱家。他說他住在我家附近，問我他是否可以過來坐上個把小時一敘舊情？

　　他是早晨趕到的。跟他一碰面，你就馬上能體會到什麼是英雄氣概，明白那美妙的詩歌，是怎樣從這健碩的肌體如陽光一樣傳播出來的了。他所帶來的溫暖，不是那種我們處於太陽中心時，可以感受到的那種炙熱，而像噴薄而出的陽光瞬間綻放的光芒，惠播天下、恩澤萬物。他身材魁梧，不修邊幅，如同《荷馬史詩》（古希臘文學中最早的一部史詩，也是最受歡迎、最具影響力的文學著作。相傳是由古希臘盲詩人荷馬創作的兩部長篇史詩《伊利亞特》和《奧德賽》的統稱）中的帝王。

　　我喜歡他從頭到腳的每個地方。他穿著寬大隨

意的破舊衣裳，戴著一條色彩亮麗的領帶，鬆鬆垮垮的掛著浮雕胸針。頭髮疏鬆蓬亂，鬍鬚濃密。臉色略顯蒼白，但輪廓分明，散發著淳樸、健康的青春氣息。他目光炯炯，爽朗的笑容掩蓋了一絲淡淡的哀愁。進門來一番真誠的問候之後，他就大大咧咧的坐在了沙發上。

他態度平和，言談自如，旁徵博引，妙語連珠，一旦發覺他講的內容我不感興趣，就馬上轉換話題。他有時變得激憤煩躁，有時又興高采烈，但看得出來，每時每刻，每件事情，他都在享受生活。他目光敏銳，不放過任何微小的細節。

我常常對新環境有一種恐懼和病態的抵觸情緒。而他不同，就像總是難以得到滿足的孩子，對未知的環境充滿期待。他用騎士般溫柔的語調和親昵的態度，向莫德和孩子們問好，彷彿他喜愛所有美麗溫柔的事物，並享受與之親近的快樂。他把埃里克放在膝上，邊聊天邊與他嬉戲。孩子們好像早就與他相熟，完全接納了他。

他沒有任何的矯揉造作和自以為是，他謙虛、有趣，知道感恩，就像一個窮人一樣感激我們的恩惠。靜下來時，我問了他的創作情況。

「不，我什麼都不寫了，」他微笑著說，「我想說的話都已經說完了」。

他話鋒突然一轉，幽默的調侃道：「如果紙好、印刷又精美，我可以再寫點。」

　　我冒昧地追問道：「難道你沒有寫作的欲望了嗎？」

　　「沒有，」他說，「坦率的說，真沒有了。世界上有那麼多美好的事情要做、要看、要聽，花費那麼多時間爬格子，有時感覺多麼愚蠢啊！你知道嗎？」他接著說，「前幾天，我聽到了一個動人的故事。有一個人，穿行在偏僻的連上帝都不曾眷顧的地方——我想是安第斯山吧——遇到了一位矮胖的羅馬教士。這位羅馬教士每天都長途跋涉，周遊各地，夜晚筋疲力盡時歸來休息。雖然身體一直處於疲憊當中，但他卻非常滿足。於是這個人就問教士，為什麼他要這樣做，教士笑著回答道：『好吧，我告訴你。前不久我得了不治之症，以為自己將不久於人世。一天晚上，恍惚之間，感覺有人來到我床前。他是位英俊的年輕人，臉色略顯凝重，用奇怪的目光看著我。我猜一定是位死亡天使吧。

　　「我正希望離開塵世，一了百了。於是，就告訴他，我已經準備好了，正滿懷憧憬想享受天堂的快樂，瞻仰聖人光芒四射的榮光。他注視著我說，我不知道你為什麼說這些話，竟然對天堂的美麗如此著迷，卻不肯留意塵世間的美。說完，他就不見了。我

陷入了沉思。的確，有生以來，我每天一直在重複的做著單調無聊的事情。於是，我下定決心，如果病能痊癒，我就周遊世界，見識一下大千世界的美麗，而不再期盼將來的榮耀。』」

他繼續道：「這個故事有意思吧，尤其對我們作家更別有寓意。我們習慣了過多的沉浸在工作當中，總想像上帝一樣思考世界，而沒有看見世間美好的一面。」

為生活而工作

他坐在那裡，一直笑著。我又問了他一些寫作方面的問題，問他是如何獲得創作靈感的，又是如何將這種靈感付諸筆端的。他回答問題時的態度，好像在談論另一個毫不相干的人，這讓我疑惑是否有什麼事情讓他真正關注過。我聽過很多名人談論過自己的工作，但沒有一個人的態度這麼平靜淡然。

一般說來，作家與人交談時總懷著一種竊喜，一種很容易就看穿的偽裝起來的謙卑。但這個人與眾不同，他表現得好像一切與己無關，完全是為了滿足我的興趣。我們一起散步、吃午餐。告別時，他謙虛而誠懇地表達了謝意，就好像我們招待的客人是一位默默無聞、不值一提之人。他又對我的書進行了一番

讚美——一切都很自然，似乎他並不是特意為之。他對書的褒獎完全看不出斧鑿的痕跡，好像早就深藏腦海中，只不過是隨口道出而已。

「我讀過你的書，」他說道，「嗨，你寫的夠深刻。你真走運，能看得這麼遠、這麼細，讓我們那茫然失落的心靈找到了歸宿。」

他笑著對我妻子打趣道：「和他一起生活一定很可怕吧！就像嫁給了醫生，他比你還瞭解自己——但感謝上帝，他看到的東西一定是最美好、最真實的，他用天使般溫柔的聲音，透過金色的雲彩，把它傳遞出去。」

我無法體會他的這席話到底對我意味著什麼，但他的這次來訪本身，讓我能夠見識到一位身材偉岸、平易近人、性情幽默的人，一位沒有任何病態的野心、不追逐名利的人，這足以令我受益匪淺了。聽人說，他懶惰成性，對自己的才華毫不負責，可是，他卻為這個時代創作了最純真的作品，這就是一種傑出的貢獻，難道這還不夠嗎？

沒有對人的工作目標和工作態度進行任何思考，就妄加評論，真讓我難以理解。對那些走運發財之人，我們要尊重；對那些升職當官之人，哪怕其官位非常卑微，也要尊重。這就是我們這些講求實際的西方人經常陷入的怪圈。人當然要對世界有所貢獻，

但許多人做的都是無用之功。

　　歸根結底，我們來到這個世界就是爲了生活，工作只是生活的一部分。工作爲了生活，而非生活爲了工作。即使我們都是社會主義者，我也希望我們能有時間悠閒的栽花種草，這樣就可以爲詩人和先知提供必要的素材，以滿足他們對愉悅的需求。

　　毫不諱言，我的這位主角在這方面極有天賦。他熱愛生活，能安心於平靜的生活。同時，他也會給周邊的人以啓迪，讓他們心境豁然開朗起來。我敬佩急流勇退的人，他們知道何時停步，不再爲了創作出殘弱無力、空洞乏味的作品，而勉爲其難的驅趕疲倦的思想。知道何時收手的作家，眞是難得一見呀！感謝上帝，創造了偉人！

　　今天，這位詩人就讓我明白，生活需要情趣和激情，世界到處都有美好、慷慨和善良，到處都有自由的空氣和燦爛的陽光，只需盡情享受。讓我們全身心的去追尋愛、追尋美、追尋上帝吧，它們就在我們身邊，我們唯一要做的就是靜心感受、傾聽和關注。

藝術家的稟賦

作家沒有偉大的靈魂，就不可能寫出偉大的作品。這種說法多麼荒唐啊！這就像說，畫家沒有漂亮的臉蛋，就畫不出漂亮的外表。實際上，只需認真的觀察和熟練的手法，就完全可以畫出漂亮的容顏。你無論如何都無法相信，莎翁有著高尚而純潔的品格。有些天才作家，往往要麼性情古怪，要麼天真幼稚，要麼虛榮心強，要麼心胸狹窄。

當然，作家首先必須要對自己所寫的東西感興趣。我所想到的那些理智而高尚的偉人，大多習慣性的把自己的品行，歸因於天性使然，所以他們就想當然地認為其他人也具有這些品行，因此根本無需詳加描述。可以肯定的說，藝術家的利器，就在於他能欣賞那些偉大、高尚而美麗的事物。透過這些事物，藝術家可以查找自己的不足，然後如流星般熱切的希望獲得這些美好的品格。

我書中描寫的那些傑出人物，大都與我格格不入，因為他們都具有我所欣賞卻難以企及的品格。創作這些傑出人物，是世界上最悠然愜意的事！於是經

071

常出現這樣的場景，才疏學淺的我，總因無法貼切的表達思想而凝神苦思。也許在糾結了三個時辰之後，才猛然間豁然開朗，想到了某位名家名言最為貼切，於是趕緊把這位創作了如此精妙絕倫佳句的名家，好好勾勒讚頌一番。這種百轉千回的體驗，真是其樂無窮！

倘若自己是小氣、自私、懦弱之人，僥倖有機會好好地誇讚一位慷慨、無私、勇敢的偉人，該是何等幸事！誠然，思想必須融入作品，在作品中得到昇華。但那只是作品的光彩，卻不是作品的顏色；只是作品的表現形式，卻不是作品的構思方式。

藝術家和道德家

生活中有一些關係，本來美麗而質樸，可有些藝術家卻總會把這種關係弄得一塌糊塗。這時，理想的藝術作品就成了藝術家們的避難所。藝術家們目光挑剔、情緒無常，整天處於一種神經兮兮的狀態，一點小事也會讓他們產生挫敗感，哪怕微小的瑕疵，也令讓他們深惡痛絕，認為它糟蹋了高尚的人格、美妙的前景和漂亮的面容。當一個人有著漂亮的面容和醜陋的雙手時，普通人只會關注他美麗的面容，而忽視那醜陋的雙手。而藝術家卻更會關注那雙醜陋的手，

反而忘記了面容的美麗。

藝術家的痛苦就在於此，他渴望的是無法實現的完美。思想在他狹小的世界中恣意馳騁，讓他無法駕馭。藝術家通常喜歡黃昏時分，因為這時房間往往是幽暗的，世界也都是黑白色調，一片灰暗。只有那些看似普通平淡卻醒目的東西，才容易變得模糊，方便隱藏。

生活華麗多姿，五彩繽紛，芬芳誘人，精力旺盛的人往往對它充滿欲望，容易沉溺其中，難以自拔。許多藝術家放蕩不羈，追求奢華，耽於聲色，就在於他們貪圖享樂，缺乏道德的約束。他們恐懼單調與醜陋，陶醉於恣意的歡愉。所以，藝術家必須眼清目明，能識別浮世虛華，知道哪些地方最能打動心扉，哪些地方最讓人勞神費思。

藝術家創造偉大，但自己不一定偉大。他能辨別偉大的品行，就像他能辨別被鬱鬱蔥蔥的森林和綠草掩蓋的山脊。他認識美麗，但並不一定渴求擁有美麗。山林有其美，樹木有其美，但並不意味著美具有道德意義，它只具有象徵意義。最佳的藝術，其靈感更多的來自於智力因素，而非情感的契合。

當然，今日的英國作家要取得成功，必須要有道德家的氣質，因為英國讀者追尋理想道德，遠遠勝於他們對智力或藝術理想的追求。英國讀者渴望的是

忠貞的愛情，絕不是一時的激情。他們認為，最終的成功比徹底的失敗更令人難忘。他們喜歡悲劇，因渴望歡笑而喜歡上了悲傷，把悲傷當成歡笑的前奏。他們希望一家之主的最終責任，就是讓家人在豐衣足食中享受天倫之樂，而不是在死後化為塵土之時，也不肯因自己的不幸去詛咒上帝。

他們對死亡的觀點是，財主應該與貧窮的拉撒路一起被帶到亞伯蘭的懷抱（《路加福音》16：19-34）。為了成功，必須與溫情妥協。如有必要，就犧牲藝術家的良心吧。在英國，藝人只有在盛宴之後，才能找到自己的立身之所，因為這時勇士們已經酒足飯飽、倦意連連，不再貪戀豐盛的酒宴，不再渴望劈啪作響的爐火。

羅斯金（約翰·羅斯金，1819～1900，十九世紀英國傑出的作家、批評家、社會活動家）迫於生活的不公、殘暴以及醜陋，吞噬了自己的靈魂，拋棄了雲彩、山峰、日出、日落，但人們卻把這一切歸因於無形的精神壓力的緣故。奧菲利亞（莎士比亞作品《哈姆雷特》中的女主角）沒有在生命的激流中苦苦掙扎，而是躺在鋪滿鮮花的床榻上沉入夢鄉，飄向死神。

書的誕生過程

　　純屬自娛自樂，讓我回憶一下上本書創作的經過吧。我清楚的記得是哪一天、哪一刻，書的創意閃現腦海！有位客人來我家吃飯時，講了一個故事，關於他的朋友和他朋友所喜歡的，或者說自以為喜歡的姑娘之間的談話。一個人物，兩個主角，一個場景，一次談話，就這樣活靈活現躍入腦海。深夜，我無法入眠，仍在構思這個故事。為何要深陷這種情感的糾結？故事又會如何發展呢？

　　起初，只是一個場景的浮現。一個擺滿傢俱的房間，裡面有幾扇門——開向何方？有幾扇窗——眺望哪裡？房間裡到處都是人，我聽見他們在靜靜的來回穿行。這時，一個人走了進來，接著另外一個人，於是故事開始了。我聽見男孩無意間說錯了話，女孩的腦海中籠罩著疑慮和不安。我覺得應該加入一些情節去解釋誤會，可故事的發展卻是，女孩沒有解釋誤會，而是向一位不該傾訴之人，傾訴了自己心中的秘密。這個人本來就對男孩心懷不滿，這種不滿日積月累，已演變成了一種本能的憎恨和瘋狂。故事就

075

這樣層層展開。

　　然而，中間有一段情節突然混亂起來，讓我無法繼續下去。故事中的人物仍在，可他們卻無話可說。我想一定在什麼地方出現了問題，於是就重新把故事梳理了一下，仍無法找到癥結所在。可我必須弄清緣由，只好又重頭再認真理順了一遍，終於發現了問題的根源。我就像一個曾經在黑暗中摸索過的人，不得不重新在黑暗中再走一次，突然之間發現了一縷陽光。這個錯誤是當初構思的問題，我糾正了它，於是故事又得以順利開展進行下去。我小心翼翼的鋪設情節，感覺自己終於找到了正軌。我犧牲了一場感人的情節—— 也就是在這個地方我犯了錯誤，弄亂了整個故事。

美的創造

　　寫這本書，我不敢說有多辛苦，我不是在創造，故事一直在自行發展，我只是進行描寫、選擇。其中的一個情節，獲得了所有人的稱讚。我是如何創作出來的呢？我不知道。寫這個情節時，我根本不清楚主角要說些什麼，他們之間的對話都是脫口而出，自然而然的應運而生。寫這些對話時，我從未感覺過迷茫，從未有過停滯不前的感覺，只有一個難以抵擋

的誘惑：不停的寫，早晨、中午、晚上。有時，甚至有一種極度的恐懼，擔心自己活不到把不斷流淌的思緒清晰的付諸筆墨的那一天。

我竭力控制著自己，而這種自制也產生了某些新鮮感。日子一天天的過去，每天散步、聊天、讀書時，總在腦海裡盤旋一個想法，希望迷人的夜晚時分快點來臨，這樣，自己就可以滿懷激情、心無旁騖的投入寫作，親身體驗書稿慢慢的變厚。終於結稿了！

我清楚的記得自己寫的最後一句話，我堅信這本書就應該這樣結束。雖然還有意猶未盡的感覺，可以讓故事一直綿延下去，但彷彿畫框突然從帆布上掉落一樣，我知道故事該結束了，遠處再無風景。好像天意如此，書結稿的第二天，就發生了一件事情，把我的思想硬生生的從書中拖走。

創作的日子裡，我身體健康，精神矍鑠，天時、地利、人和，一應俱全，老天都在幫我完成創作。發生的這件事，我不想說出來，但它卻適時的讓我停下筆來。如果相信命運，就該按天意行事，難道不是一個奇蹟嗎？現在，我大腦貧瘠、枯竭，我願傾盡所有，希望再重溫一次那美麗卻難以再現的靈光。這真是一種痛苦，現在的我無從構思，無法創作更傑出的作品。我的手腳已被捆綁，只剩下無助和沉默。

藝術的偉大

很高興能想到一種方式，讓最美麗、最恒久的記憶悄悄走入生活。我想到了華茲華斯（英國桂冠詩人，1770-1850，華茲華斯與柯勒律治、騷塞同被稱為「湖畔派」詩人），他曾經一文不名、荒誕不經，住在阿爾福斯頓的偏僻一角，每天以雞蛋和牛奶充饑，喜歡與柯勒律治（撒母耳·泰勒·柯勒律治，1772-1834，英國詩人和評論家）在月下散步。也許他的行為在世俗人的眼中幼稚可笑、不可理喻，可他卻和柯勒律治一起構思了《抒情歌謠集》。

我還想到了濟慈（約翰·濟慈，1795—1821，傑出的英詩作家之一，浪漫派的主要成員），不滿現狀的他正坐在漢普斯特德（倫敦北部的居民區）的花園裡，雖然病情日益嚴重，口袋漸漸乾癟，卻仍在聚精會神的修改《夜鶯頌》，毫不在乎它會面臨怎樣的命運。也許天意使然，這些字跡潦草的鉛筆碎片，竟然從他合上的書中被搶救出來，得以重見天日。

我還想到了夏洛蒂·勃朗特（英國女小說家，1816-1855，活躍在英國文壇上的勃朗特三姐妹之

一，主要作品《簡‧愛》），住在沼澤地邊風雨飄搖的鄉下小屋，房間狹小，廚房空蕩，她本人疾病纏身、鬱鬱寡歡，可這都阻止不了她創作《簡‧愛》，她也根本沒去想自己正在創作一部經久永恆的世界經典。神聖的光環圍繞著這一幕幕情景，讓這些偉人聲名遠播，流芳後世。每每想到他們，我心中就蕩漾著浪漫的情愫，美好的憧憬，也充滿了感動、激情和快樂。可在當時，這一切卻毫無快樂而言。

然而，最動人的情節是在伯利恒（耶路撒冷附近的西岸的一個小鎮，基督耶穌的誕生地）馬棚裡童貞女的故事中，目睹她所經歷的心酸、驚恐、羞愧、疼痛，以及世俗骯髒的目光。故事雖然簡單，可每次聽到時，都在微笑中難掩淚水。「因為沒有客房，他們無處安身」。於是，我們這些可憐的凡人，彷彿知道此事對人類意義非凡，就把馬廄精心裝飾一番，讓它變得體面、溫馨，用聖物編織的花毯包裹聖嬰，讓天空亮如白晝，讓悅耳的聲音響起，讓我們拋棄恐懼和骯髒，用我們笨拙的雙手，揭開奧秘聖潔的封印，來證明一個真理：希望，可以不受玷污，光芒四射的從人類最骯髒、最嘈雜、最下賤、最邪惡的地方騰空升起。

藝術的偉大

　　我常漫無目的的遐想，到底是什麼讓一部書、一幅畫、一段樂曲、一首詩歌，經久不衰。當這些作品融入人的思想和靈魂，變得熟悉的不能再熟悉的時候，就滿以為可以準確的把它們表達出來了，這是一個非常嚴重的謬誤。舉個例子來說。我在《利西達斯》（約翰‧彌爾頓的一首田園挽歌）中讀到：「誰不會讚美利西達斯？他『非常』知道，自己要歌唱，要譜寫神聖的樂章。」

　　「非常」這個詞，在兩份原稿中都出現了，可在校對稿中卻被刪去。這個詞似乎有些通俗，不太押韻，破壞了詩歌之美。然而，彌爾頓（約翰‧彌爾頓，1608－1674，英國詩人、思想家，因其史詩《失樂園》和反對書報審查制的《論出版自由》而聞名於後世）一定是在深思熟慮之後才把它刪掉的。如果印刷出來後還有這個詞，我們仍然會認為刪掉它是粗魯的，失去了藝術的美感。可見，對於藝術家，一定有多種方法設計作品。

　　我認為，表現形式並不是一種必然。什麼樣的

藝術家才會對形式完全滿意呢？越偉大的藝術家，越可能意識到作品的瑕疵。如果作品可以錦上添花，其表現形式又怎會勢所必然呢？只是因為對作品過於熟稔，才會造成這種形式上的必然。華麗的高樓大廈，需經過無數次的風吹雨打、歲月的考驗，它的設計才能日臻成熟。

我們喜歡一種形式，就不願改變它，但實際上它的另一種形式，也同樣會得到我們的欣賞。偉大的藝術作品，只有很少部分是人們賦予它的，它之所以偉大，不僅在於其本身，更在於它迎合了我們的思想，就像寶劍配上了劍鞘。

構思的偉大與否，在很大程度上取決於它與我們自己思想的契合，或者說，它是否比我們的思想更勝一籌，就像教堂只有建了穹頂，才顯示出它的威嚴，遠遠勝過白雲飄飄的藍天。事實上，正是對構思細節的把握，才讓構思宏達起來，從而別具一格。構思不該超越於我們的視野之外。至於形式，它依賴於雙手、觸覺和思想的恰到好處。假設有一位偉大的畫家，把一副鉛筆素描交給一百名學生，讓他們把這幅素描畫成水彩，恐怕只有鳳毛麟角的作品才會讓人眼前一亮，大多數人的作品一定是歸於平庸和乏味。

因此，我對藝術有些宿命的觀點：藝術似乎取決於構思和技巧的幸運結合。可悲的是，很多傑出的

藝術家，並未隨著技巧的日臻完美而變得更加偉大。天才的作品，往往充滿青春的氣息，這種氣息最為難能可貴。藝術家們特有的品味和執著，真是令人敬佩。

藝術史和文學史似乎有相通之處，都呈現了一個事實：每位藝術家都有一個光輝燦爛的黃金時代，而且通常早早來臨，很少姍姍來遲。因此，傑出的藝術家應該知道自己何時花枝綻放，能創造出傑作。

那麼，我想，他就應該對此有所準備，適時的放棄藝術，像普洛斯彼羅（莎士比亞的戲劇《暴風雨》中的人物）那樣，埋身書海，享受生活，而不是一門心思去創作。但那需要做出多麼大的犧牲啊！又有幾人能夠做到！大多數人都無法割捨創作，只管埋頭前行，其結果只會寫出更多孱弱無力、矯揉造作的作品。這些作品，品味低劣，毫無靈性，只會讓藝術家光華四射的黃金歲月罩上陰影。

乞丐的孩子

微冷的冬日，天空一抹亮色，如鴿翼般展開。藍色的平原和高地，映襯著附近綠色的樹林。到處都是腐敗的落葉，股股水流四處漫溢。萬物蕭索，四周一片肅穆、冷漠。大自然在冷冷的寒風中悠悠沉睡，緩緩呼吸，顯露出平靜而淡然的希望。

我獨自一人走在林間小徑，為有這樣一個機會，能自如的休息和夢想而感到滿足。鄉下似乎已被人遺棄，一片狼藉，走在這裡如同獨自在牛棚裡勞作，煞是費力。我來到一條寂靜的小路，與一位骯髒醜陋的女人不期而遇。她推著一輛嬰兒車，上面堆滿了髒衣服和破爛，她目光充滿憂鬱和疑惑。上帝才知道她要去往何處。我想，她或許是要去一處幽谷，與同伴一起宿營；也許是去乞討、撒謊、行竊或酗酒。

嬰兒車旁走著一個小孩，七八歲大，穿著打滿補丁、不太合體的大衣，他的樣子看起來有點滑稽。他扶著車沿走著，頭髮蓬亂，渾身骯髒，可臉上卻洋溢著歡樂。他與自己的媽媽待在一起，如雛鳥一樣被撫慰，從未感覺害怕，對未來也從未感到焦慮。他走

著，輕輕哼唱，如路邊草叢中的小鳥在低吟。他那小小的腦瓜裡到底裝著什麼，我無從知曉。但我想，那也許裝滿了上帝給予的平和吧。

唐的來訪

　　家裡又來了一位客人！雖然我不知道他的來訪，是否比其他的客人更值得回憶。這是一位年輕的牧師，有著輝煌的過去。他曾來信詢問，是否有幸來訪，重敘舊情。他來了，他征服了我。至今，彷彿受到侵略、自己的土地被人掠奪了一樣，我變得無處藏身了。雖然仍有些氣餒和暈眩，但我仍願回憶一些與他在一起時的片段。

　　一小時前，他才告辭。然而，從他走進家門的那一刻，我就感覺時間在快樂的飛奔，好像一個月的時間，轉眼之間已飛逝而過。他看起來很隨和，個子不高，衣著整潔而考究。他很有禮貌，也很友好，臉上充滿敬意。透過鏡片，可以看到他炯炯有神的目光。他動作機敏、態度溫和，可一談到文學，卻讓我有醍醐灌頂般的驚喜，感受到一種狂風暴雨的洗禮！

　　我認為自己對書籍有種天生的虔誠，自認藏書豐富、博覽群書。可現在，與他相比，雖不敢說自己走入歧途，卻也不得不說自己讀了許多難登大雅之堂的雜作。他出口成章、妙語連珠。他的觀點入木三

分，令人嘆服。他對文學知識了然於胸，可以把每個文學人物都一一定位，思路恣意縱橫。

他瞭解所有的文學運動和流派。書籍對他至關重要，並不是因為書籍向他的大腦和思想傳遞了某種資訊，而是因為書籍呈現了一種趨勢，或者構成了環環相扣的知識體系中的一環。他引用的經典，我聞所未聞；他對作家如數家珍，信手拈來，我自愧不如。他態度謙虛、平和，沒有絲毫的炫耀 —— 我必須公平的說，卻難掩失望之情，就像發現自己無意中落入了野蠻人的世界。他大膽斷言：流行作家非常淺薄、孤陋寡聞。對此我也深有同感。

天啊！這個人該有著怎樣的大腦，才可以儲藏如此浩渺博大的知識！他的才學多麼令人欽佩！他記憶的一切都那麼清晰朗然，從未失去輪廓和光澤。更難能可貴的是，他知道怎樣獲取這一切。的確，對我而言，他的大腦就像一座大型的商業中心，裡面物品豐富、琳琅滿目。他熟知每個貨架上的每一款商品，他的博學令我自慚形穢，陷入了難以自持的低落情緒中。一旦我偶爾插話，弄混了作家或是日期，他就溫和的指正。不是那種居高臨下的藐視，而是充滿善意的提醒。

「啊，但你也許能想起來，」他說道。

「是的，但我們不應該忽視這樣一個事

實⋯⋯」他補充道，他的謙虛讓我欽佩。「當然，這些都是細枝末葉，但我應該知道的。」

文學的價值

我發現自己開始仇視有人以這種方式傳播知識了，是一種深深的仇視。也許是嫉妒，也許是羞愧和失落。但坦誠的說，都不是。我確信，我不想擁有這樣的知識，它們的輪廓過於涇渭分明，我不喜歡，他們沒有融入大腦，只是儲存在大腦裡，如核桃的果肉一般儲存在大腦中。我感覺無數的核桃擲向了我，把我掩埋、湮沒。

我的客人所知的一切都未經歷變化，從未與個性結合，既未影響到大腦，也未受到大腦的影響。我無意蔑視或者抨擊他淵博的知識，他只是一名講師，做到這樣，已難能可貴了。但他把文學當成了附屬品，當成了一種外力，而不是糧食，只是某種物質和商品。

我們探討的一些詩歌，如伊莉莎白時代的抒情詩，像樹叢中的鮮花在我的腦中盛開、綻放。而在他的腦海中，只是一排排栽種整齊的樹木，上面貼著它們的專業學名。最糟糕的是，填補這些知識的空白，掌握這些歷史流派，並沒有讓我感到充實，而是感覺

踐踏了盛開的風信子和銀蓮花，它們本應在我這片自然野生的樹林中恣意自由的生長。

　　我隱隱覺得，人應該要麼擁有他那樣淵博的知識，要麼擁有我這樣敏銳的鑒賞力，但我卻不願與之交換。詩歌、美文的價值，在我看來，取決於它的韻律、魅力和難以形容的震撼力。很多書籍和詩歌，雖為佳品傑作，卻難以傳遞任何意義和訊息。我的客人認為，應該掌握所有作家的全部作品，而我認為他不太理智，沒有將一流作品和二流作品加以甄別。事實上，他的文學觀點只是社會學觀點，似乎過多的關注了流派及影響，而忽視了文學的魅力和韻味。

　　文學該不該用科學的觀點看待，對此我不敢妄言，但我深深的感覺，文學需要感受，就像感受巴爾扎克作品中的醫生。當他妻子在他的肩頭哭泣時，他卻說：「別哭了，我已經分析完了眼淚的成分。」然後，他詳細的說出了眼淚中含有多少氯酸鈉鹽，有多少黏液。歸根結底，這位客人是位哲學主義者，而我是個人主義者。我強烈的希望獨自一人駐守在樹林中，也不願與那些毫無藝術品味的植物學家一起散步。

自殺

今天早晨，聽到一個消息，一位朋友自殺了。這個消息讓我感到了一種徹底的解脫，甚至歡喜，不奇怪嗎？ 這位朋友熱情洋溢、富有魅力、成就輝煌，但同時又具有藝術家的衝動、情緒不定、任性固執。不知何故，他失去了方向，四處飄蕩，混得聲名狼藉，再也不能有所作為。雖然他有滿腦子的想法，卻從未將它們付諸實施。

上次與他見面，讓我感到格外心痛。我們如約見面，可以看出來，他是靠藥物才使自己變得精力充沛的。然而，偽飾的快樂、浮腫的面龐、抖動的雙手，已經無情的告訴我他悲慘的現狀。現在，一切都已結束。恐懼、羞恥、墮落、自殺，都已成為俗套。有人大言不慚的評價，說他這是一種自私的行為。但其實，這麼做是這個可憐的傢伙，一輩子所做過的最無私的事情了。對所有關心他的人而言，他是負擔、是痛苦。而且我們從心裡認為，他已無藥可治。

年輕時，他友好、上進，甚至有些高傲。因可怕的家庭遺傳原因，工作受到了影響。坦白的講，他

089

不該為此負責。如果自殺行為進行得有理有據、莊重嚴肅，不是那種乖張嚇人的逃離生活，就值得懷念，我會感動，甚至不勝欣喜。我清楚，有些人即使活的時間再長久，也終無所獲。如果有合理的理由引導行動，就該抓住時機，付諸實施。當然，自殺也許是自私、怯懦的行為，但當自我保護的本能異常強烈時，就應拿出勇氣，直面死亡。自我犧牲不是必然，但也絕不是不道德的行為，因為當它的目的是為了挽救他人時，就值得肯定。

因此，我認為，對自殺行為的判斷純粹取決於動機。無論這可憐的傢伙動機如何，這無疑是他最善良、最勇敢的舉動了。他的生命是一種自然的終結，就如同死於疾病或者車禍那樣自然。這種自然的歸宿，會讓他的每一位朋友無不心存感激。

我更應該感激他，因為他的行為已凸顯了他的溫情、體貼以及前所未有的果敢。當然，這樣的事情往往會讓世界增添了一絲神秘，但相比於那無所不能的神秘力量，這根本就不值一提。正是這股神秘力量，才促使迪克這個多年之前陽光、優雅的小夥子，陷入醜陋、卑劣、難以癒合的痛苦。終於，迪克聽從了上帝的召喚，做出了最後的妥協，把自己悲慘的命運交到了上帝的手中。

冬日夕陽

今晚回家時，我沿著偏僻的小徑一路向西慢慢而行，來到了寬闊、空寂的田野上。在濛濛的夜色下，路過一塊略顯蒼茫的耕地。遠處的角落裡，在柳枝掩映的溪水旁，一堆堆的雜草正在燃燒，一個孤獨的身影正把冒煙的乾草攏到一起。一股股濃煙從乾草堆中升起，緩緩的、靜靜的飄向天空，融入霞光萬道的蒼穹，在四十英尺的高空，有的隨風飄逝，有的仍繼續上升，化作一道道細細長長的煙絲，映襯著玫瑰色掩映著的淡藍淡藍的天際。

一排排光禿的樹木，以及地平線上低低淺淺的山脈，似乎都沉浸於冥思當中，做著美夢。大地把它寬闊的肩膀轉向夜空，寒冷、憂鬱的日落漸漸隱沒。一天就這樣落幕了，夜霧開始嶄露頭角，讓籬笆染上霜色，催冷腳下的濕徑。夜幕肅殺，但陽光的隱沒卻充滿了自然之美，因此無需悲歎，無需遺憾，這些都是必須經歷的甜蜜而莊嚴的過程。

沉寂與黑暗，不是喧囂世界的騷擾者，而是活躍生活的承載者。日落時分，總有一種感覺，漸漸隱

沒的光芒，在試圖向我們揭示某種令人敬畏的奧秘，
某種充滿仁愛的神秘。一旦抓住了這種神秘，靈魂就
會得以安寂，生命就會得以延續。

隱沒的日子

　　人世間的事物，神秘而偉大，在我茫然的時
候，它們半是邀請、半是同情的伸出巨手，向我發出
召喚。遠處，在排排靜穆的樹木旁，神秘的金色光
芒，似乎陷入了沉思，之後不久，就執拗的隱沒在泛
白的天邊。我心中充滿了無限渴望，想徹底融入這難
以言表的寧靜之中。如果可以像清風那樣插上翅膀，
追逐飛逝的陽光，我就可以漂遊在世界各地，追尋同
樣的日落，看著它火紅的臉膛漸漸隱去，沉入背景，
沉入波濤泛起的海水之中，沉入茂密的熱帶叢林，沉
入南方無形的多日大地。

　　日復一日，同樣的聖典反覆上演，誰能知道它
經歷了多少歲月滄桑、四季變換。終於有一天，上帝
安排我來到這裡，讓我感知這變換多姿的一切，讓我
從塵土中的長眠中醒來，體驗這年復一年不斷重複的
經典。然而，這一切發生時，我卻置身其外，我是它
的一部分，卻根本沒有融入其中的感覺，這就是上帝
神奇而令人困惑的地方。

像我一樣，每一個渺小的生命，都能感覺到與上帝的距離，感覺到與上帝的不同，感覺到生命的圓滿、機體的完善以及生命的獨立。又一天過去了，我卻一如既往的感到困惑、無知。我感受到了自己的渺小、孤獨、無助。

誰能告訴我，我為什麼懷著如此強烈的渴望和熱情，熱愛這五彩斑斕的盛宴，這若隱若現、霧色籠罩的大地，這飄逸神秘的流光，這冷氣四溢的霜紗？無數的男男女女，懷著同樣的摯愛，欣賞了日落，是否也和我一樣陷入沉思？不知是否領悟了日落的真諦，是否感覺心滿意足？

現在，我來到了熟悉的門前，看見漆黑的山牆，高高的榆樹叢映襯著蒼白的天色。窗戶裡閃耀著溫暖歡快的光芒，歡迎著我 —— 這個來自寒夜、剛剛走出大地的無家可歸之人。這平和而安靜的一切，只是一種假像。我的心在蕩漾，腦海裡洋溢著歡樂的辭藻，同時也不斷在驅趕走時湧現的奇思怪想，以及那些敲動心房的深深的渴望。我必須感到知足，必須安定下來，停止追逐，停止這傷感而好奇的遐想。

結構與色彩

　　寫作，像音樂一樣，有兩個維度 —— 橫向滑動的曲調與縱向浮動的音調。外行人只能識別單一橫向的變化 —— 曲調的變化，一知半解的人，能識別簡單音調的結合 —— 和絃，而真正的音樂家，不但能讀懂曲調的變換，還能讀懂音調的對比與結合。在寫作過程中，有時能夠創作出橫向的結構 —— 嚴謹而莊重的曲調，卻無法摸索出音調的變換。這都是老生常談了。

　　現代人寫作，往往只強調華麗的文筆，這就有讓作品易淪為濃妝重彩而結構鬆散的炫耀之作的危險。完美的作品應該構思嚴謹、文筆精妙。但文筆必須服從於構思。年少時的輕狂，讓我輕視構思，重視文采，因此走了不少彎路。在某種意義上，這也是一個教訓，教會了我要重視構思，學會把握適度的寫作標準。

　　完美的構思來自哪裡呢？它來自於嚴謹而清晰的思路，以及對寫作形式與輕重比例的把握。好的文采，來自於個性的深度與廣度，還有敏銳的洞察力，

更來自於個性與洞察力的巧妙結合。關鍵在於觀察和感知事物，不應僅僅是記錄，而應把這種感知變成心靈的一個細胞，會隨著脈搏而跳動，給予它強大的生命力。

就我目前的狀況，我已失去了控制曲調的能力，我的創造力已然罷工。我竭盡全力，卻只能創作出不鹹不淡的作品，雖然很有動感，卻難以表達思想，只是一些割裂開來的片段，無法陳述主題，鋪設懸疑，引領高潮。雖然我絞盡腦汁，卻仍然無法得到改進。可悲的是，我仍然沒有失去創作的欲望。如若現在有幸得到某位高人的點撥，為我指點迷津，讓我走出泥潭，我會不勝感激。但我想，那樣也會導致自己的工作無法和諧一致起來。現在的我，應該存儲更多的記憶。然而，似乎我的記憶已然過多。

一個童話故事

今天，偶然翻到兒時的舊書，看到了《經典格林童話》。不好啓口告訴大家我讀了多長時間。書中的故事過去常常作爲一些古老而精彩童話的範本。現在，經過多年生活的沉澱，已經具有某種美妙的象徵意義，令我受益匪淺。其中，我印象最深的，是卡爾‧卡茨的故事。

卡爾常在溪水上游的一座破舊的古城堡裡放牧。有一隻羊每天都會奇怪的消失一陣子，晚上再回來加入回家的行列，但卻明顯變胖了；壯實了。卡爾留心觀察，發現這隻羊每天都偷偷鑽進牆上的一個洞裡。於是，卡爾打開了洞門，鑽了進去。裡面是一條漆黑的通道，他一路走來，不久聽到了好像冰雹掉落的聲音。他摸索著來到發出聲音的地方，發現了那隻羊，在昏暗的光線下，正吃著從上面劈啪掉落的玉米。卡爾一邊聽，一邊尋找，頭頂上有馬的嘶叫和頓足聲，他猜想玉米一定是從山中馬廐的裂縫中掉落下來的。

接下來的故事，我一時想不起來了，總之發生

了許多不可思議的故事。不久，卡爾還聽到了打雷的聲音，他最終斷定那是人們在穹形的通道裡歡笑、奔跑時發出的。他慢慢前行，來到了一片綠草茵茵的開闊地，一些巨人正在玩著滾球遊戲。他受到巨人們的熱烈歡迎，邀請他坐在了一把椅子上。巨人們邀請他參加遊戲，但他連球都拿不起來。一個矮人遞給他一杯酒，喝過之後，他就沉睡過去了。醒來時，周圍一片寂靜。他按原路返回，鑽出山洞時發現羊群不見了，天色還早，古堡的廢墟上霜色蒼茫。

他感到莫名的虛弱和疲倦。回到村子時，發現它已面目全非。時間已經過去了七十年，雖然還有一兩個風燭殘年的老人，依稀記得他失蹤的那天人們怎樣尋找他，可現在他的家已經不見，他成了一位被人遺忘的老人，無家可歸。歲月的空白早已填補，生命卻已流逝。人們為他悲傷，並不想讓他回來，因為他打擾了人們的生活。他已成了一個依靠別人生活的無用之人。

與生活同步

這段故事寓意豐富，讀後令人唏噓不已、不勝傷感。故事的核心在於告誡那些行為任性或者好奇心重的人，無論獵奇多麼浪漫、迷人，也不要因此失去

自己在這個世界的位置，哪怕是失去片刻，也終將無法返還。

　　生活有很強的適應能力，可以失去任何人。無論這個人得到多麼真誠的哀悼，但如果他想重新返回自己的世界，在某種意義上，只會成為多餘之人，這個世界已經不再需要他了。

　　藝術家最應該聽從這種忠告，因為所有的藝術家都會難抵誘惑，進入那暗黑的山洞，欣賞世外桃源的美麗，飲下那杯失憶之酒。

　　看來萬事皆是如此，保住自己現有的位置是多麼重要啊！雖然男孩探尋到了巨人們的歡樂家園，實現了自己的美夢，可是，現實社會的人卻根本不在意他講述的這一切，只會把它當成一個神話傳說。

　　時勢成就了藝術家。倘若生不逢時，即使再有才華，也無法掌控世界，向之傳遞訊息。無論傳遞的是往日的聲音，還是迴蕩著歡樂的過去；無論是為人遺忘的訊息，還是人們的幻想和夢境，藝術家需要的只是發現真實的自我，傳遞真實的聲音。當預言成為現實，預言的生命就已結束，藝術家只會獲得人們好奇而欽佩的目光。

　　他會成為歷史學家的座上賓，卻對活著的人沒有任何意義。經常目睹一些才華橫溢的藝術家遭此不幸。生活在工業時代的詩人，要是返回到詩歌鼎盛時

期，定會贏得莫大的榮譽。懷著崇高而新奇思想的人，往往因為自己的思想難以與現實同步而一直苦苦掙扎。快樂的藝術家，能敲擊出振奮人心的音符，會本能的利用時間，既不感慨過去，也不幻想未來。

　　卡爾若能衣食無憂的想起那天城堡上火紅的太陽，涼爽的山洞，雨點般落下的玉米，洞中人如雷的足音，英勇的滾球手，醇香的美酒，他就一定會心滿意足了。讓他好好的回憶吧！他已經歷了凡胎肉眼無法體驗的奇蹟。讓他在陽光下靜靜沉思吧！如若生活在現實社會，他只會珍藏一些平凡的記憶，而且其中的大部分都充滿苦澀和悲傷。現在，他有了自己的美夢，但同時也必須付出失落、沮喪的代價。

四季的美麗

　　藝術的職業風險在於，它總從物質的角度去衡量生活、享受生活。生活是藝術的一部分，但藝術不必是生活的一部分。這真是一個令人感到可悲、難以彌補的錯誤！

　　今天，我走在吱吱作響的雪地上，從山谷下來，路過田野，來到了光禿禿的樹林中。小溪的兩旁長滿荊棘，溪水清涼、幽暗。高高的山坡上白雪皚皚，在樹叢中畫了一個白色的心形，與周圍的樹木相映成趣，編織了一幅精美的圖案。眼前的美景一幕一幕，神秘莫測，變幻多姿，令人目不暇接。多希望能將它們付諸筆墨描繪出來，盡情的讚美、歌頌啊！然而，自己卻不知道為何會產生這種欲望。

　　我其實並不想將這些景致描繪給他人，甚至也不想為自己去捕捉它們。一年四季，每一個季節，都可以欣賞到這連綿不絕的美麗，這些不斷變化、不斷消失又不斷出現的景致。春天時，樹叢中長滿了軟刺荊棘，風信子鋪就了一塊塊藍灰色的地毯，白頭翁也編織了星光熠熠的美麗圖案。夏季時，樹木鬱鬱蔥

蔥，似乎在掩藏著某些秘密，濃密的青草鋪滿大地，高高聳立的鮮花，聚起了一個個彩團。到了秋天，樹木一片金黃，空氣凝重，散發著枯葉的氣味。然後冬天降臨，目光過處全是光禿禿的蒼白色調。白雪襲來，就像今天這樣，四周顯示出一片寂靜、淒涼之美，全無耀眼的雜色，一掃往日的陰霾。

藝術家的渴望

然而，藝術家常年培養出來的觀察力，不會只讓他欣賞到一種景致，就把它當成美麗悅目的永恆盛宴。令我自歎不如的是，藝術家追求的是藝術效果，往往會拋棄背景因素的干擾，去尋找那些甜蜜怡人的內涵意義，從而使自己創作的作品別有風味。

所以，不該僅僅滿足於凝視、欣賞、沉浸於這種美麗的景致，而是要去思考，自己能夠帶走什麼，又怎樣會徹底的擁有。如果藝術純粹是為他人著想，如果藝術的目的，就是為了凸顯大自然中，那些常為漫不經心者所忽視或鄙視的美妙，如果良辰美景令你心潮澎湃，內心充滿愛和希望，這何嘗不是一種快樂呢？

但在現實生活中，真有人會懷有如此單純的目的嗎？坦白的說，我沒有。我對傳遞給世界的訊息幾

乎漠不關心。雖然我對世上所有美妙的事物都懷有一種深深的眷戀，但我不會滿足於此。

藝術的評判標準

我想了起華茲華斯，他會整整一個上午都靜靜的呆坐，或欣賞那美麗的景色，或凝視荒地裡的涓涓溪水，或遠眺懸崖上攀岩而上的枝葉。對他而言，大自然就是宗教，他正與神聖和莊嚴進行溝通，正在拉近它們與自己靈魂的距離。而對於我，大自然卻又是另一番情景。我要傾盡所有華麗的辭藻，滿懷激情的把大自然表現出來，使它得以永存。

我這麼做，不是為了發揚藝術的榮耀，不是為了滿足給予他人財富的渴望，僅僅是聽從了自己狂熱的本能，把思想和美麗展現出來。我常對情感的表達束手無策，一部分原因在於自己有種欲望，想去阻止時光的飛逝，給予它永恆，避免它的湮沒。

年邁的赫里克（赫里克，羅伯特，1591-1674，英國抒情詩人，被認為是英國騎士派詩人中最偉大的詩人）懷著同樣的傷感，對水仙花感歎道：「凋謝的太快，我們感到悲哀。」另一部分原因，是出於工匠們看見心滿意足的作品時的那種快樂。有人說，這不是創作的渴望，而是希望作品得以珍藏的渴望。

描繪一幅令人心潮起伏的場景，與其說是創作，不如說是在感覺，在感覺自己的夢想。夢想的美妙之處在於，你不必創造它，它會伴隨著驚喜和經歷從天而降。它一直就存在著。沉溺夢想時，不必刻意創造夢想，只需大聲的說出來。正因為如此，藝術才成為了一項奇怪而悲哀的職業。

　　人們生活在這個美麗的世界，而這個世界卻並非是人們所希望的那樣，可是人們仍要在這裡體驗焦慮、失落、疼痛、疾病，這個世界仍然會讓人們警醒、恐懼，甚至厭惡，如果以此就做出評判，認為生活是真實的，夢想是虛幻的，似乎毫無意義。兩者都同時存在，都是真實的。但這也隱含著一種風險，即用生活填補夢想，而不是用夢想充實生活。

　　幾周來，我就像一個突然驚醒的夢中人，一直鬱鬱寡歡，我所生活與活動的世界，其實是一個想像的世界，它已在我的腦海中分崩瓦解。風雨敲打著脆弱的房屋，提醒我該起身活動活動了。我在遊戲人生，把它視為玩物，猛然間卻發現它像野獸一樣，憔悴、饑餓、憤怒，反撲過來，把我玩弄於股掌。它可怕的行為令我恐懼，它血腥的味道讓我噁心。這就是生活的奧秘所在，也是它的可怕之處。

　　我只會盲目聽從於專橫的本性，卻完全不知生活到底是引導我們，走向充滿希望和快樂的肥沃的牧

場，還是拖我們走入荊棘遍野的貧瘠的荒原。古老的寓言說的千眞萬確：笑面虎、甜蜜話，不可信。然而，怎樣才能知曉那些對我們的召喚是否值得信賴呢？難道只有經歷了可悲的背叛、黑色的災難之後，才可以清楚嗎？

我好像徘徊於一條開滿鮮花的小徑，卻並沒有採摘掛滿罪惡的毒株。我熱愛天眞和善良，卻追隨上了幽靈的腳步，無法停止。我發現自己被它出賣，感覺「像恍惚中勇敢的預言者，看到了自己所有的不幸。」（丁尼生作品《夏洛特姑娘》）。但至少，我仍然是勇敢的啊！

羅斯金與卡萊爾

考驗降臨在我身上，似乎要驗證我對藝術的忠誠，或者要告訴我，藝術家所信奉的信條是虛偽、淺薄的。我們這些藝術家到底是做什麼的？面對這樣的疑問，高興時我會辯解說，我們識別和闡釋生活之美。但現在看來，沒有人能依靠美而生活。

一直在萬物中尋找和識別美麗，以至於把自己弄得如此忙碌。我錯了。我把所有的一切：美德、榮耀，甚至包括生活本身，都屈身於檢驗。我似乎像位藝術家，全身心投入到色彩的欣賞當中，卻突然遭受了致命一擊，變成了無法識別顏色的色盲。雖仍能如以往一樣看見清晰的物體，可它們僅僅是些形狀呆板、毫無色彩的輪廓而已。

我做過種種努力，嚴格按照藝術家的標準行事，但我所有引以為傲的鑒賞能力，卻突然之間離我而去。我一直以為自己尋找的就是生活，現在卻知道，這種想法大錯而特錯了。

下面講一下三位偉大的作家的事情，其中兩位同時也是傑出的藝術家，他們的品行令我欽佩，可我

卻從未完整的領會它們思想的精髓。這三位偉大的作家分別是：羅斯金（約翰・羅斯金，1819～1900，十九世紀英國傑出的作家、批評家、社會活動家），卡萊爾（湯瑪斯・卡萊爾，1795－1881，英國十九世紀著名散文家、史學家、文壇怪傑）和羅塞蒂（丹蒂・加百利・羅塞蒂，1828-1882，英國畫家、詩人、翻譯家）。

羅斯金，作為藝術批評家，受到了多少不公的對待和歧視啊！對於藝術的精確性，對於如何改進視覺，提高想像力，他都有過獨到的見解。他批評克勞德（克勞德・洛倫，1604-1682，法國古典主義風景畫的奠基人）過於花俏，卻以同樣的理由，讚揚透納（約瑟夫・馬婁德・威廉・透納，1775-1851，英國十八世紀末到十九世紀上半期著名的風景畫家，英國學院派畫家的代表）的誇張。標準一樣，卻可以用來批駁一個人，稱頌另一個人。當然，他有時也順便提出一些善意且有建設性的意見，為激發人們對美的追求做出過貢獻。但他誤導了一些沒有主見之人，去用一個陳規代替另一個舊俗。

然而，他的心靈卻是多麼美好而高尚啊！他滿腹心酸，卻創作出了質樸、溫情的作品。這一時刻，他成了人們可親可敬的朋友。在《約翰・羅斯金自傳》中，在日記和回信中，在隨口而出的談話中，他

語調輕快、樂觀，他清楚地知道自己任性而古怪的秉性。但在演講和寫作時，他卻吹起了刺耳的號角，發出了尖酸刻薄的聲音。

第二位是卡萊爾了。他的鴻篇巨製，他煙霧瀰漫的低俗情節，他誇張笨拙的說教，都像一個喜歡招搖、愛出風頭的演員，不斷把自己推到前臺。他尖厲的叫喊，晦澀不清的語言，都讓人感覺疲憊不堪、頭暈目眩。

幾天前，看過一幅日本畫。一條小船飄蕩在暴風肆虐的大海上，巨浪拍打著小船。三位勇士匍匐在船上，臉上充滿驚慌和恐懼。天空中，烏雲密佈，透過烏雲，有一個醜陋無比的天神，正露出猙獰的笑容，拼命的擂打著戰鼓。這畫的名字叫《雷神擊鼓圖》。

的確，卡萊爾就是這樣一位雷神，對人類毫無憐憫之心，只會增添人類的恐懼和困惑。他宣揚的觀點是，活躍的人應該保持沉默和避世，靜默的人應該活躍起來。無論人類做什麼，不管是睡覺還是清醒，他都憤怒不已。他傳遞的資訊就像呼嘯的狂風，奔瀉的瀑布。然而有時，他卻展現了另一番濃烈的情感，這時的他變得無與倫比的幽默。

他描繪的人物和情節，細緻入微，令人讚歎不已。我對這個怒氣衝衝、冷酷自私的傢伙，欽佩得五體投地。雖然是一個糟糕的丈夫，但他卻是一位真正

的朋友，但有個前提，你必須能忍受他不時發出的刺耳的叫喊聲和抱怨聲。

災難的意義

最後一位就是羅塞蒂了。他寫了無數美輪美奐的詩歌，讓人感受到了其內心熊熊燃燒的藝術之火。但在我看來，他的許多繪畫作品卻如淫蕩、醜陋的惡魔。他後來創作的十四行詩，也散發著毒香——構思精美，馨香四溢，卻難以讓人感受到詩歌的味道。在如染上毒癮般沉溺於自我封閉的世界之前，他是多麼高尚豁達、放蕩不羈啊！

這就是三位偉大的靈魂。羅斯金，高貴和美麗的至愛者，卻籠罩在刻板而固執的陰影之下，有著老婦般的體貼，狂暴中的絕望；卡萊爾，有著一顆偉大、堅強而狂躁的心，但糟糕的身體，脆弱的神經，自私的心態，使他變得狂傲粗野；羅塞蒂，藝術界的流星，如天使般閃亮登場，卻像路西法（《聖經》中撒旦的別名，出現於《以賽亞書》14：12）一樣跌入邪惡。這些偉大的人物為何沒落，這些難解的災難又隱含怎樣的意義？

在這三種情況中，我們看到，原本精彩絕倫的世界籠罩著陰鬱，莫名的遭受了玷污，讓一人落入癲

狂，一人陷入沉淪，一人耽於享樂。我們相信，或試圖相信，上帝純潔、仁愛、真實，上帝之心永遠高貴、希望和崇高。然而，為何越豁達的天性，沉淪的就越深？難道這些事實只為告訴我們，其實我們根本不關心藝術，只是希望攀附上冷漠、枯燥、簡樸、嚴厲的德行？難道我們只把藝術當成閒暇時光的消遣？

誘惑，如人之本性，深深紮根發芽，不，它比人的本性紮根得更深，它就是人們常說的醜陋和粗俗，是萬惡之本。難道應該把人心變得如鋼鐵一般，去抵制這些誘惑嗎？那麼，聽從狂虐的本能，靠它來選擇、闡釋、捕捉美，又有何意義呢？欣賞身邊之美，享受花前月下之美，傾聽小鳥歌唱之美，聆聽溪水丁冬之美——充滿感激的去欣賞這所有的美麗，然後回歸簡樸真實的生活——難道這還不應該感到滿足嗎？我簡直無話可說。

很難相信，上帝賦予我們人類精神如此熱忱、有趣、甜蜜、神聖的本性，讓我們在追求這些本性的過程中，認識自己的錯誤。然而，可以肯定的是，我竟不知為何迷失了方向，而上帝卻不能，也許不願意給予我幫助。我要四處飄蕩，這是命中註定，抑或被迫而為？到底有沒有獲取平靜安寧的奧秘，讓我可以尋找？這種奧秘是否就在我們目光企及的地方，或者，它原本就在眼前，觸手可及？

不幸的凡人

有一幅布萊克（威廉‧布萊克，1757-1827，十八世紀詩人，英國第一位重要的浪漫主義詩人、版畫家）的版畫，做得很小巧。一架雲梯，在地球上一個光禿的角落豎了起來，通向彎彎的明月。有兩個人似乎在對話，其中的一個人看起來氣急敗壞，一隻腳踏在梯子最下面的橫檔上，正匆忙向上攀爬。

「我想上，我想上，」旁邊的那個人喊道。

這幅畫很小，只有一枚郵票大小，雖不是精工細作，卻也與許多作品一樣，以小見大，意義豐富，透過細膩的象徵手法，表現出了深刻的思想內涵，使人不禁好奇，布萊克到底知不知道，這幅畫表達了多麼深刻的思想。

這幅畫的象徵意義在於，它表達了世界上所有朦朧、熱切的渴望，表現了人們對幸福、平和、成就和完美的追求，它體現了一種力量，這種力量讓人們熱切的信仰上帝，讓心靈比其表現出來的更加偉大、更加堅強。當周圍的一切讓我們感到困惑時，思想成了我們的支柱，讓我們堅信正義、仁愛以及上帝的完

美之愛，讓我們莫名地擁有了幸福感。

正是這種本能讓我們相信，痛苦和悲傷，不是人生的常客，終將會適時離去，找到它們的歸宿。日落時分，深色的樹林和煙囪掩映在紅紅的暮靄之下，遠處的風景沉浸在暮色中，面帶笑意，如夢似幻。此時，這種想法再次襲來，似乎有一個親昵的聲音在我耳邊低語：

「是的，我無處不在，比你想像中的更高大、更親切、更真實、更優雅──但現在還不是揭曉這一切的時候。」

我無法解釋，也難以理解。此次此刻，這種情感，讓我真的覺得，自己不再是上帝之子，而是與它融為了一體──我與他只是暫時分離，為了實現聖潔的天意而羈絆於此地，帶著塵世的枷鎖，懷著模糊的記憶，像一個夢醒之人，在竭力回憶剛剛逝去的美夢。

此時此刻，真希望自己變的與眾不同，強大起來，獲取更多的自由，擁有無限的耐心、溫柔和愛意。可天意難越，我只好帶著震驚和怨怒重返人間，不得不再次見到那些邪惡小人，不良之心。

墜入地獄

幾周以來，雖心情抑鬱，但仍一直竭盡全力，想獲取更多的勇氣、溫情和仁愛，可所有的願望卻都一一落空。心情愉悅時，一切都輕鬆愜意，招之即來；而心情煩躁不安，百無聊賴，甚至心懷不滿時，雖不斷爭取，卻仍不能如意，到頭來只會感到心神俱疲。

更糟糕的是，我不喜歡博取別人的同情，寧願自己孤獨、寂寞的承受。我從不自我憐憫，而且別人的憐憫會讓我感到羞愧、心虛。我知道，莫德看出了我的不快。可悲的是，這種不快讓我們之間的關係變得緊張起來，這是從未有過的事情。

我坐在椅子上讀書，試圖以這種方式消磨時光，扼殺妄想。無意間抬起頭，發現她正凝視著我，目光中充滿同情和愛憐。莫德清楚，我不需要同情。儘管她體諒我的心情，可卻仍然難掩她的同情，如同我無法掩蓋自己的焦躁一樣。我變得煩躁、多疑，難以相處。然而從內心裡，我真的渴望成為一個善良、溫和、耐心、寬容之人。

菲茨傑拉德（全名：愛德華·菲茨傑拉德，1809—1883，英國著名詩人、作家。因英譯波斯大詩人歐瑪爾·卡亞姆的《魯拜集》而聞名）說過，糟

糕的身體讓我們所有的人都變成了壞蛋。最可怕的是，所有的努力都付之東流，我變得越發脆弱、易怒、不滿。我沒有，也無法從不幸中濾出它對己、對他人的益處。

孩子是我的天使，可不幸也讓我與他們的關係蒙上了陰影。麥琪，出於女孩子天生的本能 ── 這是多麼美妙的天性啊 ── 覺察到了我的問題，就用盡幼小大腦想辦法關心我、安慰我、取悅我。她天性敏感，我不想讓她把精力過分地放在我身上。因為我沒有任何好轉的跡象，想一如既往的像以前一樣已不可能。我不能工作、不能思考。關於如何去抑制不願承受的痛苦的辦法，我在以往的書中有過不少精闢的闡述，但我現在的痛苦，已勝過任何其他難以忍受的痛苦。痛苦，似乎先知先覺，如魔鬼一樣用最殘酷的方式折磨著我。

有位老詩人曾吟誦道：「如能甜蜜的承受，怎會讓驚悸的意志安頓下來？」的確如此，我沒有一絲的懷疑。但仁慈的上帝啊，很難想像，像我這樣受盡祝福的人，竟會有如此脆弱的信仰和耐心！但即便如此，我現在仍能創造一些名言警句，如「學會滿足於不滿足」，這真是個難解之謎。可是，我卻跟跟蹌蹌的走在黑暗的小徑，穿過「沒有被月亮捅破」（原文為拉丁語）的樹叢，這時，似乎心情有所寬慰，甚至

有些浪漫的感覺。

　　記得古時候的一位聖人，常在日落時分靜靜地讀書。有一次，他突然預見了自己即將降臨的命運。於是，書從手中滑落，可他仍端坐在那裡，凝視著虛無的遠方。他可真是位令人欽佩的聖人，不得不讓我感到了自己的渺小。我再不敢畫畫，去描繪人瀕臨死亡時強忍痛苦的場景了。自己經歷的痛苦雖不值一提，卻常借用藝術家的多愁善感，揮霍奢侈的語言去把痛苦大肆渲染。

　　有一次，在評論一位朋友的作品時，我曾說這幅作品輕描淡寫，無關痛癢，因為作者從未有過掉入地獄的經歷。現在，我已踏入了地獄之門，對藝術的摯愛，對生命的眷戀，都在無情的寒冷中蜷縮。如詩人所頌：

　　地獄冰冷刺骨，寂寥明亮，既無黑暗，更無火焰！

　　在那裡，為了挽救健康、財富和摯愛，我可以放手一搏，因為有可以承受的痛苦，有可以釋懷的負擔。可是，在這裡，我沒有寄託，只有空虛、茫然，它們不時在吞噬著心臟。我身處谷底，落入黑暗，陷入深淵。

冬日世界

清晨，地上白雪茫茫，遠處的地平線上，一道棕色的光芒劃過長空，勾起人無限的遐想。突然有了一個古怪的念頭，我似乎從未真正擁有過這所房子。白雪神奇的照亮了房屋，屋頂上也罩上了一層白暈，如裝飾的畫框，但下面的房間卻被映襯的有些昏黃和靜謐。

莫德和孩子們中午參加一項活動，我送她們走到門口。一幅多麼動人的畫面啊！皚皚白雪映照著她們充滿朝氣的面頰，帶著嬌媚，讓她們白皙的臉上泛起一絲淡淡的韻味。聽上去這臉色不會漂亮，可如果在現場，你就會發現這畫面真是美侖美奐，如波提且利（1445-1510，義大利文藝復興畫家，其作品風格詩意、優雅而含蓄，代表作《維納斯的誕生》）畫中的聖嬰，粉紅的雙頰，淺色的捲髮，散發著甜蜜而溫暖的氣息。

和她們在一起，我無比快樂，至少表面上是無比快樂的。思想的漣漪在陽光的照耀下平靜下來，可在思想深處，寒冷與黑暗仍在水底沉睡。與她們分開

後，我到山谷中漫步。噢，只有我一人！多麼美妙啊！大地上一片白色，黝黑的樹叢和光禿的樹木點綴其間，明媚的陽光遍灑大地，世界如水晶般晶瑩剔透。

太陽漸漸落下，透過黑暗的樹林，天空一片橙黃，那種難以名狀的渴望又呼之欲出—— 我無法解釋，到底是為了什麼—— 它似乎近在咫尺，又遙不可及。我悲痛不已，大腦如無穀的磨坊，一片空白。我無可奈何。一句古老的拉丁詩句，不時在敲打著心窗。作者想必也飽嘗心酸，詩中滿是悲傷。人們總是認為甜蜜美好的詩歌稍縱即逝，無論怎樣的快樂在等待，靈魂永遠不會停靠在同一幸福的終點。

這首詩講的是一隻山鶇，這隻遲來之鳥經常棲息在德文郡（英格蘭西南部的州）家中的樹枝上。

「啊，不幸的鳥兒，」他寫道，「因為你，寒冬已剝光了所有的橡樹，榛樹林也失去了生長食物的希望。」

這似乎說的就是我。我停留太久，過於留戀慷慨輕鬆的夏日。現在，周遭的樹葉已然脫落，夥伴們也飛向了南方。我瞪圓的雙眼失去光澤，鼓起的雙翼因饑餓而鬆垮，為何不能在這美麗之中再多駐留休息片刻？為何不能把美麗融入驚悸的心靈？不，我不會抱怨他人，更不會自怨自艾。

漂泊

日落時，我向家走去。穿過靜靜的花園，花園裡的一切都籠罩在白雪當中，空寂無聲。白雪覆蓋著房屋，勾勒出飛簷、高瓦、穹頂、煙囪，姿態各異。青煙悠然飄入靜默的天空，屋中的爐火不時閃現出光亮。此情此景，我感受到了美麗的永恆、甜美的希望、爐邊的溫情、眞實的存在。我所想像的生活，都沒有此時的生活更讓我心滿意足。但可惜，只能是精神上的滿足。

我爲何不能走進房間，坐在溫暖的爐邊，捧書靜讀，讓過去美妙的思想再次注入大腦，等待妻兒的聲音在耳邊想起，召喚我傾聽她們的所見所聞？爲何我只能像一個孤苦無依的孩子，脆弱而悲傷，獨坐在廢墟中，空自守著黃樑美夢？相比於同時代的人，精神的饑渴不斷督促我努力奮鬥，我的付出也毫不遜色，甚至更勝一籌，爲何回報給我的是我不想要的回報？爲何我不能再次心滿意足的沉入夢鄉？

「在春夏交替的季節，鳥兒不再歌唱，而是懷揣美好的一切，休憩，休憩，再休憩。」

這才是我渴望而不可求的夢想。如同一隻巨大的爬蟲，用觸角包裹住房屋，在屋頂、在窗下不停的蠕動。突然，爬蟲的尾部被橫刀切斷，爬蟲頓時萎頓

下來，無力的掛在屋頂，隨時都擔心被風吹走。然而，我卻是朝氣蓬勃、精力充沛、無憂無慮的，只是我的心彷彿被掏空一般。

最近心情一直不好，也無法向人傾訴，因為他們只會揉揉眼睛，好奇的問我痛在哪裡，苦從何來？我身體無恙、諸事皆順，唯一的缺憾就是不能創作了。我已經寫了六七部書，做了大量的筆記，構思了許多情節，設計了諸多場景，可現在，就是無法繼續下去了。有時，極度的憎惡，讓我撕碎書稿；有時，無奈的我，輕輕的把書稿丟到一旁。

這些書稿沒有任何生命力可言。可是，如果讀給人聽，他們會困惑的問我，到底出了什麼錯：這些書稿聽起來與我以前的書稿一樣有趣、一樣可笑、毫無分別。但它們已沒有了激情，沒有了創造力，已經無法超越鼎盛時期的自己，人物宛如木偶，語言宛如一潭死水。現在做的每件事，都會勾起我對過去的回憶。假如強打精神寫一部書，也會名利雙收，許多人對其中的差別會毫無察覺。但真正的評論家會看出端倪，發現我已丟棄了成功的祕訣。

或許，我會繼續堅定的寫下去，完成這可憐的、沒有生命的作品，塑造出它僵死的肌體，然後給它披上華麗的外衣，體面的擺放在大家面前，供人們欣賞。但我無法這麼做，也許是道義對我的約束。我

根本感受不到絲毫精神上的倦怠，抑或能力的缺失——恰恰相反，我對寫作如饑似渴，可唯一缺失的就是創造力。最糟糕的是，寫作讓我明白，我的整個生活一直以它為中心，我是多麼依賴於它啊！

　　清晨，我要讀書、寫信、處理各種雜事，但這仍阻止不了我想去寫作的念頭。雖然努力不去想它，不去期盼那種愉悅，但我時刻感覺到腦細胞中的某處，寫作的種子正在發芽。下午，散步、騎馬。下午茶後，快樂的時光終於到來。書中的情節，早已蓄勢待發。我思如泉湧、下筆如飛，洋洋灑灑、一發不可收拾。一章寫完，我又飛快地返回到已打完字的上一章節，理順情節、豐富對話、潤色語言、校對修改。晚上，沒有客人時，我會大聲的給莫德朗讀書稿，而莫德則憑藉傑出的本能，敏銳的指出書稿中的軟弱無力、臃腫突兀、矯情偽飾，或者給予我慷慨的表揚。這是我最開心之事。

　　回顧過去，一切都似乎太過於美好，太過於快樂，難再成真。我已擁有一切，可卻失去了寫作的快樂。而對快樂的追求，又毀掉了生活。我再也不能悠閒的構思精妙的人物幽默的情節、意味雋永的對話。我茫然的凝視著花園、大地、樹林，卻無法從中獲取任何的靈感。莫德與我之間親密無間的關係也受到了傷害。我如同一介頑童，希望每一新奇的發現都贏得

贊許的目光。莫德彷彿是天使，心地善良、溫柔可愛。她與我促膝交談，用愛和體貼擁抱著我、寬慰我，讓我耐心等待。雖能感受到她為我所做的一切，可我仍遭受痛苦的煎熬。

我憎恨自己的無能和怯懦，竭力獨自去品嚐痛苦的滋味。我絞盡腦汁、凝神苦思，為找到一絲線索做著無謂的掙扎，生活已然變得無味。我感到孤獨、麻木悲傷。當無需創作之時，當書稿告罄之時，當酣暢淋漓的傾吐完自己的心聲之時，我都會心態平和、悠然自如的凝神反思；而現在，這一切已不復存在。就像絕望的囚犯，只有死亡才是他結束淒涼、孤寂的唯一出路。

我的渴望

難道讀書、畫畫、聊天真的不能讓我獲取快樂嗎？真的不能，一切都只是毫無意義的浪費時光。以前，總有一個目光在眼前引導，像一盞明燈點亮道路。快樂指引著我的生活，讓我從單調無聊的前行中獲得慰藉。可現在，我踟躕不前、四處飄蕩。往昔的溫柔、平靜的時光，變成了枯燥的責任，讓我全無感覺。我如此行為，不是怯懦，而是想面對現實的一種渴望。

「或許將來回憶時，心中會充滿快樂！」

　　但現在，無論如何，我都不敢面對現實，只能聽任自己的一事無成。我要聚積所有的勇氣和決心，像真正的男人那樣直面現實。然而，這種決心仍然不會產生任何的效果。我只是渴望，我那麻木的思想，能感受到些許溫暖的陽光，讓思想融化，讓枯枝上的蓓蕾發芽、開花。

何時停步

　　我所面對的痛苦，就是它的虛無縹緲、難以捕捉，這是那些迫於生計而寫作之人根本無法體會的。我不需要金錢，也不想功名。坦誠地說，我根本不需要任何有形的東西：盛宴邀請，鶯鶯讚譽，攀附富貴，功名利祿。我喜歡安靜的生活，如賀拉斯（西元前65～前8，古羅馬詩人）所言：我不想成為矛頭所向。

　　我已品嚐過這一切，它們無法讓我快樂。我承認，我本以為它們會讓我快樂。我的感受和丁尼生（阿爾弗萊德·丁尼生，1809-1892，維多利亞時期代表詩人，主要作品有詩集《悼念集》、獨白詩劇《莫德》、長詩《國王敘事詩》等，華茲華斯之後的英國桂冠詩人）如出一轍 —— 我厭惡蔑視的批評，也看輕善意的表揚 —— 個別大師的表揚除外。然而，獲得大師們的表揚卻難於上青天，因為大師們都在忙於創作，怎會有時間、有心情去評價他人。

天才的奧秘

的確，我心中潛伏著一個邪惡的欲望，它與我的本性交織一體：我由衷的渴望創造出精品佳作。如作品能通過自己苛求的眼光，我就可以與寫作再續前緣，因爲我寫作只是爲了自己的愉悅，不會去理會它是否受到世人的青睞。人們想當然的認爲，除非作品毫無新意——我的作品不屬此類——好的作品是不可能不受到世人關注的。

濟慈和雪萊，丁尼生和華茲華斯，都曾受到過責難，因爲他們的作品過於標新立異、與眾不同，超出了傳統的評論家們的思想所及。我有自己熟稔的媒體，外加一大幫嗅覺靈敏的批評家，他們正逡巡搜索著那些精品佳作。只要自己的作品不過於獨闢蹊徑，就會得到某些人的賞識。但我所希望的，只是不要降低自己的評判標準。雖然對評論家們的判斷不敢恭維，但我仍本能的想得到他們的贊許。

我的痛苦是那種運動員們所感受的痛苦：在創造了新的跳高紀錄後，卻忽然發現自己雙腿僵硬、身體發福，再也不能飛身越過標誌杆了。我有一種強烈的感覺，人應該激流勇退、適可而止。如果功成名就之人，只知洋洋自得的不勞而獲、坐享其成，沒有比這更令人鄙視和可憐的了。

我的故事，就像令人討厭的佈雷德老農夫一樣，他凡事都挑三揀四、百般挑剔。他的妻子非常生氣，就把他扣在了一堆石蛋上，讓他在那裡苟延殘喘、度過餘生。看見一個人，雖新書層出不窮，但卻如日落西山一般，一本不如一本，思路陳舊、人物老套、情節庸俗，我會感到陣陣惋惜。總是希望，有哪位善良勇敢之人，可以告訴我何時收手。

　　現在，這一切自然而然的發生了，而我卻又無法接受，因為這是一種失敗。就像弗蘭克・巴克蘭（英國外科醫生、動物學家，1826-1880）筆下的猴子，直到進入溫水瓶才知道外面更涼快，可是已經太晚，只能活活的被煮熟。

　　佔據我全部生命的寫作生涯棄我而去，這讓我的生命變成一副空殼。聰明之人會寫一些無關痛癢的隨筆，挑選一些鮮為人知的文學界的奇聞軼事，或者參觀一下某位名人故居，以及他早年的活動場所，評判一下他的作品等諸如此類的事情，填補空虛時光，並藉此獲得滿足。但凡有創新思想並進行過嘗試的人，都會對模仿他人作品、從邊角料中拼湊出復活節餡餅的行為深惡痛絕。除文學之外，我一無所知，而且我只會寫傳記文學。那些把他人的所作所為寫入作品之人，自己的生平也會被一代代的書寫，這真是一種莫大的諷刺。能有這種本能的反應，再自然不過。

政治家們和軍事家們的鮮活記憶，終會漸漸隱沒，但只要對這些偉人充滿敬畏和遐想，就會產生強烈的欲望，想再現他們的歷史，找到他們的靈感所在。不管是才華出眾的詩人，還是想像力豐富的作家，只要不斷炫耀自己在某地突然獲得靈感的經歷，人們就自然而然的幻想：這是何等神奇，有著怎樣的懸崖峭壁、湖泊山林，才能孕育出如此石破驚天的思想，造就這些與眾不同的天才；而絕不會想到，這些其實不過是厚積薄發的靈感適時的閃現而已。

我有一種衝動，想去探訪一些天才早年活動的地方，不是因為希望發現其獨特魅力的根源，而是因為他們教會我一個真理：靈感無處不在，只需我們去感知。現在的我，只能被迫依賴自己的想像，就像力士參孫（聖經《士師記》16：20）一樣自言自語：

「我要像前幾次一樣出去活動身體。」

然後，詩句的結尾自然得如影子一般落在我身上，「他卻不知，耶和華上帝已離他而去。」

癮症

　　一切都無關緊要，一切又都至關重要！我埋頭奮力前行，像一隻逆流而上的小船，迎著渾濁而兇猛的河水拼命向前，但似乎仍一無所獲：希望、耐心、力量。從最初的奮起反抗，到現在，我早已無心戀戰，只能默然承受、艱難等待。此刻，總會認為自己經歷了別人不曾經歷過的孤獨，而這種孤獨，又是無比淒涼。形單影隻，甚至與上帝都遠隔千里！

　　如果感覺這種隔離，也是一個學習的過程，從中總能獲得某種東西：能力或勇氣，那麼，也許就會欣然去忍受這種隔離；但我的感受卻是，自己的活力和道德正被壓抑、吸乾。我不渴求死亡，不想默然忍受，我只渴求生命和陽光。不，我對自我狀態描述的太不恰當。有時，我有種感覺，某種東西、某種力量，正試圖與我交流，向我傳遞某種訊息。很多時候，沒有這種感覺時，自己的大腦就會失控，滑入黑暗混濁的狀態。

　　然而，過了一陣子，當視覺和聽覺重占上風時，神秘而巨大的光芒就會突然在腦海中閃現，照亮

了薄霧籠罩的山谷，脫光樹葉的山林，以及河水浸潤的草地；這時，璀璨的晚霞，會低低懸掛在光禿的田野或是河水漫延的平原之上，山風圍著爐火掩映的房屋呼嘯著，棲息在常青藤上被驚醒的小鳥在輕輕低鳴，伴隨著孩子們的歡叫，笑容洋溢的臉龐，以及那打破寧靜夜晚的樂聲。

　　我一時間感慨萬千，所有的聲音與畫面不再模糊、朦朧，都清晰地展現在我眼前，它們為了某個神聖的目的，正傳遞著上帝的神諭。真希望自己能捕捉到上帝在黑暗和沉默中傳遞的訊息。

灰暗的影子

　　我的不滿和抑鬱開始發作了。我變得失眠多夢、神經兮兮，常在恐懼的撕扯中驚醒。有時，還必須與難以忍受的狂躁作鬥爭。社交聚會，開始變得不可容忍。我不時會產生各種各樣莫名其妙的感覺，這種感覺難以控制，令我暈眩、顫抖。此外，還偶爾伴有一種可怕的妄想，總認為周圍的人和物正悄然溜走。為了控制住這種混亂的意識，常需費盡九牛二虎之力。我陷入一種莫名的胡思亂想中，常帶著恐懼和震驚回到現實。

　　幾天前，我去看了一位著名的醫生。他安慰我，還笑話我的恐懼，告訴我這是一種神經衰弱，不是幻想，而是一種真實的存在。他認為我的大腦已過度勞累，正對我展開報復，而且我的大腦有點供血不足，等等，等等。他認得我，帶著敬意與同情給我治病。我告訴他，自從寫完上部書後就一直在休息，已休太長時間了。他說還不夠長。

　　「別把它當回事，」他告誡我，「不要做任何你不想做的事情」。

我回答說，困難在於我很難找到自己喜歡做的事情。他笑著說，你不要擔心自己會垮掉。他開導我，告訴我要堅強。

　　「真的，」他說，「如果光為了醫療保險費，會有一打的醫生為你做體檢，但即使這樣，我也敢保證你沒事。」

　　在檢查期間，他還為我做了一次測試，非常隨意的一次測試，好像他根本就不在乎似的。我想，他以為我不知道他的良苦用心。不幸的是，我知道，這是一次對病情嚴重的病人進行的測試。那真是一個恐怖的時刻，惡魔從陰暗中溜出，直視著我的臉。測試很快就結束了，醫生繼續忙碌著其他的事情。最後，他說：

　　「先生，事情沒有你想像的那麼糟糕。實際上，要好的多。不要驚慌，沒必要過分緊張，也別再為此煩心了。你說現在寫作進行的很不開心，這種感覺部分是理由，部分是結果。你過度的消耗了你的大腦，需要給它時間恢復。我認為你會慢慢康復的，還是以前說過的話：焦慮是沒有緣由的。我只能給你這麼多幫助，這全是我的肺腑之言。」

　　這位面帶倦意、目光慈祥的醫生，一生都在致力於探索人類痛苦的深淵，這是一種多麼痛苦、卻又多麼高尚的生活啊！他的一席話讓我有一種感覺，在

這個世界上，他只有一個人要關心，那就是我。

回到客廳去取帽子，看著等候的病人眼中焦慮的目光，我想，每人的心中都一定隱藏著一個難以啓齒的秘密。作爲醫生，他肩負著多麽沉重的擔子啊！按規則生活，需要某種力量。從抑鬱沮喪中抽身而出，會讓我欣慰不已，不是因爲我希望如此，而是因爲別人發出了這樣的命令，督促我要奮勇向前。

狂躁的神經

最頭疼的事情，莫過於我的神經恣意任性，永遠無法預測它何時張揚侵襲。過去以爲，在我最不如意的時候，最易受到它的攻擊，可事情並非如此。在有所準備之時，它會蟄伏潛藏；但當你感覺高枕無憂之刻，它卻從洞穴中突然出擊。治療這種神經疾病有個秘方，那就是要把這種病當成一種頑疾，當成病人的固有病灶，而不是健康人的偶然發作。疾病似乎只困擾人的精神，但卻可以讓你在不知不覺間成爲它的獵物，籠罩在它的魔影之下。意識到這不是陷入自以爲是的幻想而產生的後果，而是透過有色眼鏡看到的正常狀況，會大有裨益。

但長期令我困擾的是，是否該放鬆下來無所事事，還是該攫取動力投身工作。大腦時常突發奇想，

這些奇想有時讓人激動不已，有時令人沮喪不堪。不管程度如何，疾病一直如影隨形，而且精神上的困擾時有發作，反覆無常。不發作時，你會充滿活力，甚至偶爾會產生幻覺，魔鬼已然消亡。

總之，這種精神折磨會極盡其所能，折磨得你生不如死，令你不得不質疑它的教育意義究竟在哪裡？因為它只會讓你龜縮一團，疑神疑鬼、猶豫不決、放棄努力，令軟弱和卑鄙大肆倡狂。最不可原諒的是，它讓人把全部精力都投入於此。

也許，它會讓痛苦之人博得更多的同情，並因此感激涕零。然而不自覺間，好奇心也促使我體驗到了樂觀主義者那如沐春風般的至理名言，一位達觀的作家曾說過：「因為有了往昔美好的回憶，難道未來不會錦上添花嗎？健康之人一定會有如此的思想。」

是啊，這位作家的身心一定非常健康。當要失去往日的歡樂、無法再重溫往日的溫情時，只有身心健康的哲學家才會認為，往日的歡樂會讓未來更加豐滿。普通人往往會滿腹心酸，感歎未曾好好珍惜美好的過去。回憶昔日的美好，並從中獲取快樂，值得讚賞，這才是一種冷靜的心態。但丁曾一針見血地寫道：「悲傷中的悲傷莫過於對美好的回憶。」（注：此處似有誤。此話應為丁尼生所說。但丁原語為：There is no greater sorrow than to recall in misery, the time when we were happy. 最大的悲傷莫過於在痛苦中回憶幸福的往昔。與引用語大致相同，但不是原話）。

娛樂

娛樂自我 —— 是眞正的困難的事。娛樂是 ——
也應該是 —— 天眞的、無厘頭的野性行爲，但人類
卻藉此冠冕堂皇的理由來長期縱情娛樂，其行爲已勝
過任何動物，因爲只有幼小的動物才會自我娛樂。狗
比大多數動物的娛樂能力更強，但它只在表達同情和
友誼之時，才會娛樂自己琢磨不透的主人，而不會去
拿自己尋開心。

娛樂應該是人們想做、卻有點愧疚去做的事
情 —— 可以說做時非常心虛 —— 於是就精心編造出
一些理由，比如說狩獵會讓人走出家門，眞正欣賞到
鄉村之美等諸如此類的理由。

就個人而言，我從未從娛樂中獲得過快樂，於
是就盡可能體面地放棄娛樂。現在，我後悔了。眞希
望當初學校把手工製作課當成一門必修課程！我練過
素描，彈過鋼琴，但現在再也不想潛心靜氣的做這些
事情了。

成了作家後，我就放棄了所有的娛樂。我想眞
正的緣由是，我對它們毫不在乎，卻以阿克頓爵士

133

（約翰‧阿克頓，1834-1902，英國歷史學家）所言的「決心的限度」作爲擋箭牌，認爲如果修剪了多餘的樹枝，就能讓樹液生長在餘下的枝杈上。現在我明白了，這是一個謬誤，可是爲時已晚。

　　幾天前，讀了《金斯利的生活》（查理斯‧金斯利，1819-1875年，英國作家、牧師，也是一位著作頗豐的歷史學家、博物學家、社會學家、小說家和詩人）這本書，書中介紹說，金斯利總會定期的讓自己勞累一下。按照他的說法，這麼做的目的，就是爲了消耗大腦基部的灰質。他喜歡寫作、釣魚、昆蟲和植物。此外，他還有諸多愛好。而白朗寧喜歡泥塑、華茲華斯喜歡長途旅行、拜倫愛好廣泛，足以讓他保持姣好的身材。丁尼生有笛子，莫里斯（威廉‧莫里斯，1834－1896，畫家，英國工藝美術運動領導人）喜歡編織圖案精美的毛毯，騷賽（羅伯特‧騷塞，1774-1843，「湖畔派」三詩人中的一位，英國詩人、散文家）沒有任何愛好，所以死於癡呆。

　　有自己喜歡的事情可做，是幸福的；有自己與眾不同的事情可做，更是幸福。然而我懷疑，當然那些意志堅定、行動果敢的人除外，步入中年才培養愛好是否可行。

絕望

昨天，孩子們去了一位附近的牧師那裡待了一整天。牧師有三個同樣年齡段的孩子。孩子們當然不想去，尤其擔心我和他們的媽媽不與他們同去。我卻非常希望他們去。偶爾，孩子們在沒有大人的陪同下，到陌生人家中做客，是非常有益的事情，這既會讓他們拋棄羞澀，培養獨立能力，也會讓他們自己享受到快樂，甚至建立一段浪漫的友情。

孩提時，我曾淚眼婆娑的懇求父母不要這麼對待自己，但現在回想起幾次做客的情節，仍歷歷在目，此事對我的影響非比尋常，對培養我的洞察力和創造力很有裨益。孩子們走後，我和莫德也走出家門。我的情緒非常糟糕，心情沉重，焦躁不安。我渴望知道自己的病症──種種激動的情緒和充滿渴望的衝動──到底根源在哪兒，無人知曉。我們的談話很是沉悶。我努力讓她明白，現在的我是多麼絕望，想讓她寬容自己喪失了寫作和愛的能力。

她試圖安慰我，卻欲言又止，只說這一切就宛如列車穿過一條隧道，是必經的一段旅途，雖身陷黑

暗卻會在自我的掙脫中重見天日。我深深知道，在我悲傷的日子裡，她比以往對我來說更加彌足珍貴，但我心中還存在一道陰影，從我遊動的孤寂中投下。我預感到，她無法分擔我的痛苦，於是努力向她解釋說，如果世上還有一件事她無法與我分享，那就是我的空虛。如果杯中斟滿了憧憬、情趣、快樂，哪怕是有形的焦慮，我都能輕鬆自如的把它們展示給自己最愛之人。

但現在，杯中斟滿的是無形的黑暗和恐懼，以及那因空虛而飽受折磨的思想，我當然無法與人分享。正是這黑暗的虛無，才是我悲痛之源。如果有疼痛、憂傷，無論以何種形式，我都可以付諸語言，但對於月蝕造成的黑暗，又該如何表達呢？我說，不是我和她之間產生了隔閡，而是我變得遙遠了、模糊了，如墓穴中的枯屍風乾破碎。

她一再寬慰我，告訴我說病主要是身體方面的，是長時間勞累的結果，我需要休息。沒有一句責備的話，也沒有任何我不夠男人、膽小怯懦的暗示。她以為我真的不知情，於是開導我，讓我認為自己的狀況與普通病人無異。一次，她甚至憐惜地問我，有沒有任何方式可以幫助到我。我不忍說出自己的想法：要是她能徹底忽略我的不幸，也許會讓我感覺更輕鬆一些，這是對我最佳的療法。

同情，只會讓我墜入更深的悲痛，因為它讓我知道，自己一定是哪裡出了錯。而我卻回答：「不，沒事，沒有人能幫我，除非上帝點燃他熄滅的燭光。盡可能照顧好自己吧，別再為我勞心。」

我又補充道：「親愛的，我對你的愛始終沒變，一如既往的強烈和純潔，你不用懷疑。它現在只是隱藏了起來，只有我才能找到它。我就像一個在黑暗的田野裡漫步之人，看到了自家燈光閃爍的窗戶，雖感受不到家的溫暖，卻已知道家就在眼前，在等待著自己。他要尋找到自己所要的東西之後，才會回家。」

「他不能放棄尋找嗎？」莫德笑問道，眼中淚光閃爍。

「啊，還不行。」我回答，「莫德，你不知道，工作對我意味著什麼——沒有一個男人能向女人解釋清楚工作的意義。我想，女人活在生活中，男人活在工作中。男人做事，女人成事，這就是他們的區別所在。」

衝突

臨近村莊。夕陽如紅紅的一團火球，沉落在平原之上，霧氣從低窪處慢慢升起，月亮如白色的彎

弓，高高懸在天上。我們來到了之前去過的小棧。要了咖啡 —— 在啓程坐火車回家前 —— 莫德非常疲倦，我就獨自跑出來，在村裡四處轉轉，看看在路上經常見到的舊莊園的遺跡。

我突然感到一陣難忍的焦躁。我找到了一條通往莊園後面田野的小徑，景色非常美麗。莊園左面是霧色茫茫的大平原，莊園高高的山牆和煙囪聳立著，俯瞰著蘋果園。果園的圍牆由磚砌成，古老而高大，門兩旁是巨大的門栓，周圍有幾個石墩。古色古香的牧場簇擁著莊園，裡面生長著久經風霜的榆樹和楓樹，圍成了一個小花園。樹枝上的小鳥鼓噪著，正排成一對一對的往家趕去。

不知不覺間我來到了古魚塘近前。魚塘周圍長滿荊棘，古舊的房屋高聳，映襯在夜晚的天空之下，磚紅色的大地與碧藍的天空融爲一體。我心中裝滿好奇，想到了居住在這裡的那些陌生的生命、往昔的歡樂以及遺忘的悲傷。這美侖美奐、充滿柔情的景色，對我意味著什麼呢？它不僅撫慰了我煩躁的心靈，更平息了我心中的不幸和悲傷。

突然，我心中感到一陣劇痛，悲傷又重新襲來。我緊緊抓住欄杆，在強烈的痛苦中低下頭來。緊接著，蒼白的希望從心中湧起，誘惑著我放棄一切，把自己交到上帝的手中。也許，我就爲此而來？可能

嶄新的生命正等待著我，它絕不可能像現在這樣讓我難以忍受。也許什麼都沒有，只有沉默和混沌在對我翹首以盼，讓我不再受夢魘的打擾，安然入眠。看到我這樣，莫德一定會非常悲傷，但即使這樣，她也定能理解我的處境。

不知過了多久，四周已漸漸暗了下來，淒冷的夜霧籠罩著牧場。我又重新擁有了堅毅，我的生命不該就此結束。莫德和孩子們的形象浮現在眼前，我知道，除非有人把我們生生隔離，自己絕不能棄她們而去。我必須勇敢面對、奮鬥到底。想到死神在濛濛夜色的掩護下悄悄襲來時，我所感受到的強烈的快樂的衝擊和暈眩，雖然由衷的希望、也不停的祈禱，讓死神帶走我的生命，但我知道，自己更相信生命的歸宿絕不是這樣。

過了不久，穿過濃濃霧色慢慢往家走去，看見莫德在等著我的歸來。那一時刻，我明白了，我所經歷的內心的掙扎，她一定能感受得到，她肯定從我的臉上讀到了什麼，正驚慌的抬起頭凝望著我。也許在那刻的安靜中，我該告訴她自己曾經有過的想法，這樣會讓我感到心安，但我不能這樣做。霎那間，無形的燈火從心中閃現，在黑暗中光芒四射。我害怕自己再也不能承受著痛苦的煎熬，我要奮起抗爭。我一直屈從於痛苦的折磨，現在是時候了，我不能再隨波逐

流，我要從痛苦的漩渦中掙扎而出。

離開小棧時已是深夜，月亮彎彎，夜色皎潔，夕陽的最後一抹殘霞仍沉浸在夜霧之中。我已沉入人生的谷底，該如何向人傾訴衷腸？我的大腦浮想聯翩，呈現了一個個匪夷所思的可怕景象，呈現出我即將面對的恐怖的真相。也許同樣可怕的誘惑會再次抓住我，更會一次一次的讓我陷入絕望的深淵。黑暗的精靈又在召喚我。結束這一切，一個空靈的聲音響起：讓你的親人不再遭受這痛苦，讓悲傷隨歲月漸漸湮沒，不要再讓親人墜入陰影籠罩的人生之淵，與你陰陽相隔、悲痛欲絕。精靈再次飄然而逝。再一次，堅定的信念佔據上風。

禁門之內

坐著疾駛的火車回家時，有一個念頭湧上腦海。這裡的我，曾經漫不經心的地做著人類情感的交易，曾經滿懷浪漫和柔情，書寫生命中的黑色：絕望與痛苦、自我的毀滅、病態的恐懼；這裡的我，曾經與黑色不期而遇，與它進行過殊死搏鬥。我以為，自己再不敢說出這些。但揭露這些神秘的黑色，能否提升自己的安全感和愉悅感，給自卑的讀者一番鼓勵，給充滿同情心的讀者一次振奮精神的體驗？不，當黑

色侵襲時，就根本體驗不到任何崇高和浪漫。黑暗，漫無邊際、深如墓穴、冰冷刺骨。不知我做了什麼惡毒之事，褻瀆了聖靈，竟然遭受如此嚴厲的懲罰，卻仍要克制自己，將這切肌之痛描繪得這般形象生動？

我終於品嚐到了苦澀和悲痛，還要把顫抖的心靈推入瑟瑟發抖的絕望。我像古老傳說中快樂的女僕，走進了禁門，迎接我的是突然襲來的恐怖，到處是蜷縮的屍體，臉盆中浸滿了鮮血。

生活，在一夜之間就發生了天翻地覆的變化，變成了漫長難熬的痛苦，這樣的故事人們常常讀到。有人認為，故事中的主角該負有一半的責任。有人認為，任何黑色的經歷都有其自身的藝術價值。還有人認為，主角應重新抖擻精神，振作起來，投入嶄新的生活。而我卻終於明白，生活怎會在內心結冰；終於明白，女人怎會在生產時發出尖厲的詛咒；終於明白，人們怎會欣喜的背轉世界、遠離塵世的喧囂，等待上帝的最後一筆。

礦井

　　有一個康沃爾郡（位於英格蘭西南）農夫的故事。

　　在一個漆黑有霧的夜晚，他走在回家的路上。為了避開沼澤，他特意選擇了一個熟悉的小路。這條小路要經過一片荒地，荒地裡有許多遺棄的礦井，礦井的保護圍欄早已腐爛，沒有人照看、維修。有些礦井被填死了，有些礦井仍然敞著口，幾百尺深，完全暴露在野外。

　　農夫迷了路，迷茫地走了很久，發現自己來到了礦井旁。意識到自己處境危險，他就坐了下來，決定等天亮再走。可是天氣陰冷，他害怕被凍僵，不敢多待，就萬分地小心，沿著下山的坡道向礦井外安全的地方走去。雖然他小心翼翼，卻仍一不小心掉在了礦井邊上，腳懸掛在半空。

　　他用盡全身氣力往回拖拽身體，慢慢挪動了幾尺的距離，抓住了周圍的野草和荊棘。幸運的是他的腳踩到了一塊石頭，雖然身體還搖搖晃晃的，但不再往下掉了。他就這樣抓著野草，忍著疼痛，一動不動

的懸掛了幾個小時。他不停的叫喊，希望有人看到他沒有回家，能出來搜救。

　　不知過了多久，搜救的人群終於聽到了呼叫聲音，燈光穿過霧靄照射過來，這讓他如釋重負。順著他發出痛苦的嘶喊聲，救援人員找到了他。藉著燈光，他發現自己趴在一個已被填死的礦井之上，距離地面也就一尺左右的距離。如果支撐他的石塊不能承受他的身體，他就不會這麼長時間的遭受這令人窒息的恐懼了。

預測

　　這個充滿寓意的故事很好的說明，恐懼和焦慮是怎樣擾亂我們心扉的。如比肯斯菲爾德伯爵（本傑明·迪斯雷利，第一代比肯斯菲爾德伯爵，1804－1881，英國保守黨政治家、作家，曾兩次擔任英國首相）所言，人生最可怖的悲劇，往往是一些從未發生的事情。卡萊爾也用他優美的語言，一針見血的指出：往昔之所以美麗，就在於回顧它時沒有了恐懼。

　　威廉·莫里斯講的故事，與前面講的故事有異曲同工之妙。一次，他參加了一個激進的社會主義者們的聚會，他對這樣的事情向來不感興趣。當有人詢問聚會的情況時，他回答道：「與我預料的一樣糟糕

透頂——眞乃世間罕見。」檢驗人生是否幸福有一計良方，那就是看他到底能在多大程度上，忍受一些不堪回首之事的考驗。我性情急躁、喜歡遐想，一聯想到可能發生的不愉快，就會長時間的陷入情緒低落之中。坦誠的講，事情實際發生時，往往沒有預想的那麼可怕。

生活中的一些事情，儘管我們刻意躲避、不去回憶，但它們往往造成了意料之外的悲劇。即使這樣，它們也沒有預料的那般可怕。奇怪的是，經驗往往無助於人。現實中的各種可能，都沒有預料的那麼糟糕，這一觀點並未讓人從中獲得耐心或者勇氣。原因很簡單，豐富的想像力總會添枝加葉，讓人感覺此刻的情況與眾不同、難以忍受，需要我們格外當心。

另外，人們總是徒勞的費盡心思預測種種揪心的未來。歸根結底，對未來的預測不過是種種選擇而已，最終只能會發生一件事情。這就是令我沮喪的緣由所在。對未來的種種恐懼，本能的包裹著我，讓我想的只是如何在漫長枯燥的生活中，消磨掉這些枯燥，這也成了我唯一的職業。現實不值得信賴嗎？是的，它的確不值得信賴。理性告訴我們，一切都會走向正軌，但這種理性哲學並未深入我思想的深處，所以思想仍在自言自語：沒有從善的希望了。

透過思想的努力能獲得耐心嗎？我想不能。如

同在舞臺上表演的演員，雖然在哆哆嗦嗦的告白說有希望，但軟弱的思想卻在內心大喊：已經沒有希望了。我所能做的，就是盡己所能去獲取耐心。也許有人想以漠然的態度對待生活，希望流逝的歲月撫慰跳動的心臟和悸動的神經。但我卻毫不渴求這樣的生活。

我信奉的人生信條是，人不該失去激情和精神，不該消極的等著物質享受，人生應該充滿悟性和情感。講到這裡，我又重蹈覆轍犯了錯誤。我一生中從未鍾情於悟性和情感，只是致力於所悟、所感的藝術。我當然衷心希望我說的不是事實，但似乎我已漂泊的太遠，駛入了溫情的淺灘，沉溺於自我之中，再無找到出路的可能──回到恣意縱情的大海，回到千迴萬轉的碧波中間。

我變成了久久留戀於迷人的瑟茜島（傳說中女巫經常出沒那裡，她們有把人變豬的法術）的水手中的一員，貪婪的傾聽島上發出的魔幻般婉轉動聽的歌聲，在無法擺脫的魔力面前陷入絕望。在過去的自由時光裡，心臟在輕快的跳動，和風吹拂著面頰。現在，這一切都成為了幸福的回憶，雖然美妙而歡快的歌聲仍能從唇邊響起，但一定是經過了精心的藝術處理。

訪友

　　我外出了幾天，拜訪一位老友。他是一位牧師，未婚，住在鄉下。他與助理住在一起，他們的房屋很舒適。我正在好轉 —— 但到底好多少，卻難說 —— 這得益於地點、環境、思想和氛圍的改變。在家裡，同情和愛憐包圍著我，雖非是家人的刻意而為，我卻仍能感受它們的存在。我的一舉一動，一絲微妙的變化，都會引起關注，得到愛憐和詢問。

　　我的沉默，一定代表沮喪；我的談笑，一定是在與沮喪抗爭。如果說我討厭這一切，聽起來過於冷酷無情。我絕無貶低這種柔情的關懷之意，但它無形中增加了我的壓力，讓我時刻保持警覺：我要不斷努力，爭取表現的正常。感受周圍的人給予的關愛，讓我深深動容。但擁有我這種心態的人，總羞於表達情感，甚至會畏懼和逃避情感。

　　有了這種思想，表明我欠缺質樸和勇敢。但幾乎沒有，或者是根本沒有任何女人可以本能的感受到這種差異。真正的切膚之痛，可以坦誠地表露出來，獲得的關愛和同情越多越好，這是生命維繫的關鍵。

但我的痛苦根本不是這種真正的切膚痛苦。我的痛苦根本無法袒露，或許最好的辦法就是對它置之不理。

我希望獲取的唯一幫助也不是同情，同情把人的思想轉向內心，讓人感到孤寂、淒涼，而治癒我的唯一希望，就是拋卻孤寂和淒涼。在哈普頓（有兩個，一個位於英格蘭西北部的蘭開夏郡，另一個位於英格蘭東部的諾福克郡），一切都不同以往。馬斯格雷夫和他的助手坦普爾曼，從未對我的胡思亂想感到頭疼。我認為，他們沒注意到我的狀況。我沉默無語時，他們只會認為我無話可說。他們理所當然的認為我健康正常，正是他們的這種想法，讓我暫時恢復了正常的自我。

令人欣慰的友誼

與他們談話也是一種緩解。女人在一起，竊竊私語才是她們真正聊天的開始，政治、書籍、男人、見聞、趣事只是鋪墊，女人談論它們，就像男人打牌遊戲一樣，純粹為了消磨時間。在哈普頓，馬斯格雷夫的談話漫無邊際，從他的鄰居、男孩俱樂部、新風琴，到主教，再到工作，等等。我過去認為他是個嘮叨多嘴的人，現在看，他的這種嘮叨讓我感到多麼愉快呀！

我們一起長時間的散步。散步期間，他會隨口問我一些書的事情，然後就開始他的長篇大論。他的談話像潺潺的小溪，不停的流淌，他自己也表現出非常得意的樣子。要是我偶爾插話問些問題，或者禮貌的表示贊同，他會更加得意忘形。我們談論了農村的教育問題。他表現得聰明、睿智，有關宗教運動的一些精彩觀點，開明得讓我刮目相看。

　　此外，他還聽任我做自己喜歡的事情。早飯前，我讀書。飯後，我們一起抽煙，玩遊戲，甚至打橋牌。鄉村生活真是愜意。他下午忙碌時，我就獨自散步。自始至終，馬斯格雷夫說出的任何一句話，都未表露出他認為我與眾不同，或懷疑我不知滿足，所以我欣喜地成為了他想像中的我。

　　我的寫作仍無改觀，大腦如寒冬的樹林，光禿空洞，對此我並不反感。藉助於環境改善自我，看起來不太可能。但是，如果我能在這裡做到心平氣和，那麼，在家裡我也可以做到。我有一種強烈的渴望，想見到莫德和孩子們。也許我該定期出行幾天。雖然我一再催促莫德與我同行，但她還是決定不來。她很有遠見。明天，我就要回家了。想到這兒，我就十分高興，也對馬斯格雷夫充滿感激，他讓我幾個月來過上了從未有過的正常生活。

安慰

關於我的狀況，最令人沮喪的是，我不僅感覺自己毫無用處，而且認為自己挑剔、卑劣、令人厭惡。莫德的關愛，比以往更加強烈、更加溫柔，但也於事無補。我感覺她愛的並不是現在的我，而是她記憶中的那個我。真希望再次成為她記憶中的我。我清楚，事實可能並非如此。無論我做什麼、變成什麼樣子，莫德都會一如既往的愛我。但現在，我仍意識不到這一點。

幾天前，一位朋友來看我。和他在一起時，我變得木訥、乏味、無助、焦躁。後來，我不得不寫信為自己糟糕的境況道歉，告訴他我已不再是之前的那個人了，希望他原諒我沒有控制好自己的情緒。今天，我收到了回信。這是一封最有男人氣概，也最溫馨、最甜蜜的回信。他寫道：

「我當然看出來你那天不同尋常的樣子，但如果你還假裝與以往正常時候一樣，仍對我恭敬如賓，還在一臉苦相的裝模作樣，我們就無法在精神上如此接近。你這麼信任我，讓我走進你的心靈和思想，我

149

感到十分驕傲，心中充滿感激。請你一定要相信我說的話，我從未像現在這樣愛你、尊重你。

「我十分理解，你現在走的是一條讓你感到無助的路。坦率地講──我爲何不能坦率些呢──我認爲你正勇敢地承受著痛苦。更難能可貴的是，你在以一種輕鬆自如的方式承受著痛苦。在你家做客的幾個小時，我感覺到與你從未有過的親近，更能清晰的認識你。

「一位作家說過：『要想爲人所愛，就要對人有益。』你知道的越少，也許對你越好。我不會勸你不去想自己的病，也不會勸你不要過分誇大自己的病情──對這點，你自己最清醒不過了。相信我，這種艱難的時刻眞的是個人成長和增長見識的最佳時刻，所以老朋友，坦然面對，滿懷希望的前進吧！」

這封信，既理智，又感人，我無法用語言表達出它對我意味著什麼。它鍛造了一條無形的鈕鏈，比以往任何時候都更堅韌的鈕鏈。它是腳下閃爍的明燈，讓人即使在漆黑的小徑上也敢堅定前行，完全不管山坡上如鬼魅潛行、婆娑的陰影。

《詩篇》第119首

　　在《詩篇》中，我最喜歡第119首。年少時，曾認爲這首詩是何等的枯燥、冗長，講的都是些無聊乏味的東西：法典、律例以及誡命。隨著年齡的增長，它卻變成了似乎最有人性的作品，不但有自己的思想，而且處處爲人著想。

　　《詩篇》中所有的詩歌，只有第119首是自傳體的形式，親切而富有人性。傾聽《詩篇》，就傾聽到了祈福者的祈禱，傾聽到了他的歎息，他淚水滴落的聲音。悲傷之外，還有一種深切的希望和堅定的信念，堅信無論發生什麼，善與眞，終將取得最後的勝利；純與美，值得人們去堅守和追求。

　　這首詩讓人感受到了上帝的親切，以及人們對上帝的虔誠。整首詩語調憂鬱舒緩，而聲音卻高亢激昂，讓狂喜與甜蜜完美的融合在一起。

　　這裡，看不出一絲鼓噪喧嘩的音符，更沒有令聖詩蒙塵的可怕的愛國主義。愛國主義只會使人相信，上帝是獲選種族的朋友，卻是其他所有種族的敵人。愛國主義體現不出對異教徒的救贖和悅納，只有

151

對異教徒的擠壓和毀滅。清教徒中的宵小之人，欣喜的讀到了那些冷酷、黷武的詩篇，爲嗅到上帝不悅的氣息而陣陣狂喜，滿以爲上帝會對那些異教徒扔下滾木礌石，進行暴風驟雨般的襲擊。還有什麼事情比這種愛國主義更背棄基督精神嗎？

這篇充滿憂鬱的詩歌，散發著基督精神純粹的光芒，它宣揚平和與反思，厭倦塵世的喧囂與爭鬥。剛才說過，這是一首自傳體的詩歌。要知道在早些時候，自傳是非常有效的文學創作形式，可以把自己的思想自由的澆築在某位名人的模型中。寫這首詩時，作者一定心中裝有但以理（但以理，猶太人，基督教四大先知之一。四大先知是指以賽亞、耶利米、以西結和但以理）的形象，因爲詩篇的背景與但以理的背景環境完全吻合。但不管怎樣，作者肯定經歷過詩中所描述的那種悲痛。

讓我梳理一下他的經歷吧。他年輕、謙卑，有成爲富有之人的潛力。他還是一位流放者，或者生活在一個與他格格不入的社會中。雖是宮廷中的一員，卻飽受鄙視、仇恨、誹謗、誣陷甚至迫害。他的性格也可管窺一斑，他膽小怯懦，卻野心勃勃；他禁不住誘惑，陷入了宮廷爭鬥，換來的卻是飲泣吞聲的苟且生活。他常常顯露貪婪的本性，也犯過罪，卻從自己的生死沉浮中學會追求神聖，投身於孤獨和祈禱。他

敏感多疑，常常失眠，悲傷損害了身體，讓青春失去了朝氣。

關於他的事情還有許多，但最令人感到心酸的，是他所寄居的孤寂生活。沒有任何的記載，表明有人對他寄予過同情。實際上，誤解總是以各種方式籠罩著他的生活，趕走了他的親人、朋友甚至摯愛。然而，他對上帝的柔情和虔誠卻從未泯滅，對美德和真理始終有著狂熱的崇拜，對純潔和正義一直抱有強烈的熱愛。

他認為，自己擁有的東西比金錢和財富更為寶貴，勝過了所有的人類之愛。他的所言所行，都表明了他對神聖上帝的癡愛，也因此付出了沉重的代價，遭受了不盡的嘲弄與仇恨。或許，正是因為他曾拒絕與根深蒂固的邪惡同流合污，抵制住了誘惑，才被世人視為恪守律例的典範，成為萬眾尊崇的聖人？

我自己對此毫不懷疑。他深切的渴望生活中的純潔與正義，無法容忍任何卑鄙與不公，大聲喊出了自己的心聲。然而，他顯然不是一個勇於承受、敢於駁斥邪惡的人，他所能做的最大限度就是逃避邪惡，於是親眼目睹了周圍那些漠然世事、心懷叵測之人的飛黃騰達、過上了神仙般的生活，而自己卻深陷誤解、孤寂和淚水之中。

看見這麼優美、精彩的自白以這種逼仄、局促

的形式表達出來，感覺是多麼奇怪呀！這是所有的詩歌中，人工斧鑿痕跡最明顯的一篇，作者刻意選擇了這種逼仄的表現手法：每八行構成一個獨立的音節，以相同字母開始，每個字母都依次排序。想想在英語中以這樣一種手法作詩──根本就是天方夜譚。只有一行例外，其他每行都由於翻譯的錯誤而出現丟詞的現象，但這些行中都提到了上帝的律命。

　　構築這麼神奇的詩句，作者一定是煞費了苦心，每一辭藻都必然經過精雕細琢，才能讓情感與氣氛實現完美的結合、相得益彰，這精湛的藝術會讓任何一首同等篇幅的詩歌望塵莫及。這首詩，沒有任何錯誤或刺耳的音符，沒有任何自以爲是的沾沾自喜、自我滿足、爭強好勝。最難能可貴的是，這首詩完全沒有一絲的得意忘形，那只會讓德行蒙上陰影。

　　作者未因執著的堅持眞理而居功自傲。相反，創作時，他把自己當成了一個被賦予了超常稟賦的笨拙之人，一個不相信自己會被寄予厚望之人，言談舉止總是小心翼翼，唯恐辜負重託；他還把自己當成了一個擔心會被自己的軟弱隨時出賣的人，一個從未爲自己擁有一切而欣喜歡呼之人，因爲擔心自己的本性會讓他失去這擁有的一切。

　　這首詩語氣謙卑，表現了人性的軟弱與倦怠、罪惡與失敗，又讓人感歎道德的無暇之美。這首詩深

深的觸及心靈，感動了所有發覺世事艱難、誘惑難擋的猶疑未決之人；感動了所有經歷無數次失敗的錘煉、已經知曉可悲的幻想和欽羨終難夢想成真之人；感動了所有假如給予機會，就會英勇奮鬥之人，雖然他們現在還因不勝厚望，只顧及眼前的難關和恐懼，未及分享上帝給予的歡樂，因此做起事來有心無力，畏縮不前；也感動了所有相信如果自己走入迷途，仁慈的上帝定會救贖他們之人；還感動了所有在心境自由之前，無法期望沿著上帝尊崇的律命前進之人。

死亡的陰影

幾天前，去看了老同事達雷爾。他來信說非常想念我，但因生病，不能離家，問我能不能去看他？在劍橋時我們經常在一起，但離開劍橋後幾乎沒見過他。我們一直以一種英國人慣有的、輕鬆的方式保持著友誼，一年見兩三次面，偶爾互相致信問候一下。他不是我非常親近的朋友——的確如此，他不是那種容易與人建立親昵關係的人，但他是個志同道合的夥伴，坦誠直率，雄心勃勃。

他當了律師，事業有成，娶了一位家境殷實的妻子。我想，他最終的理想是進入議會。上次見面時，他告訴我，他已經賺到了足夠的資本，可以參與下次議會選舉了。他的妻子性情溫和，知書達理，也有一定的社會抱負。他們住在倫敦的一所大房子裡，屬於富裕之家。我過去吃午飯，飯前與達雷爾夫人在畫室裡坐了一會兒。我發現跟她在一起時，我感到一種莫名的焦慮。她一直在談論著自己的丈夫，說他過於勞累，應該好好休息一下。

達雷爾走進房間時，我明白了她的意思。他身

體並沒有很大的變化 —— 仍然身材魁梧、面色紅潤、濃濃的卷髮，儘管顯得略有些蓬亂，但我一眼就看出來，他情況不妙。他很安靜，可以說是快樂的，可他臉上的表情是我從未見過的，擁有這種表情的人，一定是人生觀突然發生了巨變，正準備踏入人生的最後旅程。出於本能，我知道他認為自己是個劫數將盡之人。他幾乎沒有談論自己，我也沒有多問。他講了我的書，還有很多朋友的事情，但我們之間存在一種疏離感，好像隔著無形的籬笆。

體會

午飯過後，我們去書房抽煙。這時，他談了一些自己的病情。他說，疾病改變了自己的計畫。

「醫生建議我，」他說，「必須好好休息一下 —— 這對於一個嗜工作如生命，幾乎對任何事情都毫不關心的人來說，真的難上加難。」

他補充了一些疾病的細節，從中我瞭解了病因。他又隨便談論了一些事情，但他似乎對學校趣聞、朋友軼事更感興趣。無需有人告訴，我知道他希望我明白：他再也不想繼續承擔他在這個世界的角色了 —— 我真的可以覺察到，憑藉我們之間微妙的精神交流，他把我的來訪當成了一次永訣。他談興很

濃、情緒高漲，只不過過去的開懷大笑變成了今天的淡然一笑，而談到老朋友時，言語中又多了一份溫柔。只有一次，他幾乎袒露了自己的心跡。

他苦惱的說：「像這樣被排斥在外，感覺真不是滋味。我必須重新思考人生，我不想減速停下——平坦的道路就在眼前——但又似乎看不清目標。人必須坦然地面對一切，我從不認為如果一切重來，自己會做的有所不同。」

他匆忙轉換了話題，開始談論我的工作。

「你現在可了不起了，」他戲謔道，「每到一個地方，都聽到有人在談論你的書——我過去非常好奇，你是否有耐心做其他的事情——我曾說過，你不必為生活所迫而去寫作，這也許會成為你的阻礙，但你卻一下登上了峰頂。」

我向他講了自己創作的經歷和難處。他興致勃勃的聽著。

「你怎麼解釋創作？」他問道。

我回答說：「嗯，也許你會認為我在憑藉直覺說話，但最近我經常感到生活中有兩個緊緊繃著的弦，兩種不同的體會。一個是你必須全身心的投入工作，一刻也不得鬆懈，盡自己綿薄之力去充實這個世界。另一個卻認為，一切都有始終，我們必須安靜的坐下來凝神靜思，才會意識到，我們來到這個世界就

是要遭受痛苦，我們的所作所為，其實對他人都無關緊要 —— 我過去也有過同樣的想法。在老霍斯金斯的課上，我挖空心思寫的文章他看都沒看，就隨手給扔進了紙簍。我現在明白了，寫這篇文章本身就已令我受益匪淺，學分已無關緊要。而當時，我卻認為他真是個可惡透頂的老傢伙。」

「是的，」他笑著，「說的有道理。但人也需要分數的。我總喜歡別人為我的工作打分。老朋友，很高興你告訴了我這個故事。」

我們又聊了一會兒其他的事情。之後，我起身要走時，他非常激動，一再感謝我的好意來訪。他告訴我，他不久就要出國，如果有時間的話，可以寫信給他。

「如果我還能站著，我們會見面的。」他說道，臉上仍掛著笑容。

勇氣

這就是我們之間的對話，其中又蘊含了多少言猶未盡的深意啊！他的許多話都表明，我也清楚，他預料不會再見到我了。他正受困於陰影籠罩的人生谷底，需要幫助和慰藉。然而，卻難以向我傾訴。如果我表現出來自己已知道了一切，他會感到尷尬。而事

實上我們彼此心照不宣。這次見面讓我思緒萬千，久久難以平靜。

這個男人的耐力和勇氣，眞令人欽佩，爲了某一確定的目標，他會勇往直前的奮鬥。他對宗教思想，哪怕粗淺的概念，都知之甚少。但他天性剛柔並濟、熱愛工作，有很強的榮譽感和成就感，鄙視多愁善感的纏綿之情──實際上我清楚，他對我的尊重是對多愁善感之人的尊重。

很難想像，痛苦和死亡在這樣人的生活中，究竟扮演怎樣的角色。生活和行爲的突然脫節，讓他知道，一定有另外一種生活，比他向來認爲的眞實生活更爲眞實。不知不覺間，我對他充滿了無限的同情。然而，如果我的信念更強烈、更純潔，就會向他表示祝賀，而不是同情。每每想到迷茫中他的身影，就有助於清晰的看到鏡中的自己。

我一直在聆聽眞理的訊息，它告訴我，人生如願，取得輝煌的成就並不是人生的最高境界。所謂「當局者迷，旁觀者清」！眞理幫助我拋棄糾纏不清的胡思亂想，張開雙臂迎接上帝的禮物，不管上帝用石塊代替麵包，還是用咬人的毒蛇替換了健康的食糧。眞理教會我祈禱，不僅爲自己，更爲了所有承受著難以承受的悲傷的人們。

職責

　　有件事讓我一直糾結，難以釋懷：人生的目的是什麼，或者說應該是什麼？人生的職責又是什麼？我們應不應該履行自己的欲望和意願之外的職責呢？道德家們認為，人生的職責，應該是幫助他人。有這種想法，是因為我們本能的以為，高尚的人一定具有無法遏制幫助他人的渴望嗎？有多少人是純粹出於正直的本性，在從事慈善事業？一生致力於幫助世界的人，都具有無法抗拒的天生的柔情，充溢著對無助者、貧弱者和不幸者的愛心，這是無法靠外界的刺激形成的。

　　簡單的說，人類有自知之明。有些行為自然而然的就會發生，有些行為必須付出艱辛，才有可能發生；而有些行為，卻是無論如何都絕不可能發生的。比如，教士和醫生，無論他們的人生多麼高貴，在任何情況下，我都無法承擔其中的任何一種角色。有時，要強迫自己去做職責之外的事情，雖然知道自己不應該這麼做。情況允許之下，能毅然決然的從事自己職責之外的事，這樣的人如鳳毛麟角。

藝術家的人生很難梳理，原因在於從一開始，它就是徹頭徹尾的自私人生。藝術家只做自己最渴望的事，怡情養性，發展才智。如果獲得成功，他最慣用的言辭是，自己只不過是增添了一些純真的享受，提高了人們的幸福感，說明人們認識了美，培養了人們對美的鑒賞力。

傳統觀點認為，成功給予了事業一個合理的理由，但這也增添了實現人生目標的難度。只要獲得一定的知名度，人們就不再質疑人生目標的實質。如果把這一切都拋開，把人生當成一門課，就很容易的得出結論：做什麼其實無關緊要。只要選擇了阻力最少的道路，就會學懂人生這門課。

真是令人難以置信，自己的人生目標竟然是撲滅所有的欲望和衝動，遠離最渴求之事，不斷迫使自己從事毫無激情的瑣事。這是斯多葛派的哲學理念，其最終目的是獲得對恬淡寡欲精神上的忍耐和恭從。「我將合理分配自己的經歷，拿出一些給自己，拿出一些給他人」，說出這種話似乎並非解決之道，應更大氣、更慷慨一些。不去做理性而成熟的反思，只報之以禮節性的微笑、善意的容忍以及流行的套話，其結果就是，最慷慨奉獻自己的人，最終會陷入無法奉獻的尷尬境地。

理想中的和諧

　　坦率的講，在這種事情上，很難見到上帝有所作為，見到的只是如日中天的事業嘎然而止，慷慨善良的品行為孱弱的身體或微小的謬誤所詆毀，於是，諾言成空，男男女女被束縛於無人問津、難以相容的狹小世界，一切都變得混亂不堪。過度自信和自高自大，毀掉了這個人蒸蒸日上的事業，膽怯和疑慮，讓另一個人碌碌無為，這都不禁令人唏噓不已。

　　人生中最美好的東西、最美妙的機緣，如愛情和婚姻，都不能從責任感上獲取，只能來自於無法遏制的本能和衝動，以此實現平靜和諧的人生，實現熱情而慷慨的自我發展，這難道不可行嗎？我悲傷而煩躁的心，似乎既無能為他人造福而工作，也無力為取悅自己而工作。也許這種症狀是因為我的道德觀出了問題，抑或是靈魂上的不幸。

　　然而，如果事實真的如此，如果曾以為疾病和痛苦，不是神聖仁慈的上帝所賦予人生目標的一部分 —— 如果這只是他聖意天機的一次失敗 —— 那麼，掙扎奮鬥就毫無希望。周圍有多少男女女，沒有受到任何困擾和誤解，仍沒有明確的人生目標，只是隨波逐流的盲目前行。我的一位鄰居，多少年來每天都按部就班的到城裡上班，他賺的錢能給孩子留下

大筆遺產，遠遠超出了自己所需。他善良、正直，受人尊重、令人欽佩。如果富有和滿足是獲得上帝贊許的標誌，像他這樣的人一定是上帝的傑作，完全有理由樂觀開朗。

他會認為我所產生的質疑是一種病態，我的欲望是一種虛榮。他不一定比我正確，但他的人生哲學對他一定行之有效，遠遠勝過我所奉行的人生哲學。

啊，我們在飄蕩！我們在飄蕩！有時，太陽映照碧波，鳥兒自由盤旋，我們的心在歌唱；有時，我們沉入洶湧的浪濤：狂風怒吼，暴雨如注，拍擊水面。我們感到疲倦，孤立無援，不知道為何痛苦、為何歡樂。我有一個微茫的願望，希望自己能全知全覺，了然一切，怡然自足。有時，啊，我恐懼的靈魂會在黑暗中突然閃耀，再無法辨別幸福與悲傷的任何一面。

卡萊爾夫婦

　　最近讀了不少書，發現自己不知不覺間喜歡上了略帶傷感的傳記小說 —— 一些多愁善感之人的悲歡離合。我想，部分原因在於自己能從他人的苦痛中獲得慰藉；而另一部分原因在於，如果可能的話，從他人在泥潭中掙扎的經歷，找到治癒心靈疾病的良方。

　　現在，我又重讀了弗勞德（詹姆斯‧弗勞德，1818-1894，英國史學家)的《卡萊爾傳》和《卡萊爾夫人書信錄》，並深深的為之感動。在這黑暗的幾個月裡，我感覺自己彷彿被拉入了這兩位勇敢者的世界 —— 卡萊爾夫人沉默中蘊含勇氣，而卡萊爾執著中飽含艱辛 —— 每個人所遭受的痛苦都匪夷所思、超乎想像、令人震驚，甚至感覺完全沒有必要！

　　卡萊爾完全沉浸在自己的精神世界裡，而卡萊爾夫人卻正與自己的精神世界進行搏鬥。卡萊爾具有敏銳的本能，可以瞬間把思想變成激情四溢的語言，甚至可以利用繪畫，把脾氣暴戾的醜陋之人，痛快淋漓的譏諷一番。比如，他把柯勒律治形象描繪成「到

處打滾的人」！他的很多素描都是吉爾瑞（詹姆斯·吉爾瑞，1756 or 1757–1815，18世紀最傑出的諷刺畫家，曾經被尊為最有創造性的藝術家）式的漫畫人物手法，筆墨間蘊含難以言表的苦澀、焦躁或憤怒。卡萊爾夫人非常睿智，但他們兩人都急需得到愛，也有能力慷慨施愛，這些在惡作劇般的注釋和前言中可見端倪。

事實與虛構

如果真正進入卡萊爾的圈子，就會發現自己被他們貪婪的愛著，永遠不會被遺忘或拋棄。至於卡萊爾夫人，接近她而不去愛上她，簡直不可想像！只要感受一下她那哀婉悲切的心境，你就對此毫無疑問。

信中有個場景，她患了一場重病之後返回家中，廚師和女僕聽到她回來的消息，立刻衝上街道去親吻她，伏在她的肩上痛哭不止。她有兩位男性朋友，庫克先生和霍頓爵士，晚上過來看望她 —— 這使她既歡喜又驚訝 —— 同樣親吻了她，與她擁抱哭泣。

讀過這本書之後，我久久不能平靜，感覺自己已成為他們的圈中朋友，真心真意的想為他們做些事情，想去扭斷打擾卡萊爾睡眠的那隻叫早的公雞。

啊，有時甚至想敲打他，因爲他總是考慮不周，只顧自己。幾天前，無意間翻到了自己寫過的一篇文章，裡面對這對夫妻說了一些鄙視和諷刺的話，這讓我無比愧疚和懊悔，甚至爲自己花費了大量時間寫小說而深感厭惡。

像《卡萊爾傳》和《卡萊爾夫人書信錄》這樣的書籍，肯定會超出了你的想像力，因爲你所面對的是真正的人生。人生，變幻莫測、反複無常，令人深惡痛絕。正是人生的冷酷和反複，才讓我轉向了小說的道路。在小說裡，任憑自己恣意走筆、縱情發揮，可以對人物進行靈活的變通，用盡安慰、美化、理順之能，修復犯下的錯誤，讓謬誤和軟弱結出甜蜜的果實。而真實的人生卻難得如此，它只會變本加厲，讓你雪上加霜，痛苦加劇、悲痛升溫。

小說最大的弊端是，它易讓人產生幻覺，覺得可以溫情脈脈的對待人生，按自己的意願安排場景、結束劇情。以我爲例，人生讓我與魔鬼、悲傷和煎熬爲敵，對待它們，我既無法置之不理，更無法繞開逃避，只能等到最終碰得頭破血流才恍然大悟，領悟了人生的真諦！該用何等的勇氣、平靜和樂觀去迎戰殘酷無情的人生啊！想當然地認爲人生可以隨意矯正，這樣的幻想越豐滿，人就會變得越脆弱。

要清醒地知道，人生如悲劇，悲情難以逃避。

人生已然降臨，恐懼和痛苦正盡施淫威，吞噬著你的心靈，久久不會離開。只有這時，你才有希望變得與眾不同；只有這時，你才能艱難攀登上耐力和信仰的天梯。

春晚

　　從我所站的位置向西望去，奇形怪狀的烏雲正低垂著頭，塗抹著灰濛濛的天空，它們有的在奔跑，有的在歎息，有的在互相道別。我站在一個長滿青苔的舊門前，門位於勁風橫吹的荒地的上端。前方雜草叢生，樹叢中有深棕色的石楠，有矮矮的藍綠色的金雀花，有浸著水的赤褐色的鳳尾草，還有淺赭色的雜草，這些充滿野性的植物，鮮活的融合成一幅賞心悅目的水彩畫。

　　左邊，是一大塊平坦的開闊地，依傍在低聳的小山邊，一彎淺水流淌在神秘的谷底，映照著周圍光禿禿的草叢，反射著冉冉升起的太陽發出的光芒。荒原上的山脈連綿不斷，淡綠色的牧場、深色的樹叢、黃褐色的耕地，還有那綠寶石般新長的麥苗，令人目不暇接。雨中的空氣清新、溫柔、芬芳。大地散發著淡香，荒林的氣味也隨風飄來。

　　眼前出現了一條彎曲的山路，上面雜草叢生，佈滿了車轍的印跡，一直通向遠處的荒野。在簇簇樹叢中，兩個模糊的身影慢慢接近，他們似乎肩負重要

的使命，帶著非比尋常的訊息，像兩個信使一樣奉命來尋找我，如同日暮時分拜訪亞伯蘭的那人（《聖經》記載，上帝夜晚來臨給亞伯蘭神諭）。

我徘徊著。夜色漸濃，樹林的色彩轉淡，黑色山脊間的光芒隱沒了，幽僻的農場夜燈已點燃。在這樣的夜晚，水汽開始附著在籬笆之上，溪水潺潺，流淌在草叢之間，山路上到處是蓄水的窪地。一瞬間，你會感到無比的倦怠、空虛和徬徨，像突然沒有了目標，厭倦了勞作，不想活動，也不想休息。心靈渴望靜坐沉思，像在下面光禿的樹叢中見到的烏鴉，靜靜棲息在樹梢之上，就為了等待太陽的再次升起，好再次恢復昨日的朝氣。

朝聖之旅

今天，一切都不同以往。我內心平和，充滿希望。我的心在竊竊私語，彷彿對一位老友在傾訴，毫不隱瞞地告訴他自己的目標、計畫和行程。這時，我想起了這個世界上所有我尊重的人，為他們仍身心健康感到欣慰，相信他們此時也一定會想起了我。空氣似乎裝滿訊息、思想和信任，把靈魂凝聚在一起，與上帝連結。

今天，似乎不必做任何事情，只需如常的生

活，一如既往的輕鬆快樂、與人為善。今天，朝聖之路平坦開闊，從籬笆之間綿延而去，其間既無山脈溝壑，也無歧路綿延，甚至都可以看見房屋的山牆和煙囪，正莊重的歡迎朝聖者的光臨。「夜幕降臨時的房屋」（選自羅塞蒂的詩《爬山》），裝滿了虔誠的信徒和歡笑的少女。不再有偽裝的安寧，也不再忘乎所以，而是變得無比堅強、信心滿滿，因為他們已經認識到了人性的弱點。

我想，一定是大地的主宰者最近光臨過此地，對它投以善意的微笑，發佈仁慈的神諭，才讓所有的朝聖者都獲得了一片安寧之所。喳喳的鳥鳴，枝杈分離的樹木，仍沉浸在上帝降臨的喜悅中。那裡，沿著綠草萋萋的小路，上帝正緩緩走過。不願希望朝聖之路一馬平川、毫無阻塞，一定會有新的重負需要承受，或許還要爬過昏暗朦朧的山谷，趟過幽深靜謐的河水，你的步履一定會踉踉蹌蹌，鮮血一定會毫不吝惜地流淌，到達終點時也一定會筋疲力盡。

但今天，朝聖者不再有任何疑慮，對那遙遠的目標也不再有任何的質疑。世界，也許是悲傷的，但有時也很甜蜜。悲傷，如無家可歸的雲彩，只知漫無目的的漂泊在空中；甜蜜，如看不見的鳥兒的音符，在身旁的樹林中不時唱響，一遍一遍，慰藉著一個個滿足於等待的心靈，那些不再因孤獨而受傷的柔弱的心靈。

磨坊主

　　房屋下面是個山谷，山谷裡有個磨坊。晚上薄霧時分經過那裡，欣賞到了最具英國特色的風景。那時，磨輪靜靜的立在原地，寬寬的木板牆上塗著麵粉，在傍晚昏黃的燈光下隱約可見，一片肅穆。水在渠中歡快的奔騰著，穿過閘口，像放學的孩子一樣傾瀉而出。

　　磨坊也是農場，後面有一個草料場，可以聽見豬圈裡的豬，在酒足飯飽之後心滿意足的哼唧聲，還有小牛把架子上的草料扒下來發出的聲響。雞群正向雞舍走去，偶然間會高傲地來到草叢中央。我站在蘋果樹中，向高高的天空望去，看見吐綬雞正顫顫巍巍的落在枝頭，準備在那裡過夜。果園裡一片寂靜，只能聽見小溪潺潺的水聲。

　　磨坊的燈光在窗中閃爍，房間裡正在舉行一場歡樂的家庭聚會。坡上的牧場和抽著枝芽的樹木，掩映著周圍的一切，寂靜無聲，怡然自得 —— 這是威廉‧莫里斯喜歡的場景 —— 這古舊的房屋透露著典雅、溫馨而充實的家庭生活的芬芳，歷久彌香，令人

回想起所有建造家園的親人和朋友，爲了生活的需要，爲了滿足甜蜜的夢想，一代一代，不斷改善著家園。

工作

　　磨坊主是位上了年紀的老人，生活富足、性情溫和、喜歡工作。他和兒子們住在一起，三代同堂。我很好奇，老人的人生觀是什麼，但這無關緊要，我想我已知曉了答案。他的生活，就是誠實的賺錢，把孩子培養成爲品行端正、自食其力之人，一家人可以白天盡情地工作，夜晚悠閒地享受。他從不無所事事，也不會忙於瑣事。他很享受磨坊開工的時光，喜歡看見白白的麵粉如涓涓細流倒入袋子。他喜歡逛市場，喜歡星期日的教堂祈禱，喜歡看著報紙吸著煙。他沒有崇高的理想，也不能把細膩的情感轉化成動人的語言，但他誠實可信、正直善良、理智剛毅。

　　完美的生活有多種方式，我卻很難想像，人竟可以這樣生活：沒有目標，沒有希望，沒有渴望。他會認爲我的生活更不可理喻 —— 一個人日復一日的坐在那裡，絞盡腦汁的去構思虛擬的人物情節。他對我的尊重，很大程度上取決於寫作帶給我的收入，遠遠超出他的磨坊收入。他也是普通人，習慣以收入評

判他人，這很正常，也正是無數這樣的人構築了美妙的鄉村生活。

他還是個仁慈善良的磨坊主，可以保證自己的工人只要恪盡職守，就會衣食無憂。雖給的不是十分慷慨，但卻帶有濃濃的鄉鄰之情。我想問的是，像他這樣的人，是否應該成為人類的楷模呢？他代表著普通人中最高層次的品行。人的欲望與環境相輔相成。他非常知足，似乎的確應該成為人類的典範。而他最核心的美德：正直誠實、善良理性，這正是文明的產物，上面刻著聖人、智者以及理想主義的烙印——他們認為，一切都會更加美好，也同時會為世界的不完美而苦惱。

我腦海中突然閃現出一個異想天開的念頭：假如磨坊主與化為肉身的上帝不期而遇，他心目中上帝的形象該是怎樣？他的理想就是平靜富足的生活，也許感受不到上帝無私和超凡的魅力，所以，他可能會略帶輕視的把上帝當成一個令人困惑、不切實際、易動感情之人。他甚至會感覺好奇，為什麼人們不能管住自己的舌頭，投身於工作。

然而，他是一個模範市民，如果有人告訴他，他不是虔誠的基督徒，他會很惱怒。他接受宗教信條，如同接受數學公式，只吸收適合自己的那些教義。因此，與磨坊主相比，就人類的實用性而言，我

甘拜下風。歸根結底，我是蜂巢中的雄蜂，只知吃掉不是自己採集的蜂蜜。我沒有分享世界必需的勞作，沒有像磨坊主那樣利用正直和善良，對勞動者群體進行有效的管理。但我仍然認為，我的群體更為敏感，在大千世界中的各個階層總佔有一席之地。

沒有上帝神聖的旨意，就不可能鍛造和培養成現在的我。然而，我的分工有別於激情四溢的理想主義者，他們點燃人們的夢想，改變世界，維護世界。那麼，我的分工是什麼呢？我想，是填補人們閒暇時的空白時光，給人們帶來快樂，構築甜美的夢想。我衷心地希望，自己的妻子幸福，孩子們永遠天真和純潔，健康快樂的成長。

希望和信仰，必須如此短暫而狹隘嗎？不需探究人生的奧秘就可以走過人生嗎？我衣食無憂、生活富足、身體健康，生活可以說是悠然自在。我知道，和我一樣條件的人中，還有很多沒有我這麼幸運。然而，世界上的幸福幾乎不取決於環境，更取決於多種因素的結合：功利心理、平靜的心態、自制能力、機體活力以及想像力。想獲取幸福，必須淡然漠視他人的痛苦，鄙視對災難的預測。

像我這樣的人，人生之路總是陰影重重、悲傷連連。這種悲傷，來自於過於清楚的看到世界的瑕疵，卻又無力看透世界，認清世界的意義，於是，總

用模糊的希望安慰自己：渴望終會滿足，夢想定會實現。但誰又能對此百分百的肯定呢？希望，誘使人們以默然的態度去接受現實世界，知足於自己的所得，盡可能避免深深的沉迷和強烈的希冀，學會了在漠視中鍛煉自我。這是磨坊主們本能的行為。

與此同時，人們還要努力去相信，這種憂傷是哈姆雷特式的憂傷，只因為他發現了世界的瘋狂，於是生活中總是陰魂不散，到處充滿憂傷。然而，這種哈姆雷特式的憂傷是高貴的，是一種超凡脫俗的癲狂。可人們卻不堪忍耐，更難以承受和等待，只好絕望的捕捉僅存的光芒、溫暖和快樂。唉！在歡樂與悲傷中，人只能永遠陷於無助和孤獨之中。

盧梭

最近一直在讀盧梭（讓・雅克・盧梭，1712~1778，法國偉大的啓蒙思想家、哲學家、教育家、文學家，18世紀法國大革命的思想先驅，啓蒙運動最卓越的代表之一）的書，發現他眞是一個難以捉摸的人。《懺悔錄》看似一本乏味、卑劣的書，令我無法透徹的理解他寫書的動機。不可能是純粹的虛榮心作祟，因爲他並未寬恕自己。如果能制伏陰影、傳播光芒，他可能會把自己塑造得更加浪漫迷人、與眾不同。

我寧願相信，他寫此書一半是虛榮、一半是誠實。虛榮是主要動機，誠實是與之相伴的態度。我想，沒有任何現存的文獻資料可以像這本書，如此透明、眞實，爲此我們的確該感謝作者。人們通常認爲，盧梭有著諂媚者的靈魂，本性頑劣、沒有教養，總是尋求一些蠅營狗苟的低級趣味，從不考慮他人的感受。他當然惡習累累，但這不是全部。他還正直無私，崇尚美德，

熱愛人類，信仰上帝。他不是知識份子，也不

177

是哲學家，批評家們諷刺他，說他的推理一塌糊塗，還說他知識匱乏，建議人們最好去讀霍布斯（湯瑪斯・霍布斯，1588-1679，英國偉大的政治哲學家，機械唯物論者，自由主義理論奠基人之一，功利學派的先驅）的書。這些批評多麼滑稽可笑啊！盧梭之所以有如此巨大的影響力，在於他的觀點充滿詩意，全無乾枯的哲學說理，他與為之預言的人類從未隔離。

人類需要的是靈感、情感和帶有感情的教理，他都可以給予，他把歐洲從哲學家和犬儒主義者手中拯救出來。當然，他的這種生活是可悲的，受到了動物式的激情與衝動的摧殘，也遭受了肉體和精神上的折磨。但人們往往會忘記那個時期，社會上盛行的粗俗色調，這不是因為盧梭刻意隱瞞，而是因為沒有任何一個同時代的人，敢於如此大膽的祖露心跡。

如果盧梭從《懺悔錄》中刪去十幾個小節，也許這本書會更富有詩意，更令人反思和充滿趣味。但顯而易見，這麼做會對坦白純真的思想造成不良影響，人們會從他的話中得出結論：道德缺失無關緊要，情感經歷與獸性等同。這麼做有更為嚴重的危害，它會誘使人們認為，對宗教的虔誠，可以與放蕩不羈的感官享受結伴為友，道德卑劣的人，也能夠提升國家的思想情操。

有些批評家甚至認為，盧梭道德敗壞、行為放

蕩。在對道德的評判上，這些批評家們真該管一管自己的嘴巴了，他們的觀點可以說是謬之千里。人們可以清楚的看穿事情的真相，但卻不必按此行事。一個受到誘惑而大放厥詞、鼓吹邪惡難以抗拒的人，照樣可以口中念念有詞的讚揚和提倡尊崇美德。對於讀書人，只要不吹毛求疵抑或自恃清高，這本卑劣之書也一定會交織著芬香和美麗，可以提神醒目，怡養性情。

當一個人受到疾病折磨之時，偶爾就會貪戀一時之歡。盧梭煩躁、多疑、虛榮、奢侈，就是這樣一個人，卻不斷地表達著一種堅定的信仰：相信無私的情感，有著狂熱的渴望，充滿了對仁慈而溫柔的上帝孩童般純真的崇拜，竭盡全力去幫助苦難中掙扎的人們前進。對待盧梭，厭惡和欽佩糾結在一起，互不相讓，讓我們對他既無法同情，也無法譴責，體會到了表面光鮮、令人尊重之人身上，也有黑暗昏黃的角落，隱藏著邪惡的秘密和醜陋的回憶。

《懺悔錄》讓我們直面邪惡的根源，但透過它幽暗的燈光，仍依稀可見銀色的光芒、遙遠的希望，以及對人性的弱點與瑕疵的無限同情。我們無法愛上盧梭，卻不禁好奇，為什麼這麼多人為他著迷；我們無法評判他，卻在看見他掉入深深的泥潭中難以自拔時，惶恐的大喊救人。

幻覺

有一種幻想，必須引起警覺。幻想，讓我可以清晰準確的看穿精神世界，但它同時也把信奉傳統宗教之人打入了谷底。羅馬天主教認為，教會永無過錯，教會就是上帝精神的闡釋者。這種觀點，其實就是對大多數人所持有的靈感論的一種信仰，甚至是對官僚主義者的靈感論的一種信仰，很容易成為這種幻想的獵物。新教建立在文本和先例的基礎上，受到法律信條的約束，但它把那些能言善辯的門徒和福音傳道者的名言等同於上帝的教誨時，也很容易落入幻想的圈套。

歪曲的信仰

幾天前，讀到一本東正教的印刷版佈道書，它對宗教中的自由主義進行了尖銳的批評，也許透過它能明白無誤的表達我的觀點。

「致聖・保羅及聖・約翰，」傳教者說，「大自然與世俗之人遠離上帝，難以救贖。上帝的肉身降

臨人間，只爲了與人類進行親切的溝通。上帝謹小愼微，就是爲了讓人類明白，這種溝通只針對贖罪再生之人。在獲得重生進入天國之前，人類還不是上帝之子。據上帝所言，無論人具有多麼巨大的從死亡中獲得重生的潛力，他還是邪惡之子。」

這樣的佈道令人感到無比的恐懼和厭惡，很難用語言來形容它的無恥。耶穌本是來到人間尋找迷失的靈魂，這種佈道卻把過失歸咎於他，是一種醜惡的背叛行徑。假如基督耶穌無情的把經學教師和法利賽人（聖經《馬太福音》23：2）當成被遺棄的人類，當他按上帝的旨意，把這震驚的消息大聲傳遞到他們的耳中時，上帝的諄諄教誨又體現在哪裡？生靈獨有的希望又在哪裡？如此的教義故意詆毀上帝，只會玷污人類的思想、靈魂和心靈。

基督耶穌向那些罪孽深重之人所傳遞的眞正訊息是，不管怎樣腐化、墮落和無恥，他們都確切無疑的是上帝的孩子。這條訊息號召有罪者認識到這一點，並自然而然的感受到它。耶穌眞正滿腔怒火所要譴責的人，是那些背棄上帝的仁慈，妄稱知道並任意篡改上帝旨意的人，他們誘使有罪之人相信，上帝是無情的法官，會苛刻的評判有罪者的罪行。他們掩蓋了事實的眞相：上帝是最爲慈愛的萬國之父。

按照這個佈道者可怕的教義，上帝會在世間拋

棄無數人類，而他們大多都是魔鬼之子，有著墮落的本性，繼承了恐怖的遺傳。他們的命運已有天數，出生時便已註定終生陷入無助和迷茫。現在他們是有罪的，今後也註定迷失。他們的道路充滿艱辛，災難成爲他們的嚮導，胡亂的指點著方向，任由他們自己在糾結中尋找心靈的出路，否則，就會自生自滅。可眞相恰恰相反，那個神聖的聲音對每個人都發出宣言：

「雖然你們身受羈絆和束縛，但仍然是我的孩子。無論多麼渺小，只要求助於我，向我敞開心扉，努力成爲你所希望的人，我都將引導你向我走來。我所需要的，只是你們與我一同努力。只要進行眞誠的懺悔，罪惡的社會就無足輕重。如果讓我選擇和命令，我將永不情願你再去作惡。我比你們更瞭解你們自己，更瞭解你們的困難、誘惑和弱點，強加給你們的悲傷，絕不是可怕而惡毒的懲罰，而是我仁慈之手對你們的挽救。只要相信我，不再絕望，我就會把你們帶入和平。」

神秘中的神秘

世界本已充滿恐懼、痛苦和艱辛，但最爲可怕的是人類自我拙劣而恐怖的設計。自古流傳的地獄理論陰森可怖，它讓頑固、扭曲的靈魂藐視上帝，做出

黑暗的選擇。但這只是一種徒勞的嘗試，妄想為人類的蠻力塗脂抹粉，而對上帝的仁愛渺然視之。

地獄理論否認了真相：如果人類做出了選擇，上帝就會以特有的方式，讓軟弱的人性聽從召喚，為黑暗的靈魂展示神聖之美。否認真相，就是否認全知全能的上帝。即便嗜好瘋狂的罪惡和無涯的痛苦，但如能發現和平與快樂之路，誰又會刻意拒絕他們呢？如果相信上帝之愛是完美的，又怎能想像上帝會鼓勵人類藐視他至純至真的仁愛呢？

上帝自言自語道：「我要創造一個可怕之人，讓他對我極盡藐視，並因此遭受無盡的痛苦。」但事實的真相是，全知全能的上帝反而受限於自己的全知全能。比如，他不可能拋棄自己，也不可能創造一種比自己更強大的力量。假如上帝確實能創造一種可以藐視自己的生命，那麼他正在創造一種比自己還強大的力量，這根本就不可能。

雖然罪惡的根源神秘莫測、難以解釋，但我們必須為自己有所不知而感到心滿意足，因為人類狹小的思想難以闡釋一切。如上帝無所不在、無所不能，難以想像有何事物不為他所知，不在他的心中？如他創造了可以選擇罪惡的人類，他一定會創造一些罪惡供人類選擇，因為人類無法選擇不存在的東西。如果人類可以藐視上帝，上帝一定會給予他藐視的想法，

因為沒有上帝的允諾，任何想法都無法進入人類的大腦。

面對諸多難解的神秘，我們卻妄稱看穿了所有的世間生靈。實際上，我們能做的只是要認識到，愛的信念比邪惡的想法更堅強，所以要竭盡全力堅守愛的信念。如果隨意標榜自己為他人的人生嚮導，像剛才的那位傳教者的所作所為，就是用自己代替了上帝，是令人深惡痛絕的暴政。

只有藉助於本能的正義和仁愛，才能真正理解上帝，並因此變得心境坦然，豁然開朗。無論發現誰鼓吹什麼樣的教義，但凡侮辱了正義和仁愛，就完全可以理直氣壯的加以拒絕。至少我們知道，上帝不可能一方面賦予我們認識最高尚、最真實的本性的能力，而另一方面，卻讓我們對這種能力任意褻瀆。像傳教士那樣的宣講，可以毫無疑問的當成變質的思想，而非聖潔的旨意。

我們充滿感激，因為相信，任何困難與障礙、誘惑與煩惱，雖然佈滿了前進之路，但都是為了磨練我們的意志，而不是阻擋我們的奮鬥，都是上帝的有意而為，是為了讓我們走向最終的幸福，而非陷入絕望。

罪過的含義

　　今天，在書架上找到了一本《神學手冊》，是入教時送給我的。我站在書架旁，讀了很長時間，過去的回憶似乎在書頁中沙沙翻轉。我清晰的記得，自己曾廢寢忘食的讀著本書，努力強迫自己接受其中的思想，並為無法踐行書中的言行而由衷地感到自卑，認為自己很冷酷、邪惡、墮落。

　　我該再做一次懺悔嗎？

　　很久以前，每天早晨一睜眼就是思想煎熬的開始。這時，每一次不悅或屈辱、每一次不快的遐想，都從睡眠的囚禁中解放出來，飛入腦海，迫使自己帶著無奈、心酸和痛苦看待一切—— 我深知這種痛苦在雙腳踏上地板時就會悄然消失。每當受到這種思想煎熬時，我就會翻開手冊閱讀，以此獲得深深的懺悔，最終落得淚流滿面。雖然內心知道這有些矯揉造作，但似乎迎合了教理常規。

　　書中認為，這種懺悔恰如其分，但對我卻是一次深刻的自我剖析，一次可怕的經歷，一種對罪惡習性的控訴。書中使用的語言，現在看來，不僅空洞乏

味，而且會傷害正直的心靈，實在是對上帝的行為方式和聖潔的旨意缺乏信任的告白。

艱難的妥協

真正恰當的態度是：帶著男人的氣概，與上帝進行一次坦率而樂觀的合作。上帝向來以憎惡的態度看待罪惡，要求人對上帝的這種憎惡態度和他莊嚴的聖潔行為進行反思，是多麼荒誕、不切實際啊！就如同人類向上帝灌輸對軟弱、缺陷、疾病和痛苦的仇恨一樣不可理喻。莫不如說，上帝有著超凡脫俗的勇敢和美麗，對任何懦弱或醜陋都會嗤之以鼻。

如果有人說，正因為上帝完美，所以對所有的缺陷都充滿憐憫，也許有那麼一絲道理——但話雖如此，可距離真相又何其遠呀！相信上帝的真愛和仁慈，必須也要相信，那些所有的來自於上帝的莫名的缺點、誘惑和痛苦，都有其自身的教育意義，都有著深刻的內涵和美麗的啟示——這就是人類為之奮鬥的意義所在。這多麼令人難以置信啊！

那些無知的罪過，只是表明你從上帝的手中獲取了一些天性，這些天性表現出來的任性、懦弱、無常、喜歡享樂以及不知滿足，都需要人們去理解、去選擇，甚至去熱愛。對性格、秉性、本性充滿仇恨，

比登天還難，除非對賦予這些品性的上帝充滿仇恨。
這真是一團糾纏不清的亂麻！

　　那讓人熱愛和平、充滿真愛和信仰的心靈，也
正是誘導人屈從誘惑之所；那叫人豔羨的與眾不同的
謙虛和才華，也恰是讓人沉淪之地。推崇宗教中充滿
了虔誠的聖人和自我折磨的苦行者，隨著人生經歷的
豐富，只會讓人對難以企及的理想採取可悲的冷漠態
度。但要做出適當的妥協卻難以想像。一方面，由於
受到了道德義務和人們所渴求的成就感的束縛；另一
方面，真相迫使我們認識自己的局限性，並且勇敢地
坦承：提高道德修養真的難上加難。

　　問題是，與人交往時是否該公佈所謂的真相，
還是出於良好的動機篡改真相呢？當某人既無道德上
的責任，也不應受道德的譴責時，為了提高他的道德
標準，該不該假裝他也應承擔道德上的責任或者應受
到道德的譴責呢？經驗告訴我，盡可能不在毫無意義
的後悔中浪費光陰，要盡一切可能保持希望和憧憬，
相信上帝會幫助我們實現那些可望而不可及的理想。

　　今天，翻看這本手冊時，感覺書中那些美妙絕
倫卻令人費解的文字正凝視著我，真希望此刻能有某
位仁慈而智慧之人，向我解釋它們的奧秘，但或許這
種奧秘根本就是無法解釋的。人必須親身實踐，才可
品嚐其中的苦澀與歡樂。

一首歌

　　有時候——這發生在每個人身上——常看見某人出於好意，自告奮勇在聚會上彈奏或演唱。昨天晚上，在辛普森夫婦家中，有一個才華出眾的年輕人，一直在哼唱著舒伯特的歌曲。他聲音很低，發音含混、語氣呆板、節奏單調，令我感到陣陣煩躁。

　　「天啊！」我自言自語，「演唱這麼悲傷的歌曲意義何在？一群衣冠筆挺的紳士，酒足飯飽之後，莊重的圍坐在火熱的爐火旁，難道就是爲了傾聽這麼悲戚的歌曲嗎？悲戚到連舒伯特也會自愧不如、憤然感歎：這才是眞正的舒伯特呀！這個乏味的歌曲作者令我深受觸動，想把所有的主觀情感，所有的希望和渴望都一股腦傾倒出來，統統裝入這陳舊的喜怒哀樂的表達方式中，就像基督徒把自己的情感都透過不停的祈禱表達出來一樣。我想自己有了一個發現：一切皆爲虛榮。

　　在對歌手一番稱謝之後，我們又在嬉笑中談起了當地的奇聞趣事。幾分鐘後，一個非常醜陋、單純的小女孩，被不情願的拽到了鋼琴旁。她擺放曲譜的

手有些顫抖，開始彈奏時也略顯膽怯和猶豫。琴聲響起，之後不久在鋼琴的伴奏聲中，她開始歌唱。這是一首非常流行的老歌。

但是，究竟發生了什麼？世界為何突然變得如此不同。小女孩聲音低沉、悅耳，充滿了深切而飄渺的情感，伴隨著夢中經常出現的那古老而神秘的迴音，彷彿近在咫尺，又似遠在天邊。

我想，小女孩並沒有多麼豐富的思想或靈魂，也不是傑出的演員，但她的歌聲傳遞出難以言傳的魅力，悠揚婉轉，綿綿不絕。伴奏的音符清澈如注，載滿或歡樂、或悲傷的幻想，如濃濃的美酒傾瀉而出。她的聲音慢慢舒緩下來，餘音繚繞，如清澈的溪水在石間流淌，如泣如訴，還夾雜著一種希翼，隱藏在觸手可及的某個神秘之所。表達這麼神奇、這麼難以捕捉的美麗，又何必要付諸語言？

我感覺，能夠這樣歌唱，才是在做世界上最有價值之事，因為它能夠詮釋美麗，揭示真理、維繫生命、撫慰心靈。如同在沙塵飛揚的喧鬧街道打開一扇門，展現出一片寂靜的深谷，綠樹撲地、溪水晶瑩。放眼望去，是藍色的平原，在遙遠的天邊，大海在明媚的陽光下閃耀著光芒。

我曾有過類似的感受，那是在美術館裡。我在一幅一幅的欣賞畫作——都是些奪人眼球卻毫無靈

魂的作品，我不禁捫心自問：人們煞費苦心的創作出這麼多沒有任何意義的作品，究竟用意何在？——突然，我看見了一幅素描，畫的是盛夏裡一汪寂寞的水塘，炙熱的太陽高高懸掛在濃蔭密佈的樹上，發出耀眼的光芒，水草茂盛的水面上有一艘停泊的小船，上面一個人孑然獨立，陷入如夢如幻的遐想之中。

　　我的眼睛一亮，感覺自己被帶入了奇妙的世界。這幅畫的主題是什麼？定格於如此豐富而又陌生的生活，其意義何在？這幅畫背景設在了哪個寂靜的鄉村，哪片美不勝收的土地？高聳的樹木和沉寂的池水，又暗含著怎樣的深意？在這充滿溫馨和芬芳，響著潺潺水聲的漫長的午後，夢中人到底想起了哪片悲喜交織的浪漫之鄉？這是藝術的盛典，這是意象的快樂。這幅畫與世無爭，悄然置身於這個喧囂張揚的世界，顯得更加真實。

　　一切循規蹈矩的作品——技法陳舊或是表現生硬、沒有靈感的藝術，無論完成得多麼高超、多麼完美無瑕，終究一文不值，充其量只是另一種枯燥乏味的勞動。而有些作品例外。這些作品也許得益於思想的靈光閃現，也許是旺盛精力的全力宣洩，更還有可能是莫名而強烈的愛好，連藝術家自己也無法解釋清楚其中的奧秘，但這些作品絕不是藝術家的刻意所為，卻表現了深遠的現實意義。

因此，在令人昏昏欲睡的樂曲聲中，在色彩與色彩的單調重疊中，在詞彙與詞彙的乏味堆砌中，突然閃現了一個令人敬畏的神聖的景象，這時，你會頓時感覺一切豁然開朗起來，開始控制不住的激動。這種景象所傳遞的訊息，是神聖的旨意，是真正值得擁有的寶藏，你會因此而寬容那些無法得到之人的枯燥勞作，或許他也感受到了同樣的召喚，投身到了永恆的追求當中。

生活的藝術

　　生活的確如此。被迫來到大眾面前，會感到陣陣的戰慄和窘迫。這時，我們就情不自禁的捫心自問：在這種艱辛而徒勞的日常勞作中，行進在這單調而保守的道路上，人生的意義究竟何在？

　　突然之間遇到一個人，神聖而偉大之人，他給人以希望，他用天堂之火點燃了簡樸的生活，使生活變得優雅而美麗。於是，生活變成了純潔和高尚的象徵，並因此有了些許神秘。生活，有時透過一個字、一個眼神，把這種純潔和高尚展現在大家面前。品行高尚、才華出眾之人，也許會與它擦身而過，而謙虛質樸、天性平和之人卻可能擁它入懷。

　　雖然無法解釋其中的奧秘，也無法用語言描

述，但你會在一念之間，產生一種感覺：人生意義非凡，前途一片光明。任何一個動作或想法，無論多麼簡單或普通，都會因它具有獨特的意義和品味而變得令人感動唏噓。能遇到這樣一個人，眞是人生的幸事，這樣就可以藉助於上天的力量，度過許多枯燥乏味的日日夜夜，因爲已然知曉，人生的價值得到了最高的體現，一切都會變得美好、崇高而仁慈。

　　但有一種行爲，會讓你錯過這樣的生活，失去這些美好的感覺，那就是恪守於自己單調呆板的人生計畫，把時光當成無法追蹤的獵物，白白荒廢。我想，不必等待人生的黃金時光，因爲只要爲了探知人生的眞諦，沒有一刻不是人生的黃金時光。然而，怎樣才能明白這一點並付諸行動呢？

　　最近，我空虛的思想陷入了一個邏輯誤區，把疲倦的時光當成必須要經歷、必須要承受的考驗。如不受到干擾，我會這樣一直冥想下去，一直到華燈初起。但生活遠比這更豐富、更高貴。人要學習人生的課程，要把痛苦帶回家中，帶入自己的靈魂。不要把痛苦當成乏味的插曲，而要看成生活自身的旋律和進行曲，不必顧慮痛苦會打破和諧，在憂鬱而單調的音樂中彈出顫音。

　　問題是，當一個人心滿意足的沉溺於扮演的角色，自以爲成爲了平易近人、事業有成的榜樣，可以

激勵他人並給人以啓迪時，就不那麼在乎他人的感受了。另一方面，當自己感到枯燥、煩心、焦慮、傷心和不滿時，反而有機會爲他人創造更多的幸福。

下面的這個故事，是我的一次有趣的經歷。一次，我到倫敦出差，當時是我最低潮的日子。我和一位老朋友坐到了一起，聊著天。他平時活潑開朗、行動麻利，但那天他出奇的沉默、低迷。我耐心的開導他，讓他把自己的問題坦誠地說出來。於是，他就花費了很長時間，講了他患上焦慮症的來龍去脈。正是這種糟糕的精神狀況，讓他的計畫都隨之泡湯。

我就竭盡全力給他以鼓勵，向他描繪美好的前景。我的這番努力不但讓自己忘掉了自身的煩惱，而且也增添了朋友的信心。就這樣，兩個消沉萎靡、心身倦怠之人聚到了一起，不斷給予對方慰藉和鼓勵。我們知道，任何一個人都不是世界上唯一苦惱之人，面前存在著無數種可能，只要不再盲目和健忘，一切都盡在掌握之中。

設計

　　幾天前，見到一位藝術家，他剛開始創作一幅作品，畫面上只有幾條依稀可見的線條。旁邊有一幅小畫，輪廓已經顯現出來，但有幾道刺眼的油彩，張牙舞爪的塗抹在畫布上。

　　「請原諒我這麼說，」我說，「如果誰能把這幾道胡亂塗抹的色彩處理一下，與畫面和諧起來，我一定會感到大開眼界。」

　　這位傑出的畫家笑著答道：「我想，你跟我一樣，要是看到羅塞蒂早期的作品，就不會這麼說了。他畫中的人物，臉上、鬍子上都塗滿了神秘的天藍色，奇形怪狀的，非常刺眼，但最後這些一道道的古怪的顏色都神奇消失了，變成了畫面的背景。」

　　由此，我想到，生活中何嘗沒有這種美麗的傳奇呢？生活中會往往遇到一些不快，如焦慮或痛苦，對此，我們只會不耐煩的抱怨：「哎，老天為何不能公平、仁慈些啊！」但上帝像一位智慧而完美的藝術家，從一開始就預見到了結尾。我們生活在時空當中，只能看見恣意拋灑的油彩，讓繪畫變成了色調張

狂的拼湊之作。只有上帝才獨具慧眼，清楚地知道如何調和色彩，讓色彩和諧起來，從而創造了色調柔和的面龐與雙手、樹木與河流。

這些柔和的色調，不經意間滲入進了粗獷的背景，從隱藏的道道抹痕中獲取了力量和光彩。也許，有時可以悠然的欣賞一下那些往昔不快的經歷，看著它們如何融入柔和、亮麗的生活，給生活增添全新的色彩。但凡帶著一臉愁容去環視狹窄的生活空間，就根本不能想像出人生的畫面該如何塑造。但不管怎樣，終會看到人生盡頭的那一天。

也許，人生最美妙的時刻，莫過於內心隱隱的知道，人生的過程雖然緩慢，卻能徐徐前行，如同粗糲的線條和扎眼的色彩，終能演變成為動人的面龐和迷人的外表。而從一大片亮麗奪目的色彩中，我們又可以眺望遠方波光粼粼的大海。

神聖的雕塑

　　學術界一直有一個爭議的話題：赫拉克勒斯（羅馬神話中，宙斯與阿爾克墨涅之子，大力士，神勇無比，完成了十二項英雄偉績）是否存在於大理石中。雕塑家能看見赫拉克勒斯的塑像鑲嵌在大理石中，他的使命就是把塑像雕刻出來，既不要太深，也不能太淺，把它完美的展現在世界的面前。

　　雙方爭辯的焦點，實際上是理想主義哲學的根本問題。每個人都可以被看成一塊大理石，中間埋藏著一個理想的自我。教育家的目的就是要塑造理想的自我，即柏拉圖所說的「脫胎換骨」。難道這不是美妙而崇高的理想嗎？

　　當知道那個完美的自己就埋藏在大理石之中時，人生的經歷彷彿是一次次雕刻，充滿痛苦和煎熬，擔心自己也許會如碎石般到處迸濺。剛開始時，會感覺這是一項粗糙野蠻的工作，不管大理石多麼堅硬、結實，都會不顧一切的把它劈開挫鑿。接下來，就是這一刀、那一刀的精雕細刻。很快，光滑纖細的四肢就開始顯現出來。

從最初令人困惑的劈鑿，到碎片與肌體分離時的劇痛，再到光禿禿的石塊變成眉眼依稀可見的塑像，這一過程需要多久？一旦隱隱的知道即將發生的一切意味著什麼，就會明白，自己所經歷的痛苦與煎熬實在不足掛齒，於是，脾氣就會從倔強變得溫順，臉頰也開始清晰地顯露出高貴的氣質，苗條的肢體也展示出驕傲流暢的線條，這時，就該為自己的心甘情願感到由衷的慶倖和激動了。

道德的標準

　　歌德（約翰・沃爾夫岡・馮・歌德，1749—1832，德國著名的思想家、小說家、劇作家、詩人，自然科學家、博物學家、畫家，德國和歐洲最重要的作家之一）創作《少年維特的煩惱》時，曾寫信給他的朋友凱斯特納說：「爲了安慰上帝和大眾，我把自己寫入了作品。」這番話完全出於善意，出於崇高的個人品行和非同尋常的驕傲，讓人絲毫感覺不到有損人格的虛榮。

　　歌德沒有說，他也把朋友凱斯特納和他的妻子夏綠蒂作爲素材寫入作品。當凱斯特納夫婦知道後，表示堅決反對。歌德雖一再道歉，卻鄭重的告訴他們，他們應該爲此感到驕傲和榮耀。這也許就是人們敬佩歌德，卻很少崇拜他的緣故吧。

　　人們敬佩他，因爲他總是一往無前，憑藉敏銳的洞察力和堅定的信心，在無人願冒險涉足的藝術之路跋涉千山萬水，去詮釋和塑造人類的思想。但人們卻並不崇拜他，因爲他對人漠不關心、毫不留情。雖然他知道自己哪裡有缺陷，卻並不願花費心思關注人

情世故。

　　世界上傑出的領袖常對人們說：「跟我來，我們一起去尋找和平與光明。」

　　但歌德卻會說：「如果願意的話，就跟我來。」

　　有人對那個年代評價道，那個時代的人雖然有著強烈而迫切的渴望，但意志卻很薄弱，總會陷入悲傷不能自拔，在哈姆雷特式的憂鬱中迷失自我。歌德卻截然不同，從沒有一位藝術家比歌德更加果敢堅決。我想其中的一個緣由就是，現代藝術很弱勢，常與傳統的倫理道德標準進行比照，寧願在道德法庭審判公眾，根據意志的堅強與否評判大眾。

　　布萊克的想法與眾不同，他認為應根據思想和藝術的鑒賞力以及大眾的品味進行評判。但這肯定也是一個誤區。如果那樣的話，莫不如根據身高、長相進行判別。我認為，唯一可以評判的標準是，大眾是否有意識的屈從於儒弱、卑鄙、謹慎或者僵化的生活動機。這無關成功與失敗，而是涉及人的行為是自由瀟脫、慷慨大方，還是謹小慎微、唯唯諾諾。

　　《福音書》對人的評判標準有兩條：一是否善良；二是否會藉助於他人的幫助提升自己。因此，評判的準繩似乎取決於大眾的欲望，而不是他們的所作所為；取決於大眾的態度，而不是他們的表現。

安慰

 但這還隱藏著一個巨大的謎團。因為現實情況是，我們仍然無法滿足自己的渴望。人類有兩大無法推卸的責任：一是把自己奉獻給創造我們的偉大而神聖的力量；二是成為上帝想讓我們成為之人。所以，人類必須遠離任何企圖評判他人的想法 —— 那是不可饒恕的罪過。那麼，在藝術上，如果能像歌德那樣為了安慰上帝和大眾而把自己的現狀寫入作品，就已經稱得上完美了。

 歌德唯一能深刻觀察的事物就是他自己，但能如實而美妙的把自己描繪出來，就是對大眾最好的安慰和鼓勵。如歌德描寫的事情能讓大眾產生共鳴，感覺自己並不孤單，感覺此時此刻、無論陰晴冷暖在同一條道路上，還有人正與自己結伴前行，或者幫助了他人堅定的去認知自己的信念和渴望，那是他所能做到的最為美好而高尚之事。

 人生最大的悲劇，不是失去的痛苦，而是心中充滿恐懼。當歌德說為了安慰上帝和大眾時，他的話本身就代表了一種崇高。如相信上帝創造並熱愛著我們，我們難道就不該與他一起，為自己的盲目，為一路上的磕磕絆絆而產生的不公、困惑和悲傷，為所有大聲的指責，為所有絕望的低吟而給予同情嗎？如能

夠再勇敢一點、再耐心一些，虔誠的信仰上帝，並懇
求他人也信仰上帝，上帝難道不會獲得安慰嗎？

在過去黑暗的幾個月裡，我遭受了種種折磨，
偶爾心中會產生一種強烈的直覺：我所遭受的一切絕
不會徒勞無益、毫無意義，儘管我無法預知誰將受益
或怎樣受益。有一件事確實讓我感覺悲傷，那就是經
常回憶自己往日的悲傷，並由此對寧靜而平和的生活
日漸刻薄。我不會再重蹈覆轍了。我寧願相信，付出
高額的代價，就是為了換取更多的歡樂，我們並沒有
在偏僻的荒郊野外迷失方向，我們是友愛互助的偉大
群體，一路上受到引領，走向遙遠的天國之城。上帝
一直給予了我們無限的溫柔和偉大的真愛，雖然我們
還無法體會到那深度和廣度。

坐在安靜的書房裡寫作，夜晚芬芳的空氣飄入
房間，四周的一切都是自己熟悉並摯愛的，讓我感受
到了生活的甜蜜、輕鬆與愜意。書籍、照片，傳遞給
我許多美好的音訊。樓上不時傳來莫德給孩子們講故
事的聲音，還有孩子們熱切的提問聲。

然而，在這平靜與甜蜜之中，我卻陷入孤獨與
苦悶，行走於絕望和背叛的邊緣，不敢向周圍充滿愛
意、善良的人們敞開心扉，唯恐他們棄我而去，或者
我離他們而去，失去擁有的一切。

在這一點上，我自知錯得一塌糊塗。謹慎中的

冷酷、悲傷中的恐懼，讓我停滯不前、猶豫不決，我是多麼膽小怯懦、卑鄙齷齪啊！但即使如此，我仍然對那雙曾經塑造過我的雙手，那叮囑我做人的天意篤信不疑，絕不會再有其他的猶疑。

文化

　　文化中的陽春白雪，對富有創造精神的作品幾乎毫無裨益，想到這一點就略有些傷感。的確，傑出的作家中，只有屈指可數之人受到過這種陽春白雪般高深文化的薰陶。文學作品，尤其是經典的文學作品，內容博大精深，不但能提升思想的深度，更能啓動世界的熱血。但如果認為大學有助於研究經典作品中所包含的高深內容，就有些自作多情了。

　　實際情況是，受過這種高等教育的人，往往發現自己的思想反而受到了良好教育的束縛，如丁尼生所言：在如膠的大海中跋涉（選自《丁尼生回憶錄》）。一部分原因在於，受過高等教育的人易屈從於權威，對所謂魯莽放肆的新的嘗試極盡鄙夷。另一部分原因在於，認為只要自己的思想稍微靈活一下，就擔心會把長期讀書日積月累的語言精髓用錯地方，這樣，思想自然受到了束縛，想當然的以為有價值的東西早已被挖掘出來，沒有必要再去開發。

　　另外還有一些個別的原因，比如，荒謬而苛刻的完美主義在作祟。經過具有悠久歷史的語言浸潤提

203

煉的智力，不可能對粗陋的初級階段的作品放任自流。而初級階段是作家必須經歷的過程，這一時期的作品像時斷時續的渾濁的溪水，很難捕捉到那些抽象無形的思想，給它們下一個清晰明確的定義。

文化與想像

有創造精神的作家，必須要親身體驗，然後將體驗的經歷表現出來，這是培養作家的唯一方式。但這足以讓他認識該選用哪個主題，並以何種語言表達出來；足以讓他辨析寫作主題時所遵循的基本原則，體會到簡潔、優雅的表現力並非遙不可及。常年受到良好教育薰陶的人，在讀書萬卷之後，會對那些經典力作佩服得五體投地，自歎弗如，甚至還會產生挫敗感。

但對有創造力的作家而言，那些經典作品只會激發他的渴望，想用自己的語言，酣暢淋漓的把自己的感悟付諸筆墨，而且他所接受的單一培養形式，也賦予了他表達的技巧。接受過良好教育的人，被絢麗多彩的陽光晃得眼花繚亂，再也看不到其他的景色，只覺得太陽如一個明亮的圓盤，深深的印刻在腦海中，在自己與他物中飄蕩。

這種情況最好的體現在湖畔三友身上，他們是

華茲華斯、騷賽和柯勒律治。三人最初都是詩人。柯勒律治從詩歌分心，開始學習玄學。我想主要原因是他沉溺於鴉片，在對自己道德上的無能進行痛苦的反思吧。他轉向玄學，就是為了看看自己能否在謎一般令人困惑的生活中，找到一些解決之道，但他最終卻在這種哲學猜想中迷失了方向。

騷賽是一位品行簡樸的人，也是一位接受過良好教育的雅士。他獨自端坐在寬敞的書房中，藏身於浩瀚的書海，細心而挑剔的分配著自己的時間，一邊進行文學創作，一邊抽身賺錢。他寫出了一些作品，雖是曇花一現，但也獲得了一定的聲望。

華茲華斯卻呈現出了另一番景象。他狹小的書房裡堆滿了破舊的書籍，一頁頁的草稿雜亂的擺放著，裡面夾雜了一些紙條，是他為丟失的頁碼重新補充上去的文稿。他孑然一人，每天為了讓自己的思想和想像活躍起來，強迫自己放鬆下來去休息、散步。

為什麼只有寥寥無幾少數未受過教育的人，才成為了獨領風騷的作家，其緣由在於，大多數人不能在正確的地點做正確的事情。作家不可能讓一切重新開始，他必須要經歷思想發展的過程，循序漸進地前行。

因此，作家最有力的武器就是他接受過的培養和薰陶，讓他能夠領悟思想的變遷與發展，辨明現存

的社會問題和情感問題，然後再對它們加以闡釋——作家成功的奧秘就在於此——他的思想也會因此受到觸動，但還不能說是獲得了新生。作家的知識儲量要充足，但不必過多。他不必過分的糾纏細節，那樣只會模糊自己的判斷；不必過多的進行智力訓練，那樣只會喪失新鮮的思想。

文學創作，是一次精心準備的越野競賽，作家要清楚地知道自己這次大膽的行動所面臨的困難，因為這絕不是按照規定動作進行的體操表演。要創造出標新立異的作品，必然會受到智力和體力因素的制約。大多數人的精力都花費在日常生活的追求中，因此，創造性的作品需要他們付出額外的精力。如果把精力都投入到社會職責、職業行為中，即便是陽春白雪般的思想薰陶，都會使創造性受到戕害。

因此，把創造當成人生目標的人，必須堅決的限制自己的所作所為。在其他一些事情上的無為，實際上是為作家積蓄必要的力量。普通人所說的無病裝病和拖逫懈怠，對於作家而言，就是必要的休整，是為了把精力更好的發揮在所選定的創作目標上。

正確的資訊

今天上午，一直在看一家出版社的出版目錄。這家出版社最近出版了一些老作家的作品。我想，要麼有市場需求，要麼就是特意爲了出版這些作品。然而，誰會買成千上萬冊這樣的作品呢？我無法想像。也許購買者是教授文學課的老師，或者是受到報告的激勵而決心進行文化尋根的人們？

文學積澱非常重要。在我看來，重新出版過去的作家作品不合情理。這些作品充其量只能算作二流，不過是爲世界文學增加了五六部詩集而已。我們現在不是可以選擇作品嗎？但無論做出怎樣的選擇，都肯定不會去閱讀這些幾近被人遺忘的二流作品。當然，如果要專心研究某一特定的文學時代，某一階段或者某一學派作家，就必須要付出大量的時間，去啃噬很多本身沒有多大文學價值的作品，這是一種常規做法。

當有人這麼做時，沒有人會冒昧的點明：作品的精華被明智的忽略和擱置了。但這麼做確實會讓人迷失自我，喪失批判力，讓優秀作品與低劣作品良莠

難分。這麼做，也許會在浩瀚如海的書堆中，挽救了幾行精彩的詩句，但現在誰又有時間爲了幾行情感的閃光，而去耐心的把冗長呆板的詩篇讀完呢？

一般說來，業餘寫手與專業作家的區別在於，業餘寫手會爲了幾行精彩的詩句而保留整首詩，而專業作家如認爲詩歌結構鬆散、節奏拖遝，就會毫不吝惜的把這幾行精妙之處刪掉。寫出具有強大生命力的作品的唯一訣竅，就是保持整部作品——書籍、詩歌、散文——的精雕細作，比例適中、結構合理、淺顯易懂。成爲偉大作家的標準，就是既能耐著性子不斷完善結構鬆散的作品，又能有勇氣犧牲這些不合情理的章節。

但現在的大部分讀者都失去了理性，一昧屈從，過於恭順，往往把作品照單全收。他們有一種含糊不清的觀念，認爲透過學習知識可以達到某種文化水準，但知識與文化毫無關係。其實，問題的關鍵在於，要具備豐富的情感，敏銳的洞察力和判斷力。教育的失敗也在於此。

現在，有能力培養具有獨立人格和敏銳的鑒賞力的人可謂鳳毛麟角，所以教育經常落入那些有著強烈的責任心的人手中，他們有著良好的記憶能力，認爲只要向大腦灌輸事實和日期，就會使人受益，卻忘記了或者根本就不清楚，他們內心欠缺一股炙熱的火

焰，這股火焰能燃燒灰燼，照亮金礦。

書的用處

年輕時常讀一本叫《哈利與露絲》的書，非常枯燥、沉悶。書中有個爸爸，他心地善良、品德高尚、責任心強，總是想方設法鼓勵孩子們學習知識。有一次，大家坐在馬車裡時，露絲開口講了一個小女孩的故事。小女孩的名字叫姬蒂・梅普爾斯，是露絲在姑姑皮埃爾・波音特家裡遇到的。大家的聊天似乎剛被一縷人性的光芒所點亮，這時，爸爸卻把注意力引到了路邊的一座大樓，他說：「我們還是談些實實在在的東西吧，別談論人了。」

這座大樓原本是家製糖廠，或許是某個同樣無聊的場所。孩子們頓時變得沉默起來，不得不開始裝腔作勢的，探問這個地方的到底是什麼。還有什麼比這更為掃興和無聊的嗎？露絲代表著一些精力充沛、甚至有些調皮的孩子，他們總是被大人們強迫著去認識自己道德上的瑕疵。

懷著抑鬱的心情回顧過去，曾有一個時代，人的本性被古板的動力學和靜態學的知識無情驅逐。那時，露絲和孩子們關注的不是天真的幻想，而是枯燥的事實，如撥火棍也可以當槓桿，捲髮是個理想的濕

度計，等等。

　　《哈利與露絲》講授了許多簡單質樸的美德，但這種教育所培養出來的人，思想卻是冷酷堅硬、自鳴得意、自以為是的。因為膚淺與虛榮，孩子們受到了責備，他們為邪惡的驕傲所佔有──自以為牢記一些事實，就擁有了驕傲的資本。

　　那麼，我到底想把自己的孩子塑造成什麼樣呢？我想，孩子們應該品行端莊、質樸單純、慷慨大方、充滿愛心。在智力方面，我希望孩子們待人熱情、行為獨立、肯於動腦、行事機靈、活潑有趣。不管孩子們怎樣問我問題，我都願意，因為這些問題都是孩子們的見識。我還想讓他們善待和體恤動物與昆蟲。至於書籍，我只想讓孩子們聽從自己的喜好，但我會在他們周圍放一些精品佳作供他們選擇。此外，我還希望他們有自己的思想和興趣，並有充足的理由去解釋。我不想讓他們遵從我的喜好，只想讓他們相信自己的選擇。

　　我根本不在乎他們到底積累了多少資訊。當然，如果他們知道如何利用書籍，那就更理想了。很奇怪，教育理論怎麼仍對孩子們的健康成長無動於衷。在書籍昂貴而稀缺的年代，在知識未被整理和歸納的年代，人們很大程度上依賴於自己的知識儲量。但今天，如果人仍然靠事實的細節去裝備記憶的倉

庫，書本又能起到什麼作用呢？在現今的教育中，培養記憶力已經是無足輕重。記憶力準確的人，反而會因為過於相信了自己的記憶而忽視了對事實的求證。

實際上，塞滿了的記憶本身就是一個巨大的陷阱。如我所言，它容易誘使記憶處理者相信：知識就是文化。就人而言，擁有良好的消化能力，比擁有成堆的穀物更為重要，當代人應該培養的是精神上的消化能力。

新習慣

　　一想到能很容易的戒掉某種習慣，並能迅速的用新習慣去替代舊習慣，就非常開心。幾個月前，絕望中的我在擱置寫作後，就感覺自己正遠離人生中最可信賴的依靠。現在的我，已學會了沉默，學會了在沉默中接受現實。於是，那種可怕而無形的情緒，出現的次數越來越少了。

　　我到底應該用什麼來代替寫作這個舊習慣呢？我開始大量讀書，並以此逐漸認識到了自己的淺薄。在從事寫作的日子裡，常常一心想的就是出版。創作之外，閱讀的書目都是一些主觀感受的內容，有關個人生活和經歷，因為從這種書中可以體會到人物的成長過程、情感的發展脈絡及心理變化。

　　但現在，我越來越對社會心理和歷史感興趣了。在思想的地平線上空，飄蕩著迷霧，當迷霧被風席捲而去之時，才意識到自己漫步的圈子是多麼的狹小。有時，希望自己可以就此海闊天空的恣意翱翔。但奇怪的是，現在對此並不十分上心。此刻，感覺自己彷彿變成了植物學家，行走在茂密的叢林中，一心

尋找某一稀有的矮小植物的標本，卻忽略了欣賞周圍茂盛的植被、美麗而肥沃的林中空地和倒伏的灌木叢。

教書

我開始定期與孩子們一起讀書。之前我也這麼做過，可都是三天打漁、兩天曬網的，這讓我心懷愧疚。而現在，我對這件事產生了濃厚的興趣，只為了看看思想是如何敲擊那些熱切而天真的小腦袋瓜的。我感覺自己長期培養出來的想像力，有了用武之地，它賦予了我語言天賦，讓我能用惟妙惟肖的細節，掩蓋枯燥的故事情節，讓一臉嚴肅的人物充滿了活力。

我也對孩子們有了新的認識，他們讓我感到既吃驚、又高興。我也發現了孩子們所表現出來的一些品質和思維模式，但孩子們還有其他一系列的明顯特點，讓我至今仍陷入懵懂之中。

一般認為，孩子的性格來自父母，經歷來自於環境。但遠遠不只這些，孩子們對創新思維有著難以想像的好奇心。最讓人不可思議的是，他們對那些從遙遠的生命飄蕩出來的含混的記憶，也一樣興趣濃厚。他們似乎能推測出聞所未聞的事情，認識從未見過的東西，瞭解從未被告知的生命，這讓人感到簡直

匪夷所思。

　　雖然好奇心早已耗費了孩子們的大量腦力，但他們在道德方面的表現，更是讓人吃驚不已。他們完全可以憑藉自己的本能 —— 這種毫無經驗可談的品質 —— 做出蔑視、恐懼、贊成、熱愛等諸多的評判。

　　「我不知道是怎麼回事，但克倫威爾（奧利弗‧克倫威爾，1599-1658，英國資產階級革命家、政治家、軍事家、宗教領袖）一定是在什麼地方做錯了。」當讀到英聯邦史時，麥琪一臉嚴肅的說道。

　　要知道，現在的孩子可都把克倫威爾當成具有正直品質和公眾精神的典範。埃里克的興趣全都放在士兵和水手身上，尤其對前人取得的輝煌的軍事成就讚歎不已，可他卻表態說拿破崙是個「相當普通的人」。這些想法純粹出自孩子的頭腦，因為我總是小心翼翼的不先入為主。學會建立自己的觀點，我認為至關重要，這樣就能在完全瞭解某人之前，不再貿然發出批評的聲音。

教育方法

　　我還和他們一起做了另外一件事 —— 一種輕鬆愉快並能迅速提高智力的事。當孩子們讀到某一段落

時，我要求他們用自己的話把它描述出來。我記不清自己在接受高深複雜的教育過程中，是否有過這樣的培訓。我對孩子們這樣評價道：孩子們捕捉要點的能力眞是快得驚人。

當然，我也收到了他們積極的回應。昨天，莫德就一遍遍的對我說：「埃里克認眞地說：『自從跟爸爸一起學習後，枯燥的課程變得異常有趣，這種樂趣是以前不曾感受過的。』」

「課程，」麥琪義憤塡膺的說，「根本就不能說是上課了。」

雖然當初沒有注意孩子們開始學習時的不情願，但現在的確看到了他們不情願——不情願停下來。我想讓孩子們學習時沒有任何的壓力，眞的想把他們從那些愚蠢而討厭的學習中解放出來，那種學習方式曾讓我飽嚐苦澀。我們一起學習了法語。自己小時候上的法語課相當噁心。當時使用的是劣質課本，上面的字跡也是髒兮兮的模糊不清，而且課本中的人物實在荒謬，竟然是熙德（西班牙著名的民族英雄，他英勇善戰，贏得摩爾人的尊敬，稱他爲「熙德」（阿拉伯語對男子的尊稱））和伏爾泰（伏爾泰，1694-1778，法國啓蒙時代思想家、哲學家、文學家，啓蒙運動公認的領袖和導師，被稱爲「法蘭西思想之父」）作品中的查理十二世。

我過去常想，把這麼多醜陋無趣的句子，生硬的拼湊在一起，究竟價值何在。現在，我和孩子們一起閱讀《苦兒流浪記》（著名法國小說家埃克多・馬婁的作品。埃克多・馬婁，1830－1907，擅長寫情節劇小說）和《高龍巴》（普羅斯佩・梅里美的作品。梅里美，1803－1870，法國現實主義作家，中短篇小說大師，劇作家，歷史學家）。孩子們的法語取得了令人難以置信的進步。

　　我們學習的流程一般是這樣的：我先向他們解釋生詞，然後進行簡單而系統的單詞練習，誰最先想起學過的單詞，誰就會得分。誰先得到一百分，就會有六便士的獎勵。女人的天性真是可愛！麥琪的記憶力超強，經常遙遙領先，於是，她就用六便士買了禮物送給埃里克，以此安慰他那受到傷害的自尊心。

　　他們還用法語給莫德寫信，然後鄭重其事地郵寄出去。雖然他們的法語不是很地道，但表達得卻是驚人的靈活生動。孩子們會偷偷地觀察莫德，看她早飯時打開信，然後向他們微笑致意。這時，我彷彿吃了蜂蜜，心中滿是甜蜜。

　　這也許不是非常值得炫耀的教育方式，但它卻能完美地實現教育目的：孩子們提升了興趣，有了學習的熱情和求知的渴望，不再籠罩在枯燥乏味的陰影之下。學習中有一條顛撲不破的真理：沒有愚蠢的知

識，只有愚蠢的無知——不懂裝懂。幾天前，和孩子們一起學習時，為了表達歉意，麥琪翻譯了一個法語菜譜，非常有意思，很值得一看。

孩子們缺乏知識份子的傲骨，而且沒有表現出來的跡象，這讓我很擔憂。在教學中，我常常挑些精華部分進行講解，而把其他枯燥單調的內容留給他們的老師。她是位善良安靜的姑娘，住在村裡，是前任牧師的女兒，經常早晨過來上課。我這麼做，是不想讓孩子們把興趣和注意力總一成不變的放在我身上。

孩子們很乖巧，但思想活躍，也非常喜歡和我在一起的時光，從未感覺到學習的枯燥。他們氣餒時，我就鼓勵他們。我讓他們自己講故事，做圖片展示。我坐在椅子裡寫這本日記時，他們會坐在桌旁，描述我讓他們描述的某個東西。做完後，麥琪會放下筆，滿意的鬆口氣。

「看，我寫得多漂亮啊！但我敢說你寫得更漂亮，埃里克。」

「別打擾我，」埃里克硬邦邦的回道，「我忙呢，別催我。」

麥琪會四下看看，發現我也在忙，就不再言語了。過了一會兒，埃里克也寫完了。我就把兩篇文章逐一朗讀出來，認真地進行點評。我這麼做的目的，就是讓他們清楚地認識到對方文章的優點和不足。他

們也非常樂意傾聽我的點評。

多樣的愛好

此外，我也沒有忽視讓他們鍛煉身體，堅持讓他們騎車、游泳。無論天氣陰晴冷暖，也不管他們是渾身濕透、一身泥濘，還是疲憊不堪，他們都必須去戶外鍛煉。如果不能玩遊戲，就做一些其他的事情，如觀察植物、搜尋鳥窩、分析地形、用望遠鏡遠眺各種鳥類，在花園中種種花草。雖然都是些不太科學系統的方法，但透過這種方式，他們能夠觀察、認知並愛上鄉村生活。

莫德有一個強烈的願望，想結識村裡所有的村民。於是，我們就帶上孩子去拜訪鄰居。孩子們當然滿心歡喜、興奮不已。孩子的興趣多變，我認為是很自然的事情，而且我也鼓勵他們這樣。我知道，傳統的教科書上說，孩子們只要做事，就應該堅持到底。但我卻願意讓他們有更廣泛的經歷，因為對他們而言，選擇和放棄追求還為時過早。

我寧願他們自己發現感興趣的事情，而不願他們過於早熟地耐著性子做事。我唯一反對的是，孩子們重新撿起嘗試過並且放棄的愛好時──我讓他們承諾，一旦撿起，就不再放棄。我告誡他們：「我不

介意你們做了多少事情，但如果已經嘗試過了，你們就可以放棄。但如果做事總是在變，就很糟糕，因為人不可能去做所有的事情。除非有很好的理由，認為自己能堅持到底，否則，不要重蹈覆轍。」

　　無論他們喜歡與否，有一件事是我必須讓他們堅持去做的，那就是彈鋼琴。我發現，有不少人因為初學音樂時，沒人強迫他們克服困難去堅持而遺憾至今。對此，我做出了唯一的一次讓步，允許他們一旦學會簡單的看譜演奏，掌握了和絃的基本技法，就可以停止了。

　　對於教授地理，我有一個簡單易學的辦法。在我的印象中，小時候的地理課非常乏味，常常要背誦一串串的城鎮、河流、山川和海洋的名字，還有一打打的進出口商品的名單，如牛皮、黃麻和各種硬體。當時不知道這些是什麼東西，也沒人向我解釋。

　　而現在，我們學習地理的方法是這樣的。首先讀一本旅遊手冊，根據地圖選一個國家旅行。然後，我向他們描述這個國家的地形地貌、居民人口從業情況、教育情況，並向他們展示相關的圖片。目前為止，只能說這種方法似乎取得了成功。此外，孩子們還要跟女老師學習算術，目的就是讓他們能夠快速而準確的進行運算。

宗教教育

　　至於宗教信仰方面，我常給他們讀節選的《聖經》和《福音》故事，都是經過我的精挑細選，附有大量的圖片。但這裡有個令人感到頭疼的地方。關於《舊約》，可以坦率的告訴孩子們，書中的很多故事都是傳說，有許多誇張的地方，就像國外的傳說故事一樣。我向他們解釋道，古時人們不懂得科學，很多當時認為可能的事情，現在才知道是不可能的；而有些很自然的事情，卻經常被認為是超自然的；此外，想像和誇張總會不知不覺的依附在名人身上。

　　孩子們非常聰明，告訴他們《聖經》都是真實的，一定會有風險，產生不必要的麻煩。孩子們會不經意的問道，「變水為酒」（據《新約》記載，基督耶穌參加一對猶太新人的婚宴時，把六個石罐的水全部變為美酒，供席間客人享用）、「五餅二魚」（據《新約》記載，耶穌基督曾用五餅二魚餵飽五千人）這樣的故事是否真實。我只好坦率地回答，這些故事不可能是真實的，只不過記載這事的人信以為真，道聽塗說而已。

　　孩子們領悟這些事情似乎並不是難事。但他們畢竟是孩子，我不希望他們過於浸潤於基督教語言，因為對許多人來說，機械的掌握《福音》語言，只會

模糊和削弱其中思想的深奧和美妙。在這裡，要牢記一條前人們的智慧結晶：孩子們不可能透徹的理解《聖經》。於是，我就按照宗教小說的形式，處理了《福音》中的一些情節，從一個熱情的旁觀者的角度去講故事。他們對這些故事興趣濃厚，認為基督耶穌這個人物真實可信、令人敬畏。

我幾乎不講授教義，只傳授一些基本的概念，如基督的神性，慈父上帝，聖靈的聲音（基督教認為，神向人說話有三種方式。一是神透過《聖經》向人說話；二是神透過聖靈的內裡見證向人說話；神向人說話的第三種方式，是聖靈在我們內裡的聲音），等等。我相信，在孩子們的生命中，宗教應該始終是聖潔、甜蜜、富有生命力的，絕不殘酷，更無關罪與罰，只存在仁愛、寬容、神聖和力量。

有一件事，我想向他們說明，上帝不是我過去認為的那樣，是猶太人的專屬財產。他高高在上，無所不能，存在於每個種族和國家之中，領引他們走向光明。有兩件事情，我不允許孩子們去探討：人類的墮落（所謂的人類背離上帝的道德，任由自己對美色、對食物、對錢財的欲望，操縱自己的行為，不斷作惡，背離美德，背離上帝的教化，最終離上帝越來越遠）和贖罪論（上帝是救贖者，在《舊約·出埃及記》中，上帝將他的子民從為奴之地領出來，《新

約》則預表耶穌基督要將人從罪惡中釋放出來）。人類的墮落與真理相悖，贖罪論與正義逆行。但這有些困難，因為孩子們將聽到佈道，而埃里克在上學，很可能被傳授教條的宗教教理。我準備在家裡為他們舉行入教儀式，做堅信禮（在一些基督教會中實行的一種增強受洗禮者信心的宗教儀式），這樣最大的麻煩就可以避免了。

我也毫無隱瞞的告訴他們，即使是好人，在這些問題上的觀點也不一樣。奇怪的是，雖然從小到大一直受到福音派思想的影響，但小時候接受的觀念卻是，教會分裂罪孽深重。為此，我不斷受到困擾，時常夢見自己在散發著恐懼和邪惡的空氣中，與清教徒保姆一路落荒而逃，沿途還經過了平時散步時，經常見到的羅馬天主教堂和衛斯理派的會堂。我問媽媽，為什麼上帝不發射火弩雷石攻打這兩個教堂，媽媽的回答總是讓我摸不到頭腦。現在，在我看來，具有這種思想，肯定背棄了基督教仁慈的本性，犯了魔鬼般的邪惡罪過，我肯定不會讓孩子們再重蹈這樣的覆轍了。

報春之路

與孩子們學習期間，我自己的日程也安排得日

漸充實了，因為給孩子們備課就已經佔據了我大部分時間。看到孩子們的興趣、才智、洞察力不斷增長，我非常高興，感覺自己的付出獲得了豐厚的回報。我下定決心，將爲他們鋪設一條長滿報春花的成功之路。今後會有很多嚴格的教育，但最好開始時就讓他們認爲，這一切都是有趣的、快樂的，因爲還有無數的艱辛和枯燥在等待著他們。

教育的目標

　　最近，感覺到深深的壓抑，因為讀了一些有關教育的書籍，聽了一些教育理論家的報告，看了一些課表、課程大綱和教學計畫，才讓我如此悶悶不樂。我對教育不感興趣，也不太信任一些教育理論和方法，這些東西都喪失了我們所一直尋求的教育真諦，只會在幼稚的遊戲中、在程式化的過程中、在對系統知識的渴望中迷失了方向。

　　雖然我對教學大綱等十分關注，但對它們實施的動機卻感到深深地厭惡。我想，普通人認為，取得成功、完善自我，贏得金錢、地位和尊重是人生的目標。而所有的這些成功，都把教育當成達到目標的手段。這也正是那些所謂的理論家們定義的教育，其目的就是培養出均衡發展的有用之人。

　　但我卻認為，這是一種錯誤的目標，它所認為的成功要取決於這樣一種事實：任何人都沒有能力依靠自己出人頭地，普通人必須成為成功者的鋪墊，構成成功者綜合發展的物質基礎，任由成功者想方設法的利用和掠奪。因此，受過良好教育的人會變得辛

苦、忙碌、自滿、傲慢，懂得利用自身價值，並且能夠發揮自己的才幹，實現明確無誤的目標。

而我的觀點卻恰恰相反。教育的目標應該是，教會不成功的人們如何依然保持快樂。因為有陰影的成功是庸俗的，而庸俗正是教育所要摒棄的東西。我所渴望的是，人們應該學會欣賞美麗，在平凡的生活中找到快樂，用無憂無慮的快樂填補業餘時光。就一般人所謂的教育目標而言，如果這種教育在全世界獲得廣泛的成功，國家制度就會崩塌，因為沒有任何受過良好教育的人，再願意默默無聞的從事卑微的工作了。

通常認為，教育應該使人知道不滿足，讓人渴望改善條件。這是一種有害無益的不良邪說。教育應該教會人們滿足於簡單的生活並不斷完善自我，而不是教會人們想去改善生活──其目的應該是創造滿足感。比如，假如──這聽起來像一個荒誕故事──一個在鄉下出生的人，一個屬於勞動階層的人，喜歡在田間勞作，喜歡觀察大自然的種種景象，喜歡文學，為什麼還要他尋求生活的改變呢？但教育往往使孩子們喜歡過精彩刺激的生活，喜歡城裡豐富多彩的社交生活和娛樂方式，最終，只有那些呆板無趣、沒有野心的人，才會滿足於生活在鄉下。

然而，只要生命延續、時間永恆，鄉村的勞作

就需要有人去做。這真是一個難解的問題。但有一些
簡單的事實可以證明，經過人類善意的努力，人類可
以從教育的災難中得以倖免。這些事實就是，我們絕
不會讓人類成為那些目光短淺的欲望的犧牲品。我們
這些思想呆板、毫無靈性、胸無大志的人類，有著強
大的忍耐力和持久力，即使我們想要改變這種忍耐力
和持久力，也無法實現，但這種無法實現也許是件好
事，因為無論課表和課程體系如何安排，人類總會默
默的、大踏步的向未知的目標前進。

羅斯金主義者

　　一位老朋友最近一直和我們住在一起，他非常有趣。他的有趣表現在很多地方，最主要的是他身上竟融合了兩種完全水火不融的性格。他從骨子裡喜歡藝術，一心想成為畫家。他深深的熱愛大自然，熱愛森林和田野，對古老而精美的建築一往情深，看到它們遭到無情的破壞——哪怕後來得到修復——就痛苦不堪。他對每一朵花都擁有詩人般的熱愛，一走進花園，他會感覺無比幸福；另一方面，他卻表現出成熟而強烈的清教徒的美德，生活簡樸，摯愛工作，忠於職責。

　　他是一名生活嚴謹的法官，和他相處，就會感覺得到他偶流露出的清高之人對卑鄙、自私和軟弱慣有的蔑視。從本性上講，他是位純粹的羅斯金主義者，想要摧毀鐵路、機器和工廠，讓勞動者享受工作的快樂，使他們夜晚能在鄉村的綠地上縱情唱歌跳舞。他不追求時尚，卻能從最簡樸的生活中獲得快樂和健康。隨著年齡的增長，他變得越發嚴肅，但對大自然的熱愛卻與日俱增。他似乎已到人生暮年，變得

227

更有耐心、更加優雅、更有溫情，更加心境平和。他的忠於職守與優雅風度，讓他清秀的面龐更充滿魅力。

隱私

一天晚上，我們談到了最近出版的一本書。這本書是由一封封信件組成，字裡行間交織著悲傷與美麗、理智與溫情。作者是位女士，她具有深刻的洞察力、卓越的才智和強烈的愛心。她的孩子在她去逝不久將這本書出版。我發現，我的這位朋友讀這本書時情緒激動，堅決認為它無論如何不該在她剛剛去逝就發表出來。

我向來贊同他的判斷，更尊重他的品味，因此就把書重讀了一遍，看看自己是否會改變觀點。我發現自己的感受與他截然相反。我深深地感激孩子把這些信獻給世界。當然，如果作者知道這些信會發表出來，她一定會變得非常保守。可實際上，在書中她完全敞開心扉，坦誠地講述了自己內心的想法。

想起自己不只一次見過她，原本以為她是位冷淡生硬之人，根本就不值得同情，但現在我心情非常複雜。她所愛之人都先後離世，讓她不得不承受沉重的喪親之痛。她在痛苦與困惑中獲得啓示，帶著崇高

與摯愛聽從生命的安排。在我看來，這一切就是一次次神聖而深切的再生的體驗。她感受到的種種悲痛、叛逆、激憤，可謂痛苦纏身，但痛苦沒有烤焦她，沒有凍僵她，沒有讓她魂不守舍、神志失常，更沒有讓她變得冷漠無情。雖然失去所愛之人的悲傷沒有淡卻，創口仍在流血，但她的愛意也隨之流淌而出，比以前更為充溢，更加充滿溫情。

她甚至沒有逃避讓她想起親人的房屋和地方，沒有逃避現實的生活，更沒有故意誇耀悲傷。至始至終，她表現得都非常自然、非常忍耐、非常忘我，用難以想像的崇高精神，充分展示了人性的光輝，用勇氣和溫情，承受了難以忍受的災難和苦痛。我認為，活下來的人能讓這些信件供他人閱讀，是他們所做的最為明智和勇敢的選擇。

書的生命力

我們英國人向來保守自己情感的秘密，對錯事固執的沉默不語，而對禮貌卻有著荒謬而愚蠢的執著，所以，能看到這樣一顆純潔、堅忍、奉獻的心，我心中充滿無限感激。在我看來，世界上最值得瞭解的事，就是他人對人生經歷的感悟。為世界做出過貢獻的作家，都是深入到人內心深處之人。在本應該可

以給予他人幫助、滿足他人最急迫需求的時候，卻在戲中、詩中或小說中把自己心靈的秘密僞裝了起來，這種世俗思想，最是令人感覺索然無趣之處。

但如果直截了當的親口說出，人們就會立即指責他過於自我、缺乏教養。這不是因爲英國人厭惡情感和感受。我們和任何國家的人一樣珍視這些，但卻認爲它們該以某種象徵性的手法、委婉的表達出來。如果給自己取個筆名，或以第三者的口吻寫出自己的經歷，人們是不會認爲他是在自我表現。但如果使用第一人稱，就會被認爲不知廉恥。有些人甚至認爲，說「有人認爲或有人感到」，比「我認爲或我感到」更爲得體。

與人交談中，最渴望的就是對方能坦率的談論自己，談論自己的希望和恐懼、信仰和疑慮。然而又有多少人能做到呢？我們英國人的靦腆，還表現在經常對自己所說的話莫名其妙的小心翼翼，而對自己所寫的文字卻完全不加掩飾。唯有自由而坦率的揭示人性的書籍，才具有長久的生命力。當然，幸好還有一兩個像莎士比亞那樣的作家，似乎具有超凡脫俗的穿透人性的能力。除此之外，在一直供人閱讀的書籍中，都似乎有一個靈魂在緊握著雙手。

書的隱私問題

　　我向朋友坦誠地說出了自己的想法，他的回答是，也許我是對的，但他不會改變自己的觀點：直到書中所有涉及的人都去逝，他才願意讓書出版發行。他認爲，良好的動機並不會激勵那些喜歡這本書的人。他只有一個希望，就是在不侵犯隱私的情況下，恰如其分地透視人性。如果可能，他願意阻止這些家書的出版，因爲即使人們喜歡它們，讀這些信也毫無裨益。他說，讀這些信時，就好像透過鎖眼或窗戶偷窺，看到了父子之間、母子之間的親昵行爲。

　　我說，在我看來，關鍵是被偷看的人是否意識到自己被偷看，而且把這些親昵行爲在書中揭示出來與在小說中描繪出來，或在舞臺上表演出來都沒什麼不妥。另外，我還認爲，在書中描寫出來，似乎就是一種完美的妥協。我強烈地感受到，每個家庭、每個圈子都有保護自己隱私的權利，但我並不爲自己自然流露出來的情感和愛意感到羞愧。

　　讓這些情感在書中再現，只不過是以簡單質樸的方式，向那些深有同感之人的一種表達而已。我渴望與所有富有同情心和感同身受之人進行交流，但因時間、地點或條件的限制，眞正能夠交流的朋友實在少之又少。人們談論書時的樣子，好像每個人都是被

迫而爲。我對書的看法是，書提供了一種媒介，透過書，人們可以與那些也許從未謀面的人或者那些很高興自己仍然健康的人，交流隱秘的思想；現實中的人的身體狀況、生活方式、緘默的態度或習慣，都會豎起一道屏障，阻礙交流，但透過書，就可以與那些情趣相投的人交上朋友；透過書，比透過交談，更容易愛上和讀懂寫書之人，因爲在書中，他們記錄了自己最爲精華、眞實、深刻的思想。而在交談中，人們會受到無數偶然與情緒的影響。

過去，有人反對出版白朗寧的情書。我認爲，白朗寧的情書是偉大聖潔而充滿激情的兩顆心靈之間交流的記錄，無比神聖而美麗。有人認爲，他的情書有些做作，違背常理，甚至有些不知廉恥。但無數人受到了這情書豐富給養慷慨的滋潤，也因此對美麗的愛情充滿堅定的信念。因此，我要不遺餘力的蔑視和譴責那些鄙視白朗寧情書的人。

我認爲，人生與思想、仁愛與善行的整個過程，都取決於相互間的理解與信任。而有些人所期望的那種人與人之間的隔離，眞的是來自於一種野性和獸性的遺傳。文明的結晶，誕生於善良而可敬的靈魂所給予的慷慨的自我啓示。所以，我不禁好奇，當事人是喜歡還是憎恨這些家書的發表。就我看來，毫無疑問，她一定非常喜歡的。因爲這樣，我就有幸拜讀

這本書，並深深的愛上了它。

對此，有些人會不以為然，而有些人更會表現出粗俗的獵奇心理。但我想，理解之人都不會在這些情深意切之人的快樂天平上，引起絲毫的搖擺。在接近他人的過程中，如果表現出來愚蠢而生硬的態度，即使是表面的，也會令人感到隔膜，並因此拒絕接近，這是生活中最難令人感到滿意的地方。

如果認識並崇拜一個偉大而高尚之人，想成為他推心置腹的朋友，就應該把自己所知道的一切都告知他，這是一項莊嚴的職責。對那些毫無同情心的冷漠之人，不必理會他們的冷言冷語，但應讓自己的決定首先得到所有充滿愛心的寬厚人士的贊同。我認為，這是藝術所能給予的最崇高的服務。

如果有人認為，發表諸如此類的家信無關藝術，我的回答是，這些家信本身就是最高貴、最能反映人性的藝術作品了。因為在這裡，大千世界，親情與真愛，失去與悲傷，痛苦與折磨，都被一位具有超凡感知能力之人細膩的描繪、表達出來。描繪和表達情感的那一刻，也是感受神奇的藝術之美的時刻。在這一時刻，情感從古板的舊俗和庸俗的禮教中脫籠而出，飛向更為清新、自由的天空。

國外有一些更低俗的窺探隱私現象的存在，對此我不否認，但這已無關緊要。就我自身而言，能看

見我們正向著更坦誠的方向邁進，就已心滿意足。這
並不意味著如果自己願意，在自己的家中，在自己生
活的圈子，就無需擁有保護隱私的權利。生活本身就
是簡單、寬厚、勇敢的，我歡迎生活中泛起的漣漪和
播撒的光芒，它們能把光明和芬芳傳遞到更加殘酷和
醜陋的世界。

情緒

　　剛剛讀到了一個有趣的句子，不知道它的出處，是在一本書的摘錄中讀到的。

　　「我越來越確信，所有的堅強都會表現出其柔弱之處，所以治療傷感的良方不是拒絕感受傷感，而是要感受更多的傷感。」

　　在我看來，這體現了真正與虛假的苦行主義者的本質區別。虛假的苦行主義者拋棄自己的恐懼；而真正的苦行主義者利用自己的恐懼，讓它為人服務。一個是掏空，一個是填滿；一個是剝離，一個是聚集。這句話道出了許多真知灼見，說的也很無畏大膽。但這句話忽略了人類的品格，忽略了人類的意志和決心。作者所推行的方法，是堅強之人本能採取的方法，它讓人透過自然而然的方式度過情感危機，健康成長。

　　但勸說一個人去感受更多的傷感，如同勸說一個人變得聰明、仁慈、理智一樣，正是人類自身無法自然而然完成的任務。情感與考試不同，考試通過即可畢業，而情感形形色色、變化萬千，表現了人的喜

235

怒哀樂。多愁善感之人，感受到的只能是傷感，無法再進一步，怎能指望他們獲得生命的活力和寬闊的胸懷呢？當既沒有活力也沒有肚量之時，怎能指望他們表現出活力和肚量呢？所以，我認爲這句話所宣導的方法，絕不可行。

當然，我們可以採取某些措施去抑制某種情緒，但你卻不能加深這種情緒。作者所說的虛假的苦行主義，才是唯一美好而安全的避難所，爲那些很瞭解自己、知道自己不可信賴的人提供棲身之所。以人際關係爲例，因某人魅力出眾，就很容易產生微妙的情愫。這時，需要清楚的看到，這種情感全因對方的魅力所致，根本不可能發展成爲眞正的感情。我想，最好努力讓自己懸崖勒馬，而不是懷揣微茫的希望去接受這種曖昧，幻想曖昧可以演變成眞情。

性格堅強之人，可以進行一番嘗試，但切勿惹火燒身。性格懦弱之人，最好根本不要去趟這渾水，因爲它會讓你陷入淒婉哀切、不能自拔的境地。我足夠堅強，厭惡傷感，但我堅強的還不夠，不能讓朝氣蓬勃的生活沖淡憂傷。此外，性格堅強的人，踐行苦行主義還存在一種風險，很容易墮落成一個像歌德那樣的人，到處採摘芬芳四溢的鮮花，在盡情享受芬芳之後，就無情的把它們拋棄。如果後面沒有一顆理智而溫柔的心，那絕對是一種殘忍的行爲。

再回到原來的話題。如果接受這句話的建議，我也不敢保證它的對錯，因為它讓原本自然而然的事情帶上了憂傷、詭辯、倫理的色彩。道德說教者認為，應把完美和圓滿設定為生活的目標。我批駁他們的觀點，也因此遭到了批駁。

　　我認為，這不是生命的真諦，生命的真諦與之恰恰相反。當然要不遺餘力的去抵制那些低級庸俗、縱情聲色的誘惑。但另一方面，我也相信，人也可在縱情享受之後把握住純潔和美麗。如果傷感是人類最脆弱的情感，最好滿懷感激的去接受它。道德上的謹慎，總讓我們左右權衡，我們揠苗助長去觀察它們的生長，結果反而往往會適得其反，造成了阻礙。

　　當然，任何原理都可以為詭辯所用。很多的偶像崇拜，不是因為真相信有上帝，而是因為相信冥冥之中存在某些規律和道理。如果不過於小心謹慎、精打細敲，生活會變得更加豐潤和自由。的確，人必須追隨自己擁有的燈光，但所有的燈光都是由上帝點亮。如果過於迫切的觀看說教者的燈火，就會忘記天空閃爍的星光。

社交

　　我常在痛苦的夢魘中迷失自我，總是想到如此眾多的貧苦之人所處的骯髒、齷齪的境況。不是說置身於這種境況，就不能過上簡樸、美好而體面的生活，在我看來，完全有這種可能，關鍵在於人。只有那些集美德、勤勉、理智、謹慎 —— 最重要的是 —— 健康於一身、性格堅強的人，才可以過上這種生活。一定會有無數生命，本可以在安逸之中過上簡單、快樂而高尚的生活，而不會受到環境的玷污而降低。然而，那些過著這種生活的幸運之人該做些什麼呢？

　　如果明天所有富有的英國人，放棄自己的財富，為他人所用，只保留少量維持生計的必要家當，那麼，即使這些財富沒有得到理智的使用，貧苦人的生活也會得到改善。但如果平均分配財富，就不會產生任何積極的效果。最糟糕的是，這樣做不會增加由物質條件衍生的安全感，也不會解決關鍵性的問題，即思想和情感的色彩與品質，而這是改善貧苦人生活的唯一希望所在，亦是社會罪惡的根源。

此外，眞正的難點不是看到這個受到壓迫的階級需要什麼，而是他們眞正需要什麼。對此，我們既不必長篇大論，也不必爲它提供治癒邪惡的萬能藥方。必須知道的是，那些隱藏在洶湧的生活浪潮中，因其不滿、爲其所苦的人到底需要什麼。在搭建跨越險灘的橋樑之前，不必勾畫一個遠在對岸的天堂。人們眞正需要的是，在對岸的黑暗之中，有人勇敢而清晰的喊出他們的主張，喊出他們的訴求。讓絕望的呼救聲在耳畔響起，還遠遠不夠，人們需要的是像哲學家或政治家那樣發出大聲的吶喊——這才是人們無法獲得的實質性的東西。

　　也許教育才是解決之路。但當前的教育卻成爲了引向深淵的階梯，只有屈指可數的少數精英才能攀登上來，而且他們心中也留下了難言的恐懼與蔑視。我們必須直面的問題是，如果所有的人都品行端正，是否有那麼多實實在在的工作供人去做？目前的答案是否定的，因爲並不是所有的人都能勝任工作，所以弱者只好把機會拱手讓給了強者，這似乎是唯一的解決辦法。

　　再細想一下，那些不知很好的利用閒暇的人，創造出更多的閒暇，用意何在呢？現在，不適者生存似乎爲王道。這些不適者的繁衍最爲隨意、最不計後果，爲了人類文明的發展，不讓他們繼續一代一代的

繁衍下去似乎為良策。但這是個非常複雜的問題，需要變革者擁有強大的信念，栽種上可能不會收穫的種子。在這種情況下，往往需要培養一些躊躇滿志、豪情萬丈的預言者，當人們想要審慎的預測未來時，能及時的對那些模糊且遙遠的事情做出判斷。

像我這樣的人，喜歡悠閒、舒適、愜意而平和的生活，希望所有人與自己一樣機會均等，並常常為這個含糊而友善的希望所激勵。而現在，我只知傷感，再不可能有進一步的作為。我意識到這個問題，為之悲傷，感覺對上帝的信仰在它的重壓下也開始搖晃，但僅是搖晃而已。

成長

　　人類的自我完善能力有限，這是一個嚴峻的現實，也許是世界上最難面對的問題。人的品格大致分為三類：有些飽滿豐潤，可以培養；有些可塑基因數量微乎其微，難以培養；再有一些根本就找不到培養細胞。從整體上講，由於受到了生命力的制約，人類的培養能力有限，而且必須要面對如果培養了一類品格、必須忽視另一類品格的現實。

　　解釋這一問題，我所想到的最形象的例子，就是泡芙球的生長過程。在一個盒子裡裝了一半多的泡芙球，每個泡芙球都有生命。有些泡芙球又小又硬，沒有繁殖能力；有些又軟又大，繁殖能力強；有些在適宜的溫度和光線下，生長快速；有些則在寒冷和黑暗中，生長的較快。泡芙球的生長過程是這樣的：泡芙球逐漸變大，在每個可能的縫隙中不斷擴張自己，並慢慢包圍其他的泡芙球。但由於受到盒子大小的制約，整個機體不能無限擴張下去。當泡芙球充滿整個盒子時，它的生長也到此為止。

　　這個比喻所要說明的就是，盒子裡的泡芙球就

是我們充滿潛力的品格。品格的培養需要一些條件，如生活狀態、健康狀況、收入水準、教育程度以及交往的人群，而且品格本身也具有局限性。兩種性格截然不同的人，即使受到相同條件的影響，產生的最終結果也會截然不同。

比如一個置身於適宜的環境中，而另一個處於不利的條件中，最終，一個會培養出獨立的人格，而另一個卻會變得道德敗壞。有些人成長的早，但如果對他人的建議和影響無動於衷，反而會停滯不前；而有些人卻仍能一直成長下去，直至生命的終結。如果培養了一種品質，如智力或藝術品質，就很有可能在情感或道德上出現欠缺。

在審視這一培養過程時，具有強烈感知力的人所感受的痛苦，往往也更強烈。他會發現，自己欠缺某些品質，但卻無力彌補；自己犯了明顯甚至嚴重的錯誤，但卻無法矯正。對於我們任何一個人，唯一的希望，就是不要過於探究品格的擴展能力，也不要計較盒子的大小。這樣，就能合情合理的進行嘗試和幻想。只要做到這一點，就有了成長的空間，因此必須好好牢記在心。

籠罩在頭上最大的陰影，莫過於發現在品格培養的過程中，冷漠的情感也悄悄潛入。冷漠，讓我們把錯誤當作本性的一部分坦然接受，不再關心那些似

乎難以實現的目標了。這是一種宿命理論，導致了一種軟性的無為。解決的關鍵是看這種理論是否真實，是否經歷了檢驗。讓人變得更寬厚、熱情，是一種自我完善，它的實現不是透過無視現實，而是透過面對現實，並最大可能的利用現實。因此，必須毅然決然的服從於有利於成長的環境和肥沃的土壤。

此外，為了那些自己應當負起責任的人們，我們必須付出得更多。就拿我的兩個孩子來說，我的一個願望，就是盡可能讓他們接受最好的教育。即使他們犯了錯誤，我也毫不在意。因為錯誤檢測不到孩子們品質的擴展能力，卻可以發現培養他們能力的最佳條件，值得倍加珍惜。過分溺愛孩子，會讓他們只關注自己，認為所有的困難都會有人為他們解決。

在一些心胸開闊的孩子身上，溺愛可能會得到積極的回應，獲得感謝和真愛，也滿足了那些愛孩子的夢想。最麻煩的就是那些天生就有魅力、卻沒有真愛的人，他們就是所謂的「慣壞了的孩子」。因為相信外在品質比相信內在品質要容易得多，所以就會經常見到一些孩子，雖然內心情感豐富，卻無法恰當的表達出來。

當然，身教勝於言傳。如果父母都不具有高尚的品格和愛心，即使他們萬分焦急，真心希望孩子成為品德高尚之人，又怎能激發孩子的高尚品格和愛心

呢？所以，籠罩在父母頭上最大的陰影，就是擔心自己的軟弱和空虛會暴露出來，讓孩子們感到失落，怕扭曲了他們的性格。這種擔心需格外警覺，因為它還增加了自己所要承受的壓力。這眞是一種進退維谷的艱難抉擇。因此，爲了一個高尚而無私的目的進行的身教，並不一定比以一種自然、寬容和美好的心態、毫無動機而言進行的身教更具潛力。

法蘭西斯·威利特

　　突然聽到噩耗，我的一位老朋友法蘭西斯·威利特去逝了。他是位頗有成就的作家，我們最初是在倫敦認識的。他又高又瘦，皮膚黝黑，如果不是一副心事重重的樣子，也算得上英俊瀟灑。人們覺得他可憐，常在背後談論他。

　　我對他的生活背景一無所知，覺得他一定小有財富，因為他住在攝政公園（在英國倫敦，是僅次於海德公園的第二大公園。於1838年向公眾開放，內有若干園中園，如著名的玫瑰園——瑪麗皇后園等）附近，雖然房子有點偏避。偶爾在倫敦相遇，他幾乎總是獨自一人，走得飛快。聚會中很少碰見他，即使見到，他也是一副落寂無聊的表情，好像自己與周圍格格不入似的。

　　他發表大量的著書評論，我想，一定是在想方設法的靠自己的筆維持生計的產物吧。他曾說過，他很幸福，不需要寫作就能生活下去，但想要購買奢侈品，就另當別論了。他發表過兩三本小說、遊記和隨筆，雖無大的銷量，但也為他在文學圈贏得了一些聲

245

望。

　　我是逐漸與他成爲朋友的。我們在同一家俱樂部，他有時像一隻害羞的大蛾子，匆匆闖進我的家門，但卻從未邀請我去他家。他在牛津大學時就非常出色，也雄心勃勃。但他身體一直較弱，爲人極其敏感，對工作品質也非常挑剔。我是在一次他託付給我看一部手稿時，意識到這些的。他問我是否可以給他提些意見，因爲這是一次新的嘗試，他對自己的功底還不太有把握。他說不急，我就把手稿放在了文件箱中。因爲手頭有緊急的工作，隨後，我就把這件事忙忘了。他從未向我索要過手稿，我也碰巧再未打開過文件箱。

　　幾個月後，我偶然間發現了手稿，就通篇讀了一遍，感覺這是一部精品佳作。於是給他寫信，爲自己耽擱了這麼長時間道歉，並熱情的稱讚了作品。同時，也提出了一些意見，說這部作品的篇幅有些尷尬，說它長，它又不太長，沒法變成一部小說，但與其他作品放在一本書裡，又略長了些。他立刻回信，感謝我提的意見。後來，偶然問到他怎麼處理那部書稿時，他回答說已經把它給撕了。我對此深表遺憾，而他卻笑著說，決定毀掉它是一時的衝動，很愚蠢。

　　「實際上，」他說，「你已對它給出了善意的評價，但因爲放在你手上的時間太長，我以爲你不感

興趣呢──這眞沒有關係了。」

他補充道：「我也不認爲它非常成功。」

我誠懇的道了歉並解釋了緣由。

「噢，請不要爲此責備自己。」他說，「我心中眞的沒有一絲憎恨的陰影，是我自己的作品出了問題，人們才不興感趣的。我想，這才是我耿耿於懷的眞正原因。」

後來，我們之間進行過一次有趣的交談，他講了許多自己的事情，這在以前是絕無僅有的，而且以後也未發生過。他承認自己對工作過於挑剔，書桌裡裝滿了未完的書稿。他寫作過程通常是這樣的：最初構思全篇時是滿腔熱情，開始創作後熱血沸騰。

「然後就走了樣，」他說，「幹勁沒了，動機變得微妙複雜起來，小說就迷失了方向。然後就事事不順，最終變成了一團亂麻，我就放棄了。如果按一條明確而強烈的情感線索走下去，就會平安無事。但我就像故事中的人物，總是朝三暮四，想用牛換馬，用馬換豬，用豬換磨石，而磨石最後滾進了河裡。」

他似乎總能以哲學的視角看待一切，我冒昧地說出了這個觀點。

「是的，」他答道，「我終於明白，這就是我創作的方式。過去我飽嚐了許多痛苦，都是來自於自己的失落和厭惡──我接觸的每件事都是這樣，完

成的每部作品都是匆匆而就——如果自己的熱情再持續長一點，就好了——只有那麼一兩次是剛剛好的。」

「我像一個游泳的人，」他接著說，「只能游一定的距離。如果判斷準確，本可以游到自己想去的地方。但卻常常判斷錯誤，游到一半時就被恐懼緊緊攫住，不得不拼命掙扎著往回游。」

有時，世界上的事情巧得不能再巧。幾天後，與一位不知名的鄰居共進午餐，恰巧提到了威利特的名字。

「你認識他？」她吃驚的問。

「噢，當然，你認識他的。」她接著說：「你就是威利特跟我提過的那位先生。」

這時，我才知道她是威利特的一位遠親，她向我講述了許多威利特的故事。威利特絕對是世界上最孤獨的人，從小就成了一個孤兒，假期與他一起度過的不是他的監護人和鄰居，就是某個可憐他的人。

「他是個聰明的孩子，」她說，「有點怯懦和憂鬱，總擔心人們不喜歡他。他的表現總像一個努力在尋找著什麼，卻不能確定在哪裡可以找到的人。牛津，是他成長最快樂的時期，他表現出色，還交了朋友。後來他回到了倫敦，開始從事創作，但他真正的人生悲劇也正從這裡開始。」

她說：「他深深的迷戀上了一個女孩，女孩長得漂亮，志趣高雅。女孩從內心裡同情他，也喜歡上了他。轉眼之間，五年過去了。如果他求婚，她會立刻答應嫁給他，但他沒有。我想，他是無法面對結婚這件事吧。他似乎總想啓口向她求婚，卻總在最後一刻喪失了勇氣。終於，她厭倦了這種等待，投入他人的懷抱。即便如此，女孩仍對他很好，從未對他失去耐心。終於有一天，女孩告訴他，自己要結婚了，希望他們成爲永遠的朋友。想必你也知道，這對他與其說是一種痛苦，不如說是一種解脫。

　　我竭盡全力去安慰他 —— 但婚姻是他唯一想要的東西。如果當時有人在後面推他一下，他肯定會成爲一個理想丈夫的。他永遠不忍心讓任何依賴他的人失望，可我知道，他的內心一定非常痛苦。雖然有了計畫，但如果發現要付出昂貴的代價，他就會想出各種理由阻止這個計畫 —— 這些理由絕不是出於私心。於是，他就會反思，認爲自己無法爲他人提供幫助。他總是情不自禁的爲那些關心他的人著想，卻從未眞正爲自己想過。如果爲自己著想，也會找出各種冠冕堂皇的理由，勸說自己不要這麼做。假如他再自私一些，也許就萬事大吉了。」

　　T夫人笑著說：「他是唯一一位可以坦誠面對的人。要是再世俗一些，他就會快樂得多。」

從那以後，我經常見到威利特，對他的興趣也日益濃厚起來。我在他身上驗證了T夫人的判斷，果眞絲毫不差。我想，他缺乏的是活力。但越瞭解他，越會對他產生敬佩之情。他是個極其精緻的人，感情外露，富有愛心和幽默感──但最令人感到不安的是，他徹底看透了自己，已經無藥可救了。他有理想，但不會爲實現理想而做出犧牲。他不會與常人一樣利用自己的權力。我想，他強烈地渴望擁有自信和愛情，但卻永遠認爲自己不值得擁有這些。

他單純，能吃苦，他的忠誠天地可鑒，對人有著眞實的評判。他似乎總因自己存在的缺陷而在羞恥中勤勉勞作，認爲自己在世界上沒有索要任何主張的權利。他生活在痛苦中。只要他人稍微表現出不滿，他心中立刻會誕生陰影，迫使他放棄任何想法，不是充滿怨恨的放棄，而是積極熱切的放棄，就好像完全清楚自己的無能似的。

我日漸喜歡上了他，嘗試了許多方法鼓勵他、幫助他，但他總是不以爲然。試圖幫助一個不想得到幫助的人，眞是一件很尷尬的事情。他似乎一直在鍛煉自己的耐性。他的這種態度，慚愧地說，過去令我大爲惱火，因爲這就像本來可以確保自己的成功，卻寧願浪費才華，死心塌地去接受失敗。幾周前，他和我見了一次面。我上城裡，與他約好一起吃飯。用他

慣有的溫情哲學，他告訴我一件事情，卻讓我血脈噴張。一家出版商邀請他寫部書，還爲他擬好了大綱。

「我感到欣喜若狂，」他說道，「因爲它提供給我自己無法創造的靈感。我的書稿寫得相當不錯，但幾周前寄給出版商時，他卻把書稿打了回來，說這根本不是他想要的東西，建議我保留三分之一的內容，然後重寫。我對此無可奈何。」

「你怎麼辦了？」我問道。

「哦，我把書稿燒了。」

「你連出版商都沒有見過，」我說，「或許還可以做些其他的事情——至少可以要到稿費呀！」

「噢，不，」他說，「我不能那麼做——那人也許是對的——他要的是一部特別的書，而我寫的不是他想要的。我確實說過，希望他給我解釋清楚他到底想要什麼——但這一切已無所謂了。要是我再仔細一些，就不會出問題了。」

「好吧，」我說，「你眞是無可救藥了。要是我的書不能發表，我起碼要吵上一架——怎麼也得把稿費錢花在罵人發洩上吧。」

威利特笑了。

「那一定很開心，」他說，「但這不是我的風格。我以前告訴過你，我不招人待見——但不都是我的錯。」

我們一直聊了很晚。這是他人生中唯一一次與我推心置腹的聊天，讓我沒有想到。這說明他很看重我們的友誼，也對我的同情心存感激。

　　然而今天早晨，他的噩耗卻突然傳來。被發現時，他在自己的房間裡，趴伏在書稿之上。很可能像以往一樣，他工作到很晚，心臟病突發。檢驗報告也證實，他已經患了很長時間的心臟病，而他自己卻不知道。這也許就是他失敗人生的最好注腳——如果可以稱之為失敗的話。

　　我的心中湧起難以抑制的悲傷，不禁又回想起他孤獨而清苦的一生，想起他的清高和敏感。然而，我並不認為他的人生是可悲的，因為在我看來，他的一生似乎是我所見過的最美麗的人生。他未為他人貢獻很多，自己也是一無所成，但正是這種殘忍而可悲的人生衡量標準：以貢獻和成功評判人生，才讓人為威利特的人生嗟歎不已，甚至情不自禁的對人生的真正意義感到困惑。

　　我所認識的男男女女——說這話時有些難過，但我說的是真話——在我看來，就本質而言，讓世界比他們看到時變得更糟糕了。孩提時代，人天真、積極、熱情、美好，而且充滿幻想——雖然就我的經歷來說，我承認人的確會遇到過一些像鮮花盛開時那樣美麗燦爛的心靈，但大多數的心靈枯燥乏味、貪

婪庸俗——但隨著年齡的增長，也滋長了對情感和品德的蔑視心理——認爲和藹可親、善良無私是一種軟弱。

他們迷戀金錢、地位、自尊和舒適的生活，認爲這才是人生眞正的重心。對他們而言，情感不過是一種放鬆形式而已。但對威利特而言，一切都恰恰相反。他從未爲自己索取過什麼，從未犧牲他人爲自己換取過某種利益。他極其謙卑、溫順、低調、和善、眞誠。一小時前，我本該稱他爲「可憐的傢伙」，還希望他有一個更富活力的肌體。但現在，我知道他已走了，再也無法希望他擁有什麼了。在我看來，他的一生燦爛而芬芳，從未因發達或成功招來一絲的鄙夷，從未變得冷漠或殘忍。

鑒於他人生最後一程的表現，這樣的終點似乎合情合理。隨他一起走的，還有那鮮活而充實的希望，裝滿了五彩繽紛的祝福和榮耀。我想，他不會稱自己爲基督徒，只會說自己還沒有達到那一高度，因爲那是至高無上的信仰，是希望的寄託。他的所言所思，一直縈繞在我心頭，發出甜蜜而溫柔的迴響。他說，基督耶穌描繪出來了那些距離上帝的心最近之人的溫情，然後把溫情送給了那些想要去見上帝的人。

公立學校

現在，我身心已經恢復過來，雖然緩慢一點，但還是很有成效。我已放棄所有寫作的念頭，不再絞盡腦汁構思情節或場景。當然，我還記筆記，都是關於身邊的一些題外話，偶爾也記下一兩個創意，但感覺自己已完全不把這一切放在心上了。在此期間，有關書的來信，編輯的邀請，出版商的訂單，紛至遝來。我都一一禮貌的給予回覆，但並不許下任何的承諾。

我似乎已恢復了平和的狀態，不再掛念身體的不適，神經也不再痛得令我心有餘悸。每天，都有做不完的事情，也許對孩子們的教育實驗的新鮮感消退時，我又會重新開始提筆創作。一兩年後，埃里克要上學了，最初想找家日校，而不是公立學校。對於公立學校，我深感擔憂，主要對於學校風氣和道德水準的恐懼。但對埃里克，我並不擔心這些。

他理智、獨立，也不缺乏寧受嘲弄也不做壞事的勇氣。充滿活力的軍營生活，對男孩很有好處，讓他們學會互相遷就，保持了人與人之間的平等，孩子

們不再矯情，擁有了男子漢氣概，但學校的學術風氣較差，陳規舊俗依然較盛。我不想讓埃里克成為一個過於傳統的人，但我想讓他順其自然地接受世態炎涼的風氣。

我對那些公立學校的孩子心存畏懼，他們具有幽默感、同情心，喜歡動腦，有藝術細胞，但也愛情緒化，靠遊戲填補業餘時間，喜歡空談和妄想。他們的生活方式足夠健康，可以成為合格的士兵、稱職的官員、有良心的商人。但可悲的是，他們太容易自我滿足，太過於自鳴得意。公立學校培養的是循規蹈矩型的學生，而我想要埃里克成為民主開放型的公民。

可是，把孩子放在公立學校進行的教育實驗還得繼續下去，因為如果沒有在這裡接受過日常行為禮貌方面的教育，在生活中就會處處捉襟見肘。我必須讓自己生活的另一面活躍起來，這一直是我的願望。

雖然現在是重新出山、再樹聲望的時候，但我對自己目前的家庭生活已非常知足，就把提供給我的機會都轉手讓了出去。另外，現在也算是文學史上的一段重要時刻，許多作家都已競相粉墨登場，可換來的卻是粉身碎骨的下場。

因為在取得一定聲望之後，他們突然發現，自己已經繞過了神秘莫測的羊腸小徑，成為了公眾人物。於是，就走進社會，到處發表演講，評頭論足，

用不同的方式抽乾自己的精髓，榨乾自己的創造力。

我非常贊成羅斯金的觀點：藝術家的責任，就是在讓自己適應最理想的社會之後，再抽身而退。幸運的是，我對這些出風頭的事情沒有任何興趣，只會從人類最簡單的享受中獲得滿足感。這種滿足感，自然而然，難以避免，但我不會過分的看重它。我不喜歡它的懲罰，要遠遠超出喜歡它的回報。

人生之課

我們來到這個世界，是為了品味生活，生活才是我們必經的車站。工作是生活的一部分，也許是生活的精華。但沉溺於工作，就像一個人總在收集標本，永遠沒有時間對標本進行整理。

聽說有一個人，很小的時候就立志要寫部政治制度史。他藏書豐富，可以全身心的投入研究。讀書時，他就把小紙條放進書裡，標記要查閱的段落、章節。每讀完一本書，就把這本書放在書架的某一位置，卻從沒做過其他的注釋和說明——他記憶力驚人，完全清楚這些標注的含義。他的求知生涯，無聊的就像乳酪中的蟲子，直到生命的終結。他的所有藏書，都賣給了別人，而這些標注對其他人卻毫無意義，買書人只是把這些標注抽出來、扔掉，這也是這

部政治制度史的最終結局。

　　除工作之外，我認爲，人生最終應該給出某種解決方案，得出某個結論，供人們反思，建立理論。我們也許不會接近人生的奧秘，但我們的唯一希望就是，透過這麼做 ── 將來還要這麼做 ── 至少可以證明，我們一直在不斷嘗試。這樣，就可以從幻想中解放出來。

　　我一直在花費時間描繪浪漫、構思情節、策劃人生，而眞正的生活不是這樣，它與我們慣常的經營方式不同，不能用單一的體力、情感、社會甚至道德進行經營，它是無數力量的彙聚，也許是同一股力量運行在不同複雜路徑之中。奇怪的是，我們人類竟然想帶著頑固的成見，不自覺的闖入生活，試圖對生活指手畫腳。

　　幸福，取決於我們自身與生活的和諧，或許還取決於學會與生活達成和諧。但生活卻令人感到困惑，它不斷的抵制、背棄、反對著我們，有時甚至會碾碎我們，直至生命的終點。但我相信，生活的本意是善良的，即使不相信，也必須默默承受。

　　有一件事是確定的，我們無法透過冷淡也不能透過自暴自棄，學會人生的課程；但要堅信：痛苦終有回報，錯誤使人警醒，罪過別具深意，悲傷也有仁慈，才有希望獲得最終的成功。而我們當中的每個

人，卻一直在依賴於無效的防守，用異想天開娛樂自己，竭盡所能去忽視嚴峻的現實。面對種種人生經歷，不願傾聽，不停的遊移著自己的目光，像孩子一樣退縮、哭叫，而人生，正用仁愛引導我們，微笑著把我們拉近恐懼，讓我們從中獲取生氣，讓我們無限受益。

我們祈求勇氣，我們內心深知，只有承受恐懼，才能贏得勇氣。如果只顧沉溺於希望、幻想和恐懼，就會錯過淳樸、健康、甜蜜的生活，錯過那不期而遇的友誼、寧靜、美麗和溫馨。

靈感的閃現

也許，經過長長的休整之後，靈感會突然再現，讓一切再次變得豁然開朗起來。而這時，才知應感謝上帝，沒有讓一切都如己所願。因為，如果一切真如己所願，也許我們仍徘徊在山下富饒的牧場或茂密的樹林，永遠不能駐足於高聳的山峰；我們也許仍在恐懼和猶疑中，茫然向上攀爬。

但現在，我們正沿著陡峭的山間小路前行，爬過了翠綠的高坡，越過了險惡的峭壁，穿過了佈滿殘垣斷壁的荒地。我們清楚的知道，前方還有叢林和平原，那裡空氣更清新，視野更開闊。我們已獲取了力

量和活力，能看得更遠，可以享受到更高層次的快樂。也許，最終會在某個毗斯迦山（《聖經》中上帝命摩西登上此山，遙望應許之地。位於在死海東北方）的希望之頂，眺望與我們息息相關的富饒之鄉。

雖然一路在孤獨和寂寞中前行，但我們看見許多朋友和同道，正與我們彙聚一起。這不是夢想，而像寓言故事，以不同的形式發生在許多人身上——每天都在發生。那受到玷污的悲傷，疲倦而恍惚的過去，是不是此時此刻都與我們產生了聯繫？不，根本毫無聯繫。只是藉助於過去的痛苦和陰影，我們才有可能攀登到現在的高度。

今天，似乎受到上帝的恩賜，我才擁有了如此開闊的視野！迷霧，會再次席捲而至，那時也許會狂沙飛舞、冷雨交織，悲壯如河水嘶啞的吼叫。但我已清楚地看到了一切！我可能會疲倦、後悔、失望，而且會不只一次，但永遠不會再有絲毫的疑慮！

恐懼的陰影

　　埃里克今天生病了。昨天晚上，他就渾身發燙，面色潮紅，坐臥不寧。我以爲他著了涼，就讓他躺床上好好休息。今天早晨，請了醫生過來。醫生說，沒必要著急，但他也不清楚到底患的是什麼病。埃里克的體溫很高，必須讓他安靜的躺在床上觀察。我告誡自己，著急很愚蠢，卻仍無法驅趕心中的恐懼。

　　我心情沉重，沉重得無法承受。也許孩子只是有些異樣而已，因爲他從未得過類似的病。我們不讓別人去打擾他，也不許麥琪去看他。上午，莫德陪埃里克坐了一會兒，而他大部分時間是在睡覺。我又看了他一兩次，人來人往的讓他難以休息。

　　在我眼中，莫德就是個奇蹟，她一定比我還焦慮，但她表現得卻很鎮定、堅強，臉上一直掛著笑意。她溫柔的嘲笑我疑神疑鬼的，讓我與麥琪出去散步。我也擔心自己鬱悶的心情會影響到她。

　　晚上，我進去和埃里克坐了一會兒。埃里克醒了，眼睛睜得大大的，一副焦躁的樣子。他一隻手握

著心愛的《荷馬故事集》，另一隻手撫摸著小黑貓。小黑貓在床上安靜的睡著了。他想說話，但為了讓他保持安靜，我給他講了一個絮絮叨叨的故事，裡面的情節也枯燥乏味。他躺在那裡，頭枕在手上，沉思著，似乎要睡去。於是，我坐在床邊，端詳著他，為孩子與自己如此親昵而感慨萬千。恐懼的陰影填塞了我的心、我的生活，但我卻驚奇於它帶給我的啟示。

埃里克折騰了好長一段時間，我問他想要什麼時，他只是把手放在我手中。這個動作不像他，他一直是個不願意表露親昵感情的人。不久，莫德進來了。我們留下年老的保姆照顧他，下樓去吃晚飯。要是知道他得了什麼病該多好啊！

我咒罵自己盡想那些不好的事情，為自己增添了不必要的痛苦，但我卻不能自已。我的心情越來越沉重，半夜了仍不能入眠。終於，困倦讓我無法自制，進入了一種昏昏沉沉的狀態。感官在陰沉的晨暉中從身體逃離，可怕的恐懼從黑暗中失控般的衝出，撲在我的身上，像野獸般撲向它的獵物。

埃里克病了

　　這些天我不能寫日記，也不敢寫。孩子病得非常嚴重，患的是一種腦炎。我有一種莫名的恐懼，擔心這病在某種程度上，來自於過重的學習壓力，大腦受到了過度的開發。我問醫生病因。如果醫生向我說謊——我想他沒有——因為他是個男人，或者說是一個天使。「根本不是，」他說，「這是體質問題。實際上，我認為孩子合理健康的生活，比其他任何方式都有助於孩子康復。」

　　但這些天我仍然無法動筆，睡夢中還隱約感覺到自己的心痛。吃飯時、走路時、讀書時，都能感受得到。我醒來時的狀態，也如囚犯一般，一睜眼就感覺自己被放在了絞刑架上，聽見開門的聲音，腳步聲也越來越近。雖然仍躺在床上，但已經怕得只想嘔吐。

　　上帝的手，日日夜夜重重的壓在我的心頭。無論是在這個世界，還是其他任何地方，都無法清除這痛苦的記憶。也許，如果把埃里克送還給我們，我將坦然的笑對痛苦。但如果……

埃里克病的越來越重，幾乎失去了意識。他總是昏睡，時常夢囈，說起我們一起做過的事情，或者說過的話，還總以為和我在一起。感謝上帝，他從未說過一句害怕我或者誤會我的話。但這更讓我無法忍受。

昨天，和他在一起時，他睜開眼睛呆呆的凝視著我。可以看出來，他還認識我。他有點恐懼，我也無言去慰藉。莫德也在身邊，她握住了埃里克的手，帶著平靜的笑容說：「埃里克，沒事。沒什麼可怕的。我們在這兒，你馬上就會好的。」

孩子閉上了眼睛，掛著笑容，躺在那裡。我卻無法笑得出來。

我的兒子，我的兒子

　　就在黎明降臨的時刻，他走了。昨天晚上，我就已經知道，希望破滅了。一直與他待到深夜，不停地在祈禱，雖然知道這也是一種徒勞，無法減輕他的痛苦，無法留住他，更無法把他拉回到自己的身邊。

　　半夜時，莫德過來替我。我睡著了，然後在灰濛濛的晨曦中醒來，發現莫德手拿蠟燭站在我身邊，我馬上明白了，結尾即將到來。我們兩人一言未發來到床邊，麥琪也站在那裡。三個人一起等待著結束。

　　我從未見過任何人死亡。埃里克幾乎沒有了意識，呼吸緩慢悠長，臉色卻與平常無異，只是因沉睡而變得雙頰緋紅。最後，他顫抖了一下，長長的呼出一口氣，好像要讓自己安頓下來，好好的睡上一覺。不知道他什麼時候走的，但我知道生命已然逝去，那個我們摯愛的幼小生命已然離去，只有上帝知道他飛向了哪裡。

　　麥琪坐在那裡，把手輕輕的放在我手中。我僵直的站立著，大腦一片空白，默默無語，滿腹愁悲，裝滿深切而冰冷的仇恨──仇恨死亡，仇恨愛與死

的製造者。我知道，麥琪和莫德心中掛念的是我，看到我如此悲傷，她們會悲上加悲。此時，我已與她們隔絕，與希望和生命隔絕，正處在黑暗之中，正墜入深淵。

喪子之痛

　　我再也見不到埃里克了，雖然他還栩栩如生的出現在我的記憶裡，沒有變成一副僵硬慘白的面具。每天的日子都昏昏沉沉，在麻木與悲傷中度過。日子變得憂鬱、沉悶，死一般的昏暗。本以爲自己早已探知痛苦的深淵了啊！我無法眞正的探知痛苦，也不相信一切都會一如既往。

　　莫德和麥琪談論著埃里克，也向我談起他。眞令人難以想像！我心如刀絞，默默整理著孩子的物品——他的書本、玩具和其他的小東西，都一一放好收了起來。我茫然跟隨小小的靈柩來到墓地。「復活在我，生命也在我」（選自《聖經‧約翰》第11章），聽到這句話，我再也無法控制自己的激動。

　　天色灰暗，大風四起，靜靜的人群等在道路兩旁，目送著我們走過。教堂院子裡，高大的榆樹搖曳著、呼嘯著，我茫然地看著牧師的兜帽被風吹到了一邊。如同做夢一般，我向著陰森、黑暗的墓穴望去，看見小小的棺槨停放在裡面。神聖的悼詞在耳畔飄蕩著：「世人行動實係幻影。他們忙亂，眞是枉然。」

（選自《聖經‧詩篇》第39篇）

　　這正是我的感受。我似乎再也不相信任何事情了，也不再對任何事情抱有希望。我永遠也不可能再次靠近或見到這個孩子了。一想到他的孤獨、無助，我的心就感到一陣陣的冰冷。莫德是天使，她的愛似乎永遠沒有陰影。她的動作、她的笑意、她的言談、她的感受，都表現得彷彿孩子就在身邊。

　　而我對這一切，卻毫無感覺。隨著我們摯愛的孩子那幼小的身體滑入塵土，他的靈魂已如吹滅的焰火永久消散，與無形的生命融爲一體。我不敢說自己可以忍受住痛苦，因爲它的打擊如此沉痛，讓我感官早已麻木。我似乎已看見傷口在慢慢淌著鮮血，卻好奇自己爲什麼感覺不到疼痛。但不必懷疑，疼痛終會到來。我只能暗自感激，沒讓自己感受到更深的痛、更烈的疼。

　　埃里克的逝去，並沒有拉近我與莫德和麥琪之間的距離。如同抗拒痛苦的能力一樣，我愛的能力已然失去。我不知道爲什麼寫這篇日記，爲什麼記下自己的茫然和冷漠。也許是習慣使然，也許是爲了消磨時間。唯一令我安慰的是，想到自己終有一天，也會死去，閉上凝視這個世界的眼睛，而這個曾經恐怖的世界，這個已變得美麗而溫馨的世界，卻又被冷酷毀得面目全非。

267

在這裡，我們爲情感和眞愛付出了沉重的代價。丁尼生就是「在最悲痛的時刻」（選自丁尼生的《悼念集》，原句爲：在最悲痛的時刻我覺得：寧肯愛過而又失卻，也不願做從未愛過的人），找到了慰藉。但我要鄭重聲明：這個孩子，我寧願從未愛過他，也不願就這樣失去他。

魂牽夢繞

　　我們要搬離此地。麥琪經常低垂著頭，像一隻枯萎的花朵。我竭力去安慰她，不讓她想起這些事情。安慰她時，我第一次發覺，自己並未失去一切。我們一家人的心連在了一起。看到她這幅沒精打采的樣子，我心中突然產生一絲恐懼，擔心再失去了她，渾身一陣戰慄。好在，現在我們終於被緊緊的拉到了一起。

　　昨天晚上，麥琪過來跟我道晚安時，我感覺一股暖流湧上心頭，如夜風伴隨著動人的琴聲。「親愛的寶貝，我的安慰，」我喃喃自語，似乎冥冥之中，有種神秘的力量讓這話突口而出。麥琪緊緊地抱住我，輕輕地抽泣起來。很奇怪，就這麼簡單的語言，就可以讓她覺醒，恢復勇氣和驕傲嗎？

　　但莫德，對我仍然是個謎。她能明白的說出自己的痛苦──我卻不能──這似乎能激發和豐富她的愛與柔情。但她好像有無法與我分享的秘密。她從不抱怨、反抗、抵制，卻彷彿生活在難以靠近的地方，儘管那裡充滿忍耐與真愛。她每天都去墓地，我

269

卻不敢去，也不想去。散步途中經過教堂塔樓，都會讓我的心一陣陣地酸楚。

　　但現在，我們就要離開這裡了。我們在一塊安靜的海邊租了一間小房。我想我的病還沒有好——至少，有時會有一種難言的虛脫的感覺，總是提不起精神——每天只能無所事事的閑坐、思考。我喜歡一個人呆坐，害怕受到一絲打擾，不敢擔受一點事情。我知道，我心細敏感，總是能猜到莫德的心思，但現在，她卻憑藉驚人的耐心和勇氣，帶著自信的微笑，透過經常改變活動日程，不動聲色的幫助我從過去解脫出來。然而，似乎我已經又一次的失去了她。

如釋重負

途經劍橋，因為要換乘等車，就驅車來到城裡看看我的母校。它仍在那裡聳立，安靜、優雅、迷人，一如以前，也許更為安詳和動人。在明麗的陽光下，深嵌著欄杆的窗戶悠閒地眨著眼睛。對我而言，每個角落、每級臺階，都蟄伏著一個靈魂。我可以叫出每間教室的名字，腦海中閃現出每扇門窗的故事。

現在的我，心情沉重而麻木，記憶裡滿滿的好像都是他人的人生經歷。那人，在金色的陽光下匆匆而行，在燭火通明的房間裡談笑風生，在月光下的橋邊徘徊，憧憬著未來的生活。彷彿在打開一本帶著彩色插圖的古書，裡面展現的陽光最為純潔、最有份量，如金子般彌足珍貴。

我所認識的人，那些與我一起生活過的、令我欽佩和熱愛的朋友們，他們現在在哪裡？他們遍佈在地球的各個角落，已徹底與我分離，有些人甚至已離世故去。哎！我無言以對。想到曾經在這裡給埃里克畫像的情景，當時的生活不也是同樣的自由和幸福嗎？明麗而甜蜜的世界，正敞開胸懷等待著他，讓他

品嚐同樣純眞的快樂。這一切都讓我心如刀絞。在那個平靜而陽光明媚的下午，生活似乎變得陌生而悠遠，自己也彷彿成了一個來自虛幻世界的幽靈。

門開了，一位熟識的老教師走了出來，他依然還是以前的模樣，匆匆的走過庭院，如以往一樣疑神疑鬼的左右張望。他一直還在做著同樣的事情，讀著同樣的書籍，講著同樣無傷大雅的閒話嗎？我無心與他打招呼，他經過我身邊時也沒有認出我。

透過窗戶向教室裡望去，可以看見自己常坐的座位，還有那幅高高在上的畫像。然後，我們去了禮拜堂，裡面有高雅的古典木刻作品，雕花圖案的壁牆，天使的頭像以及那巨大而莊嚴的雕飾屏風。感謝上帝，正好有人在輕柔的吹著口琴，於是我們就坐了下來，認眞的傾聽起來。琴聲悠揚，隨風飄來，湮滅了我悲傷的心情。

是的，人生並非毫無意義。畢竟這變幻莫測的人生，在美好的日子裡也曾雲霞燦爛，哪怕它引導我們走向無形的黑暗和陰影。我如一個旅行者，站在山頂回首過去，從雲曦間俯瞰陽光明媚的山谷。在悠揚的曲調和輕柔的踏板聲中，人生如暮靄般緩緩聚攏在一起，勾勒出輪廓，呈現出高尚、莊嚴和美麗的色彩，最後，在上帝般的平和中終曲。

我與妻女坐在那裡，如朝聖者躑躅前行，體味著

人生的真愛與歡悲。雖然厭倦跋涉，但仍然──是的，可以這麼說──滿懷希望的前行。那一時刻，失去親人的苦澀，帶上了些許的甜蜜。就在那裡，親愛的埃里克精彩的人生就在那裡，陪伴它的是珍貴的往昔的回憶。麥琪見到我臉上的表情，十分欣喜。在我笑意盈盈的看著她時，她把手放在我的手中，淚水湧上了我的雙眼，重負彷彿瞬間從肩上滑落。

　　一定是什麼東西觸動了我，為我指明了前進的方向。樂聲緩緩落下，慢慢消逝。五彩的陽光，撒在桌上、落在枝上，如在古老的墓穴佈滿灰塵的空氣中閃動。我們一言不發，走了出來。庭院古舊陰暗，牆角爬滿了常青藤，牆下是修剪過的草坪，一股暖流突然湧上心頭：我仍是這裡的一部分，過去的生活沒有消亡，而是如珍寶般儲存在充實而內斂的過去。

　　對待幸福、溫暖和生活，如一昧採取孤立和隔絕的態度，就無法獲得成功。人生，既令人悲傷，又讓人感到古怪，遠離它們的唯一希望，就是與生活中的一切都一刀兩斷，不再關注、不再熱愛。然而這種想法，卻是黑暗發出的誘惑，是喪親之痛的陰影，是一種錯誤，一種徹頭徹尾的錯誤，一門赤裸而冷酷的人生哲學，一次儒弱的人生徘徊。還有更好的選擇，那就是帶著愛的激情和無限的渴望，緊緊抓住人生中的一切，欣然投入每段真摯而強烈的情感，不再貪

戀、不計奢華，拋棄失去芬芳的枯枝，滿懷柔情蜜意的張開雙臂擁抱純潔和高尚，相信它們的後面一定有一顆偉大而慈愛的心在跳動，這顆心給予你的愛要遠遠超出你的夢想。

希望

眞是一次奇怪的經歷，在那個陽光明媚的下午，最痛的悲傷與最暖的希望融爲一體，從信仰的聖壇升起火焰，把美麗的過去與黑暗的現在呈現在一起，指給我未來的景象：未來一定會優雅而美麗、並散發出活力四射的光芒。

其他人會有著同樣豐富的秘密嗎？我想是的。至少，在那天，所有的人，無論年輕或年長，彷彿都變成了我的兄弟姐妹。在那些朝氣蓬勃、充滿了好奇和嚮往的年輕人輕盈的腳步裡，在那些正蹣跚而行、走過街道的老教授疲倦的臉上，在那些精力充沛、生活富足而舒適的中年人身上，我都看見了同樣的希望，同樣堅定不移的目標，同樣意義非凡的人生。

我們三人躋身其中，眞愛和失去將我們緊緊連接一起，我們似乎已成爲以生活與眞愛爲主題的偉大戲劇的主角，即使是死亡，改變的也只是場景，卻讓內心蘊含的希望愈發熾烈。

摯愛與悲傷

　　重回劍橋帶來的狂喜和崇高未能持續很久，我也不希望它持續很久。雖正經歷黑暗而悲傷的時刻，卻仍有甜蜜四濺的火花，因為我們意識到，我們被緊緊的拉到了一起，互相深深的依戀。莫德一直表現的很勇敢，雖也偶爾因真情流露、控制不住自己的情感，卻更拉近了我和她之間的距離，因為我意識到，她是多麼地依賴我，我該更加堅強。

　　不知什麼隱秘的原因，莫德總是充滿自責。她無數次的責備自己，怪自己沒有對埃里克更好一些，只顧及自己的興趣，忙於自己的活動，沒能很好地照顧埃里克。當然，她的這些自責都不是事實，有些不合情理，是她對自己過於苛刻的緣故，但她的表現仍讓我感到恐懼。我試圖勸說她，告訴她這是由於疲勞和悲傷，總想把一切歸咎於宿命的原因，但她仍沒有好轉的跡象。

　　我們一起散步、兜風、讀書和聊天──大部分的話題都是圍繞埃里克的。我現在可以坦然面對了。我們甚至為某些短暫的回憶而一起開心大笑。但這樣

的進程也有風險，一不小心就會把我們帶到淚水的邊緣。感謝上帝，在那個短暫卻美麗的生命中，不只有痛苦的回憶。在我悲苦的心裡，還有一絲困惑，是否生命的美麗與光芒，不該讓我更坦然的面對失去埃里克的現實；生命過於美好，難以成真，過於純潔和勇敢，難以維繫。然而，我做夢也沒有想過埃里克會離開我們。倘若預知這樣的結局，我會倍加珍惜那些美好的時光。

在茫然醒來的那些日子裡，在本以為他仍與我們團聚在一起，卻常被失去他的恐懼籠罩的日子裡；在帶著失望的劇痛，憎恨死亡讓我們陰陽相隔，卻仍充滿希望的全力抗爭的日子裡，我常常陷入絕望的深淵。麥琪的感覺似乎有些不同。孩子接受環境改變時，往往受到的衝擊更劇烈，但卻能更快速的恢復並適應。想到埃里克時，她也會黯然啜泣，卻沒有表現出苦苦掙扎的跡象，沒有像我那樣苦不堪言，充滿無助和絕望。她很好玩，能逗我笑，分散了我的注意力，給了我很大的慰藉。

但這一切似乎都對莫德沒有作用，恐怕只有初戀時的激情才可以喚醒她了。而事實的確如此。早已化作親情的初戀時的卿卿我我，現在又重新為我們增添了柔情蜜意。初戀時，有著難以抑制的渴望，渴望把生活與夢想、性格與身份都合二為一。現在，這種

渴望又重新如花般開放。

　　歲月流逝，她沒有了往昔的寧靜與耐心，而我們卻仍如初戀時甜蜜。每次觸碰到她的手指，接觸到她的目光，都讓我一如既往的沉醉。現在，她不能照顧我了，我開始承擔了照顧她的責任。我時刻關注著她、照顧著她，竭力滿足她每一微小的願望。她身上表現出來的柔弱、哀怨和渴望，似乎讓她重新變成了依賴大人的孩子，我的悲傷也轉化成了快樂，因為我終於可以成為她的支柱和依靠。

生意倒閉

又一場災難降臨了。我收到了堂兄一封語氣悲痛的來信。按照父親的遺囑，在父親去逝後，堂兄接管了家族的生意。他一直不太走運，投機生意讓他賠了不少錢。我的收入大都來自家族生意，我認為這種安排很糟糕。但父親在世時生意一直都有保靠，所以從未擔心過自己的收入。我的大部分收入，每年有九百英鎊，都來源於此。另外還有三百到四百英鎊來自於自己的投資。莫德每年有兩百英鎊的收入。

明天，我要去倫敦見堂兄商討這件事，現在還不清楚具體的情況。他來信做了些解釋，語氣中充滿了自責。如果最糟糕的事情發生，我想維持生活應該沒有問題，不過生活就會截然不同了。也許會賣掉自己舒服的房子。奇怪的是，對這一切我都沒有什麼強烈的感受，似乎埃里克的去逝，已經讓我失去了為其他事情感到痛苦的能力。

記憶

　　與可憐的堂兄度過了夢魘般的幾天後，我今晚從倫敦趕了回來。事情糟的不能再糟。那些未來的業界精英，會把我們的生意搶走。他們購買公司支付的錢，加上堂兄的收入以及公司的資產，剛剛可以還債。我們每年會有六百英鎊維持生活，堂兄將成為新公司的一名普通員工。

　　這場災難的源頭令人感歎，不是堂兄為了自己賺錢，而是一些賠了錢的客戶為了撈回本錢，要求把放在堂兄手中的錢提高利息。如果堂兄拒絕了這個要求，就會與客戶發生不快，因為他們投資賠的錢，都是因為聽從了他的建議。他無法面對這些，為了填補資金缺口，繼續以託管人的身份，利用其他資金進行投機。

　　他性格柔弱、輕率幼稚，錯誤的估判了形勢，不會耍奸弄詐，都是他失敗的原因。這對他是一次可怕的打擊。但萬幸的是，他還沒有結婚。我勸說他到別處任職，但他堅持要面對這種局面。他的想法很特別，但很有貴族氣度和騎士風範。他認為，這是在做

懺悔。可以想像，他這麼做毫無前途可言。我可以確信，他為賠掉了我應繼承的財產而悲傷，要遠遠勝於為自己的財產損失而產生的悲傷。

他的悲劇始於幾年前，他拒絕了這些精英們兼併公司的要求。我起初擔心會失去自己剩餘的全部財產，因為這些都是自己這麼多年辛苦勞動所得。後來發現這種擔心沒有必要，就大大的鬆了口氣。首先，必須要賣掉房子，然後找一處小一點的房子。目前，我並不擔心環境的改變。的確，如果能恢復寫作能力，就根本不必搬離此地。因為現在的我不管寫些什麼，都可以賺上一筆，這誘使我想馬上寫一部書。另一方面，這所房子常讓我想起埃里克，離開這裡，對我也是一種解脫——雖然這會讓莫德和麥琪感到傷心。

就生活簡樸而言，我根本毫不介意。我一直對悠閒而奢華的生活深感不安，一直希望能夠過上簡單的生活，可以節省下來更多的錢。我一五一十的告訴了莫德我們現在的情況，她一言未發。可以看出來，此時此刻，想到把裝載著所有婚後生活的房子、埃里克以及他住過的房間，都轉讓給他人，肯定會讓莫德悲痛不已。而對我卻是一種解脫，因為我害怕回到那裡。今天晚上，我把真相告訴了麥琪，她哭了很長時間，但這也許對她更有意義。很奇怪，成為窮人觸動

了麥琪的浪漫柔情，因爲她並沒意識到新的生活給她帶來的逼仄和窘迫。

更奇怪的是，這頑固而有形的困境，竟讓我恢復了平和的心態，重新煥發了鬥志。我發覺現在自己變得頭腦清晰起來，能夠抓住問題的實質，擁有了清醒的神志，這是我以前從未想到過的。能全身心的投入，擁有充實的事業，可以分散自己的注意力，對我是種解脫。

的確，我所面臨的困境絕非走運之事，但它是一個清晰可見的問題，可以針鋒相對的加以解決。如果失去一切，如果丟掉了自由，轉而從事具體的實際工作，我的感受又會如何呢？我不知道。我想，可能頭腦中再也不會產生恐懼了。

最後一次與埃里克散步

　　一整天，都在想著最後一次與埃里克散步的情景。那是他生病的前一天。莫德和麥琪出門去了，於是這個結實的小傢伙就來到我房間，請我和他一起去散步。我早上曾出去過，天氣寒冷，下著小雨。另外，讀書是我每天晚上的功課，今天我還差幾頁就讀完一本書了，對別人打擾也心存一絲惱怒，所以本不打算再出去，剛要張口拒絕，但當抬頭看見埃里克站在門邊，臉上掛著寂寞的神情時，感謝上帝，我馬上放下書本，愉快的答應了他。

　　他臉上頓時綻開了笑容，取了我的帽子和手杖，我們一起走出家門。想到那天能完全地擁有他，我至今仍十分欣慰。他的神情比往常略顯神秘。也許——誰知道呢？恐怕只有上帝知曉——死亡的幽靈已附在他身上，他本能的在生命終結前緊握雙拳。他懇求我講一些我上學時的故事和孩提時常做的事情。他那天的表現十分活潑，時常打斷我的講述，指向曾經見過的鳥巢，它們雖仍然掛在樹枝中間，但已然風乾破敗了。

往家走時，他顯得有些疲倦，挽起了我的胳膊，這是他從未做過的事情。我觸到了他的小手，是那麼柔弱，手指不安的在我手背上滑動，讓我一陣激動——那隻手冰冷如水，捲縮著，在黑暗的映照下有些枯瘦。能整晚和我在一起，他十分驕傲，告訴麥琪說我倆分享了許多秘密。

「我們談的都是男人之間的事，女人插不上嘴。」

但想到這話會傷麥琪的心，他就走上前抱住了她，我聽見他說自己是在瞎說，其實我們一直在等她……

啊，我怎能承受這一切，這寂靜、這空虛，那失去的笑容，那從頭到腳、從身體到靈魂、從靈魂到精神都摯愛的孩子！他的身影不斷在四處出現，他讀過的書，涼亭裡用過的工具，壁爐上送給我的小禮物，衣櫥裡懸掛的帽子和大衣——正是這點點滴滴瑣碎的生活痕跡、這歡樂的日子，才真正讓我心如刀絞、痛徹骨髓。倘若能再看他一眼，再和他說上一句話，讓他再衝我笑一下，就能證明他仍在那裡，他記得一切，正等待著我們，那麼，我就可以欣然的接受一切。

但無論現在我怎樣凝視黑夜，都沒有得到任何回應。我向空茫的世界發出請求，讓請求大聲的呼

喚:「我的孩子,你在那裡嗎?」我毫不懷疑,他的生命就在那裡,與上帝一起,隱藏在那裡。然而,是他本人嗎?還是已變成了山泉中的一滴水,重新落入生活的浪潮?我無法獲取安慰,我想要的是他,那個身與心、生命與摯愛融合的他,那才是我的孩子。我再別無他求。

無法慰藉

　　喪子之痛劃過心靈，如同木犁一道道啃噬著草場，草場原有的模樣，生長在地面的草木，都被一掃而光，竟讓內心的想法完全暴露，赤裸裸地展現在世界面前。一直自認為是虔誠之人——感覺上帝時刻與我如影隨形，但當這種經歷降臨時，就衡量出了信仰在我心中的價值。我沒有在有愛、有希望時求助上帝，沒有真正地認識到他，真正在理解過他。

　　我以為上帝早已把我遺忘，或已無力給予我愛，只是盲目而嚴格的行使自己的職責。理智徒勞的告訴我，孩子的生命和愛，就是那份至純至美的來自於上帝的禮物。我從未因上帝把孩子從我身邊奪走而質疑過他的力量和權力，因為我必須忍受，所以我必須忍受，這讓我無法心甘情願，無法保持忠誠，無法給予真愛。

　　不是我認為他奪走孩子的行為有失公允，而是認為存在一種更大的不公。一方面，上帝讓孩子變得如此活潑可愛，把他的形象深深發銘刻在我的心裡；而另一方面，在沒有及時送來真愛、送來力量、送來

285

忍受痛苦的耐心的情況下，他卻急迫的把生命撕裂，任開裂的傷口鮮血流淌。

我始終相信，自己對孩子的愛，是一種甜蜜而神聖的感化力，它給予了我急需的東西——置身於自我和興趣之外——愛他人勝過愛自己的能力。這麼看來，喪子之痛真的純潔而質樸，但如果上帝教授給我們的課程，是斯多葛派的恬淡寡欲的思想，就另當別論，因為這彷彿是拿走了殘疾人的拐杖，敲掉了搖搖欲墜的大樓的支柱。

黑暗中的心

樂觀派的道德家們會說，我對埃里克的愛過於自私，才讓我的心與上帝有了距離，讓上帝產生了嫉妒，因為上帝需要徹底的順從、完整的愛。但一個人怎麼會愛上自己不熟悉、不理解的力量呢？這種力量行走在黑夜中，一邊給人以甜蜜、美麗和希望，一邊卻在你急需這些甜蜜、美麗和希望時橫刀奪愛。

不是我不深切地渴望去相信和熱愛上帝。如果悲痛賦予我信任，讓我單純而炙熱的信任上帝的仁愛，我就會理所當然地認為，這種悲痛不過是一個微不足道的代價。但事實恰恰相反，我的心中充滿了茫然、猜忌、苦惱、憂鬱和抗拒。我感受不到上帝送與

我任何東西或啟示，讓我能夠不再追究上帝的不公和冷酷。即使他奪取我的生命，我也不會再相信或者熱愛他，因為我真的無法再去相信和熱愛，他的連續重拳出擊，讓我已然粉身碎骨。

可是，他卻賦予了我神聖的力量，讓我能夠進行判斷、核對和權衡。即使受到上帝的蔑視，我也必須運用這種能力。上帝不需要愚鈍而破碎的逆來順受，那只是為了不受再次打擊，而表現出來動物般的無條件的服從。靈魂告訴我，上帝需要的，是對他的仁愛施以積極的合作、勇敢的認同、慷慨的信任。我無法做到，是上帝讓我無法做到的。傷口可以癒合，劇痛可以消失，我可以忘記，孩子可以變成美好的回憶，但唯獨不再相信，這些就是上帝希望的順從。

我想，上帝希望的是，我應該還摯愛著孩子，思念孩子時一如既往的滿腔悲痛，即使孩子的離去讓生活變得暗淡無光，卻仍能鼓起勇氣、心懷感激的求助上帝，希望獲得圓滿的愛與信任。也許，我會與那些我愛的人貼得更近，但喪子之痛永難彌補，因為只有埃里克的出現，而不是他的離開，才讓我學會了更愛自己的親人。我毫不懷疑，這是上帝的旨意，但我無法看清其中的仁愛和公正，更不會假裝默認。

母愛

　　昨天是個溫暖宜人的好天，讓人感覺些許倦怠和柔情，秋風和煦，太陽金黃。整個上午，我們都坐在懸崖下溫暖的沙地上，兩邊是藍色的海灣，海浪拍打著岸邊，激起了層層浪花。一個接一個的海岬沉入霧色中，幾艘漁船在緩緩飄蕩，在遠方的地平線上，有一艘巨大的蒸汽船，它升起的煙霧飄向空中。

　　莫德和我聊著天。我想，這是我們第一次在沒有保留、不摻雜苦澀、忘卻悲傷、不涉及埃里克的情況下聊天。一直支撐莫德的，是她堅定的信念：埃里克一如既往的勇敢而可愛，已完全理解和明白我們為何兩地分離，他現在正在某個地方，某個遙遠的地方，等待著我們。莫德夢中見過了他。在夢中，埃里克正俯首凝望著她，似乎在好奇她為何悲傷。

　　我想，母親和孩子有一種天生的默契，這種默契父親是感覺不到的，所以我無法獲取這種默契。它是一種超越所有理智的直覺，一種令人神往的必然，一種深切而強烈的信念。這種信念，溫暖而充滿陽光，在它的感召下，我逐漸體會到，至少有某種理由

可以解釋這種默契。默契是一份珍貴的禮物，不是偶然拾得，不是偶然學會愛它，也不是偶然與我們割裂開來。它早已潛伏在那裡，在這個如此甜蜜的世界，在這個讓所有感官、所有渴望都得到滿足的世界，正在溫情的訴說著。

　　我慢慢意識到，上帝一定希望我們諸事如願。如果有陰影投在地上，也不是爲了讓我們變得冷酷無情、心生怨恨。上帝之愛無限無邊！此時，他的愛來到我身邊，緊緊地擁抱著我，他的心在跳動，滿是悲傷與溫柔。在莫德的懇求下，我給她讀了《伊芙琳》（英國詩人羅伯特・布朗尼所作）。詩中的愛強烈而持久，讓主角可以平靜而溫柔地凝視死亡，沒有一絲憂鬱和恐懼，只是把死亡當成一次心靈的沉睡，也讓我瞬間學會了怎樣才能堅強。

　　「你將會醒來，記住並且明白。」

　　我聲音哽咽，無法抑制淚水的流落，也不想去掩飾。這時，妻子的靈魂靠近了我，帶著完美而飄渺的歡樂—— 眞正上帝的快樂，心靈與心靈之間在互相凝望。

搬家

　　不斷收到鄰居們充滿善意、令人感動的來信，為我們最近遭遇的不幸安慰我們。但他們似乎沒人料想到我們要搬家，因為他們很自然地認為，只要我願意等待，想賺多少錢都不是問題。我想這也有可能。我跟莫德認真地談了這件事，說我尊重她的決定。我坦誠的地告訴她，自己極其討厭出書賺錢的想法，尤其出一些濫竽充數的作品。但如果她無法離開此地，我會毫不猶豫地出書賺錢，因為就目前狀況而言，只有賺到錢，才有可能繼續住下去。

　　我坦誠，離開這麼一個被悲傷糾纏的地方，對我是種解脫。我自己更願意住在其他地方，簡樸地過活——那會讓我的寫作能力重新復蘇，而不必努力去強迫它的恢復。陰影籠罩回憶，帶著憂鬱去工作賺錢，這種前景真地可怕，但我想，這種生活也不是沒有可能，甚至會更有益處。

　　莫德沒有猶豫不決，坦率的告訴了我她的決定。一方面，我所恐懼的睹物思人，很顯然帶給她的半是悲傷、半是快樂。想到陌生人住在因悲痛而變得

聖潔的房間裡，無疑會感覺到一種褻瀆。另一方面，她還有許多親戚朋友在這裡。但她只簡單地說，我的感受重於一切，她願意在其他地方開始新的生活，而不願讓我處於現在的環境中。

我們決定去她的故鄉格洛斯特郡找一所小房子。我想，這個決定帶給了她前所未有的快樂，我們很快就計畫好了要做的事情。我們將現在的房子長期出租，只帶走必需的傢俱，把其餘的都處理掉。我們打算住在格洛斯特郡，盡可能尋找到一處房子。我們倆都清楚，必須緊縮開支，因為現在的收入不到過去的一半，其中還包括老房子出租的費用。但我並不擔心這些，總是隱約的覺得不太喜歡過去那種安適的生活——但也不喜歡對花費斤斤計較——只要重新開始寫作，就會彌補這一切的。

這一切都讓我受益，但不好說有多大。雖然在那些我重新陷入悲傷、空虛、苦惱和絕望的日子裡，一想到上帝的安排，就會心情沉重，有時，甚至感覺過去的那些美好的生活已然破碎，無法補救。但記憶和想像如此神奇，現在感覺，即便那因失去寫作能力而陰影籠罩的幾個月，都不可思議的變得芬芳而美麗，所有的痛苦都不過是過眼的煙雲，稍縱即逝。其實，真實的災難、真實的悲傷，都會從現實獲得幫助。現實，正用它強有力的大手，消除著所有的矯飾

虛僞，掩埋著所有自我臆想的痛苦和憂傷。

告別

　　這幾周沒有寫日記，一直在事務、悲傷和希望中周旋。我們回家住了一段時間，與鄰居告別。我們的離開讓他們感到驚愕，這讓我莫名地感動。當然，我也感受到了莫德的失落。我一直自私而麻木的生活著，即便如此，當看見自己被人掛念時，心中還是不免感覺一陣暖意。此時此刻，所有的恩怨都已忘懷、都已被寬恕，我所建立的那種不慍不火的鄰里關係，現在似乎也值得留戀和珍惜。

　　回味悲傷，會令人心如刀絞，不斷讓我掉入曾經經歷的那種欲哭無淚的苦痛之中。雖然竭盡全力讓自己堅強一些，但反而變得比以前更加痛苦。不管重新撿起往昔的生活，會超出自己的忍耐力有多遠，埃里克都不會再停留在那裡。一次又一次，把刀刺入心臟，每一次都伴隨著一陣劇痛。

　　而莫德和麥琪感受的卻大不一樣。對她們來說，這是一次記憶的珍藏，所以她們能夠勇敢地放縱悲傷。我不敢提及、不敢想念。每一次轉身，都發現埃里克出現在眼前 —— 以上百種的形象，有時是呱

呱啼叫的嬰兒，有時是結實的小孩，有時是我們失去的愛子。

　　租我們房子的人心地善良、通情達理、細心周到地把一切都安排妥當。在老房子吃完最後一頓飯，我們開車離開。看見後面的風景漸漸淡出視野，我的心情既沉重，又輕鬆。這像在荊棘叢生的人生中恣意翻滾，像故意拾起一簇簇的長矛刺向心臟，我儼然傷成了一隻渾身赤裸的動物，全身的皮膚都已脫落，每一次刺痛都讓我一陣蜷縮，血水如注般流淌。

一所老房子

　　一直在尋找新家。我無法假裝喜歡上我不喜歡的房子。一座陌生的房子，裡面有花園，花園週邊有著高牆，窗戶朝向庭院，從臺階上去是閣樓，衣櫥是深色的，木質的，古色古香，這些都會激發我的遐想。有時也想，這些古老的地方，也許飄滿了不願離去的亡靈，忽而悲傷、忽而欣喜，徘徊在這熟悉的地方。他們悲傷，因為未讓自己有限的人生達到圓滿；他們欣喜，因為他們自由了 —— 作為一個人，一個堅強而健康的人，現在完全可以肆無忌憚的窺視自己曾經不敢涉足的地方。

　　但我卻不相信房子中幽靈出沒之類的故事。上帝即使有萬頃高樓大廈，也抵不過我們凡夫俗子的陋室一間。我非常不喜歡一些房子 —— 它們如此醜陋、矯飾、笨拙、單調，但即便如此，假如自己能把家安在這種地方，擁有自己的房間，也會感到幾分欣喜。

　　有一座房屋，莫名其妙地打動了我。它坐落在一個小鎮。這個小鎮我過去常去，每年都與上了年紀

的姑姑在那兒待上幾周。小鎮的名字，是在一個地產代理人的名冊上看到的，它深深地吸引了我，讓我產生了一種朦朧而美好的印象。在小鎮上，我獲得了在其他地方從未有過的自由，幾乎大部分時間都是在悠閒的享受，用兒童才有的稚嫩而遲緩的觀察力四處查看，審視著周圍的一切。

當來到這座房前，我驚訝地發現，雖從未到過這裡，卻有一種似曾相識的感覺。過去，曾有兩位性情古怪的老處女住在這裡。她們雖然打扮有些土氣，卻很整潔，常常怡然自得地一起出來散步。樹叢中的桂樹和紫杉鬱鬱蔥蔥，遮蔽了簡陋的小客廳的陽光。一位上了年紀、安靜可敬的女僕領我在房中四處觀看。她在這工作已有二十年了，淚眼婆娑地感慨家庭的破碎。兩位老太太在這裡住了六十年，其中一位十年前去逝了，另一位一直住在這裡，直至成爲耄耋老人。

房子儼然像一座博物館，是典型的三〇年代的房子，一切都保持原有的模樣。略顯奇怪的壁紙和印花棉布，帶著絨線刺繡圖案的椅子，古樸的花鏡，淺色的楓木傢俱，專吃蛾子的蜂鳥的標本盒，雕刻呆板的歷史題材的繪畫，古色古香的舊書 —— 客廳的書桌上擺放的全都是年鑒、紀念品、摩爾（湯瑪斯・莫爾，1478－1535，被天主教會封爲聖人，又稱「聖

托馬斯‧莫爾」，英格蘭政治家、作家、空想社會主義者）的詩作以及巴波爾德夫人（1743-1825，英國著名詩人、評論家、編輯、兒童作家）的作品——這一切都簡陋得有點可憐，但它表現出來一貫的品味卻值得稱道。

接下來看的是那狹小逼仄的馬車房，裡面佈置得井井有條，淋浴用的椅子，四條腿的桌架，樓梯上的扶手，堵門用的沙袋，都顯示了主人懦弱且孱弱的人生，如同一汪渾水中的一隻蜂鳥。這裡曾有孩子住過，因為在閣樓裡擺放了一些破損的玩具，收集起來的乾枯的花草，形態各異的石子。

我在這散發著異味的昏黃的房間裡穿行，不時受到觸動，房子本身就為我塑造了房主那戲劇性的人生。自從埃莉諾小姐去逝後，臥室就沒人用過——可以想像出那個膽小、可憐、心細、渺小的生命，在熟悉的環境中飛掠而過的情景。這是傑克遜小姐最喜歡的房間—— 如此安靜 —— 幾周前，她就是在這裡，坐在椅子上去逝的。她每天在這安靜的房間裡工作的場景，出現在我眼前。

我看見了傑克遜小姐在寫信讀書、吃飯，以她慣有的謙虛，在招待老友，不斷表達著謝意。年復一年，時光流轉，時鐘仍一如既往地在客廳裡發出響亮的滴答聲。陽光悄悄地照亮了這座老房子，鳥兒在花

園裡鳴唱，路上響起了輕微的腳步聲。在我來到這個地方很久之前，每日溫馨的勞作早已開始。

突然，產生了一個奇怪的念頭：在我人生經歷最曲折坎坷的時候，這裡的生活卻沒有受到一絲的打擾和改變。埃莉諾小姐的離世，一定對傑克遜小姐有著致命的打擊，以至她此後再也沒有邁出過這座房子。她們天各一方，形隻影單，再也無法結伴同行。死神從天而降，兇猛的撲向這座房屋，卻發現房屋裡已死一般的寂靜，她一定會感到相當的難過與困惑啊！

有人一定會好奇，當埃莉諾小姐必須面對死亡，從如此溫馨、熟稔、安靜的世界進入未知的黑暗時，她的感受是怎樣呢？當被孤獨的留在這裡，可憐的傑克遜小姐的感受又會如何呢？她一定也會困惑不解、枯燥無聊。然而，她們中的某一位，或者倆人都曾夢想過更為充實的生活，幻想過男人眼神中流露的脈脈含情的目光。當然，無論發生過什麼，一切都已化作塵煙。

兩位女士已安頓下來，回到了自己平淡而自足的生活。歲月讓她們日漸憔悴，但她們白天仍在愉快的忙碌，夜晚仍能安靜入眠。她們一生從未自私過——女僕告訴我，她們對窮人很慷慨。晚年時，她們常邀請自己的外甥和侄女一起同住。後來，這些

孩子都長大成人，走向社會，就不再願意回到這佈置得井井有條、卻枯燥乏味的小屋，也不再關注曾經擁有過的神經兮兮的人的愛護。

這真是一個充滿盲目和滿足、令人困惑不解的世界。戰爭流言、社會變遷、愛國夢想、崇高思想，都從屋外席捲而至，卻從未掠過花園，征服花園後面隱藏著的倦怠的生活。姐妹倆儼然是與世隔絕的叢林，甜蜜的，或許平淡的生活著，從沒意識到自己的精神和體力在慢慢流失。

現在，一切都已結束。人們或充滿好奇，或態度漠然，卻紛紛而至，在踏過這古屋的地板時，隨意貶低著它的老土和不便。我卻與其想法不同，因為這裡所有的一切，都是它往昔變遷的見證。可以確定的是，不久以後，這座古屋將面貌一新 —— 它將得到重新修繕和恢復，傢俱將送到二手店，不用的東西將被扔到垃圾堆。新的生命、新的人際關係將出現，將有嬰兒出生，男孩子會貪玩，愛人們會擁抱，痛苦的人會靜默思考，男男女女會在粉飾一新的房間裡離世。一切都將順其自然，向前而行。

曾經如此眷戀的每個角落、每個臺階、每件傢俱的生命，都將變成回憶，再漸漸為人淡忘。那兩位老婦人，現在哪裡？在做什麼？她們會像熄滅的火焰一樣徹底消失嗎？她們在那個安靜的新屋中嗎？面對

裝飾一新而令人困惑的環境，她們會膽怯而無奈的——這些孱弱而疲倦的人——去調整和適應嗎？那天，這座沉寂的老屋，無數次用微弱而顫抖的聲音呼喚著我，我聽不懂其中的含義，因為，雖然它用靈魂之音撥動了我的心弦，我卻無法捕捉到它具體的意義，只聽到了遺忘和沉寂。

我離開時，那位年老的女僕一定又會陷入寂寞而可怕的回憶中，為此我感到難過。因為新的工作和主人，她必須離開舒適的廚房和輕鬆的家務。可以看出來，想到這種變化時，她臉上的傷悲和無奈。

似乎在那一刻，世界上的殘忍和溫柔神秘的交織在一起——這座古屋隱藏了無數的遐想，掩飾了諸多的平靜，但它絕掩蓋不了溫情。再後來，這種溫情而平和的生命遭受了沉重的一擊，倉促應戰的生命，終難抵禦這殘酷而黑暗的現實。有人認為，如果現實更有愛心，那麼，從一開始就該讓肌體能夠承受更多的殘酷和危難，賦予它堅強和勇氣，美好的希望和強大的忍受力，不必讓它以脆弱而嬌柔之軀，對抗龐大無垠的恐怖。

我們的新家

　　新房子很漂亮，有家的味道。它是一個老式的石頭建築，以前是座農場。花園和果園很別緻，依傍著爬坡而上的樹林，樹林前面是一條小溪。房子坐落在一個小村旁，離莫德的老家不到三公里，所以她對整個地區都非常熟悉。我們帶了兩位老僕人，其中的一位是和藹而健壯的花匠，他也是本地人。房屋內部小巧、舒適，還多出來一個臥室。

　　我沒有書房，就把餐廳間壁起來當作書房。安家時有許多事情要做，我承擔了大部分的體力活，搬家具，掛畫像，著實費了不少氣力。麥琪離開舊家時傷心不已，但像許多孩子一樣，她的復原能力很強，現在又變得活躍起來了。我很害怕這忙忙碌碌結束的時候，那時，我們又會陷入平淡的日常生活中。

　　我開始想，如何能讓自己忙碌起來。我打算做各種各樣的零活──因為沒有合適的工具，所以搬來搬去的活兒就很多。麥琪和我，我們會重新開始上課，一起讀書、除草、散步。人應該能夠看開一切，達觀的生活。為了創作，我又有什麼難以割捨的呢？

301

但我創作的本能似乎已徹底消失殆盡。我甚至無法想像，自己曾那麼認眞而莊重的創作過那麼多虛構的人物，演繹出他們的嬉笑怒罵、悲歡離合。

生活和藝術！原以爲它們都是精心譜寫出來的，節奏動聽、聲音高亢、舞樂悠揚。但藝術上的苦與悲，如大小調一樣形影不離，遠遠勝過了生活中的苦與悲。在藝術上，音樂家時而微笑、時而歎息，但他的歎息是有規律的，按照預定好的曲調；他的內心是滿足的，如池水一樣，無論能否映照出陽光，能否映照出寂寞的星辰，它都是滿足的。

然而，在生活中，歡樂之於悲傷，如同音樂之於沉默，只會帶給人心碎、麻木以及難以言喻的痛苦——雖然在沉默中，也許會聽到更深沉、更陌生的聲音，會聽到原子飛轉的嗡嗡聲，會聽到世人無力的吶喊聲，但這一切只是爲了奮力突破那空虛、悲傷和遺忘。

因此，撕裂生活的面紗又什麼益處呢？如果在生活中，在塵世的生活中，做事和工作，就是生存的目的，這並非好事，它會讓生命失去彈性，最終，人只得身負沉重，痛苦地前行；但如果做事和工作不是生活的目的，那麼，生活的目的又是什麼呢？

新的生活

現在所住的鄉下，讓我可以盡情地享受生活。我可以在高原上久久漫步，可以找尋精緻的鄉屋村舍，欣賞那裡別具一格的石頭房屋；可以向下走到綠濛濛的濕地，觀看清澈的小溪在岸邊流過，觀賞岸上遍佈的荊棘和赤楊；還可以欣賞到教堂和莊園，它們灰色的石牆上塗抹著泥漿，房頂鋪著石瓦。這裡的美景數不勝數，我可以恣意享受。

此外，長時間在戶外活動，也讓我心平氣和、身體健康，疲倦中帶著愉悅，冷漠中透著親切。我的思想已開始長草，而且是雜草叢生，一副頹相。但我卻可以欣然接受，因為這至少可以讓我在痛苦中獲得片刻的喘息。想到自己在一生中最為忙碌和充實的階段在這裡度過，像一棵樹孤寂地生長在大地，心裡總有一種奇怪的感覺。

正常的生活又該怎樣呢？也許，會在倫敦街頭的一個小屋裡，牆上刷著白漆，擺放著很多書架。每天按時一日三餐，做遊戲、聽音樂、上俱樂部，週末或到熱鬧的人家做客，或到國外遊玩，冬天到鄉下躲

多。如果能享受到快樂，這種輕鬆愉快的生活無傷大雅。但對我而言，難以想像、無法忍受。

也許我該更快樂、更活躍一些，也許時間該過的更快一些。該不該下決心過這種所謂的正常生活，並學會適應呢？該不該為不屈從於人際交往的慣例而受到懲罰呢？毫無疑問，應該受到懲罰。那麼，我就該按照天意，為自己的屈從付出更沉重的代價。

我的困惑就在這裡。人具有強烈的本性，喜歡自由、獨立、孤獨和安靜，那麼就該發現，人類所渴望的生活竟會滋養了諸多惡習——憂鬱、不滿、挑剔、病態，這是文明的陰影，它讓人有了智力、變得警覺、渴望激情，但它折磨著人的神經，讓其無法享受生活的樂趣。我時而清醒，時而糊塗。

難解的心結

埃里克的離世，是唯一讓我解不開的心結，讓我始終處於陰鬱的黑暗中，不見一絲星光。但也正是這件事，讓我不再自私，心存善意，關愛他人。

「也許，」一位老朋友給我寫信，還想固執地安慰我說，「正是出於仁慈，上帝才把埃里克帶走，以躲避即將來臨的邪惡。」

很多人說過這樣的話，但上帝的行為方式是多

麼的不可理喻啊！設想一下，上帝為這個孩子安排的未來該何等恐怖，以至於連他的突然離開都需要忍受！這是多麼無助、無望、赤裸裸的失敗啊！不，要麼是匆忙結束的短暫的命運，已被刻意安排、謀劃和實施，要麼是上帝在絕情的逆流面前無能為力，因為逆流比上帝更加強大。

於是，上帝的形象土崩瓦解了，上帝成了躲在和藹溫柔的面具後的一個神秘而空洞的力量。如果有機會，他會變得善良而美好，但它卻時常被更強大的力量所摧殘、所束縛。當然，這是希臘人的觀點——上帝在人之上，命運在上帝之上。最糟糕的是，這種觀點也許會一語成讖，變成可怕的現實，甚至比我們那些善意而多情的理論和宗教，更接近生活的真相。

但不管上帝和命運如何作為，我們都必須承受重任。我所肩負的一個重任，就是有意識的、勇敢的、竭盡全力分擔那些更柔弱之人肩上的重擔，因為他們的命運與我們的命運息息相關。

常態的生活

火車經過一條大路時，有人從車窗裡看見一所房子，很像我現在住的房子。它彷彿位於世界的盡頭，遠遠的望去，後面是西沉的夕陽——房子儼如一個安靜的城堡，一個充滿無盡平和的地方。於是，這個人就在這裡住了下來。

後來，他才發現，這裡恰恰是生活活躍的漩渦，水流汩汩奔騰而出，上下盤旋，前後飛舞。還有一種可能，就是在路過這房子時，這個人想到，在這裡至少可以與外界隔絕，安靜的生活與思考。那麼，就不再會有煩惱和憂愁，可以心滿意足的坐在那裡，眺望著寂靜的田野，或者來回踱著步，一邊消化著自己獲取的印象，一邊在思考、選擇和解讀——他會生活在那裡，雖然生活的溪流一如既往的混濁、焦躁。可奇怪的是，這樣的幻想，常戰勝任何真實的人生經歷。在他人的生活中，永遠無法讀懂自己的困惑。

單調的談話

一項針對我們的計畫正在開展。莫德的老朋友找到了我們，他們都是些淳樸、善良的人，但有些纏人。互相寒暄之後，談到各自的工作、活動和人際交往。對莫德而言，思想交流如呼吸一樣簡單、自然，是人之常情。我聽見她時而回答、時而發問，聲音平靜，甜美而充沛。但對我而言，這些家長里短的事情，極其討厭，毫無意義，我只想對志趣相投的人說些我關心的事情。

志趣相投，是同情和風度的基礎——是一個朋友所擁有的全部完美品質的融合。這些善良卻不解風情的牧師，還有他們絮絮叨叨的妻子、開朗的女兒、沉默的兒子——我要麼想進一步瞭解他們，要麼就根本不想認識他們。我想走入他們的大腦——人類思想的殿堂，但我願向一個真正的客人敞開心扉，而不願意在飽受非議的老一套的社交禮儀中喋喋不休。我根本不擅長這些套話，不管它如何簡單。

幾天前的一個晚上，我們與附近的一位牧師共進晚餐。他幸福快樂，樂於助人，受人尊重。飯後，在客廳裡，我坐在主人旁邊，看著莫德饒有興趣地傾聽牧師妻子，賣力的講著村裡人那些枯燥無趣的瑣事。我被這種無聊的事情折磨得苦不堪言，於是不時

蹦出些問題，挑起新的話題，想與這位受人尊敬的牧師交談。他的回答冗長而囉嗦，尤其愛對農村的需求問題進行長篇大論。

終於，我忍耐不住說，我們必須走了。他表示出真誠的失望，回答說天氣還早，為不能繼續與我們愉快的談話感到遺憾。我吃驚地發現，很顯然，他一直在津津有味地享受著談話。他可以不聽新到客人的談話，卻願向他們重複多少年來一直在說的話題。即便這樣，他也會感到非常愉快，其中的原因真令人感到困惑。

大多數人卻不這麼認為。他們喜歡大家坐在一起聊天，既能看到人，又可以聽見聲音。他們喜歡那種心有靈犀的感覺，「我就說嘛」，是一句總被客人掛在嘴邊的套話。我想，也許自己見識有限，總想像雅典人那樣追逐新奇的思想、追逐新造的硬幣。我厭惡用舊的硬幣，上面的圖案早已模糊不清。呆板、單調、陳腐，難道是人性不可或缺的一部分嗎？這恐怕是人類思想脆弱，需要刺激的緣故吧。

如果思想強大而充實，它的河流就可以容下那些涓涓細流。我樂於觀看別人的房間，不管是熟悉的、彎扭的、簡陋的傢俱，還是偏移了的照片、裝飾品的碎片──這些都代表了個性與差異。但我卻不能進入大多數人的思想，因為人們只會開放公共的空

間。

　此時，我感到心力交瘁、無比沮喪，過去的那種莫名的悲痛和茫然的失落感又重新襲來 ── 這種感覺已成為我的宿敵，它把人生所有翻過的書頁都給玷污，然後又纏上了疲倦、不安的夜晚，還有那無情的灰濛濛的黎明。

人生的境界

　　從內心深處，我根本不想讓精神生活置身於現實生活之上。人生最高的境界，就是把兩者結合起來 —— 一個具有崇高理想的人，是有能力做到的 —— 成為一個造福社會的政治家、一個崇高的教育工作者、一個積極投身社會公益的傑出商人、一個扶貧救困的慈善家。再低一點的境界，就是那些偉大的思想家、道德家、詩人 —— 都是激發人類靈感的人。

　　再下一個層次的，是那些偉大宏圖的高效實施者 —— 法官、律師、教師、牧師、醫生、作家 —— 他們沒有創造性，但深知公民的責任和為人的職責。再往下，就是那些在狹小的領域發揮簡單而直接作用的人們 —— 那些處於最底階層的廣大民眾。他們出於本能或需求忠誠地工作著，沒有任何特定的計畫或渴望，只想誠實而體面的生活，爭取有所作為，沒有急迫的為人服務的意識，講求隨遇而安。實際上，他們是現實派的個人主義者。

　　還有一個層次，這一層次既不高於、也不低於

上述的任何層次，就是那些喜歡安靜的冥想、反思之人，他們是理性派的個人主義者。一般說來，他們不是有效率的人，帶有一些詩人的氣質。他們不能進行創造，卻可以做出評判。我把所有的個人主義者——不管是實踐派的，還是理論派的——都看成平民大眾，即所謂的士兵，以區別於那些有頭有臉的官員。

對他們而言，人生就是一門學業，他們擔任的是學生的角色，而不是教師的角色，閱歷對他們最為重要。他們都在上帝的學校學習，正為某種神聖的事業做準備。他們的目標就是認知事物，因此，手段並不重要。他們做的工作必不可少，幫助年老體弱難以維繫生活的人生存下來。雖然理論派的個人主義者在人數上處於劣勢，但我想，在這個世界上，兩者都應佔有一席之地，也必須佔有一席之地，因為他們共同的特點就是不求進取。如果他們在國家中處於多數地位，這個國家就會變得單純、耐心，卻沒有抱負，往往會成為另一朝氣蓬勃國家的膝下之臣。歷史上的印度帝國就是如此。

日本的發展，代表了從思想派國家轉型到實踐派國家的奇怪進程。令人驚奇的是基督教，其本質上是一股善於思考、摒棄武力和愛國主義、沒有抱負的力量，是典型的東方民族的類型，竟然經過神奇的突

變，成爲了充滿活力和創造力，嗜好征服的國家宗教。毫無疑問，基督教的本質，在於其純樸的思想，它是通常意義上的文明的強敵。它的目標是透過提升個人改善社會，而不是透過社會的力量提升個人。

　　基督教促進了近代智慧，因爲它天生不崇尚愛國主義，或者更準確的說，它崇尚的是兼收並蓄的愛國主義，而不提倡國與國之間的對抗。我不想爲自己找些冠冕堂皇的理由，我之所以超然世外，根本不是奉行克己利他思想的緣故，而是自己刻意追求默默無聞的結果。然而，我仍然認爲，衡量一個國家的生命力和精神力的標準，不是根據這個國家機構的行爲，而是根據它所擁有的那些性格質樸、品格高尚之人的數量。

　　因此，就我個人而言，雖然性情和環境已爲我作出了選擇，但我不會爲自己怠於行動而心生愧疚。單純的行動，不但不會起到作用，還有一點風險，它往往讓人自鳴得意，想當然地認爲自己在追尋一條光明大道。而實際上，他卻正在陷入陳規舊禮的羅網。平靜的生活也有風險，它會讓人變得懶惰、懈怠、萎靡、消沉和懦弱。但我認爲，平靜的生活可以培養人謙虛的品格，能讓上帝每天的訊息隨時深入靈魂。

　　歸根結底，它最大的風險在於，容易讓人自我滿足、不思進取。如果滿足於現狀，當然就沒有任何

更高的追求了。如能以坦然的目光看待周圍的一切，就會知道，生命是短暫的，因此就沒有了多少變數。因此，改善生活就成了最完美的理想。還有一個理想，比改善生活稍遜一籌，就是希望實現更高程度的和諧，但這也遠勝過黯然默認那些難以理喻、令人悲傷的失去。

一位新朋友

　　我結交了一位新朋友，他的言行有一種神秘感，讓我感覺，似乎冥冥之中上天安排自己來到此地與他相識。他是一位孤獨的老人，常年臥病在床，住在離我家一兩英里遠的小莊園。莫德只聽說過他的名字，從未見過他。他給我寫了一封很客氣的信，為自己不能前來拜訪道歉，希望我們去見他。

　　他的房子坐落在村邊，朝向教堂，是一座灰色的石頭建築，有許多小山牆，房前是一個長長的鋪著石板的門廊，兩邊是石球搭起的柱子。房後有個花園，花園後是一叢樹林 —— 整個地方極其安靜而美麗。穿過一個小客廳，我們走進房間。一位和善、樸素的中年婦女出來迎接我們，雖然看神態和打扮屬於貴族派的，卻沒有任何世俗的感覺，給人一種煥然一新的親切感。

　　她說，她叔叔狀態不太好，但她想他還是能出來見我們的。她留下我們獨自待了一會兒。古老的房間最突出的特點，就是它的整潔和溫馨。房間裝飾得很簡單，甚至有些地方還未裝飾，卻有一種古色古香

的沉穩氣氛，不禁讓人想起它久遠的歷史。這位女士不久就返了回來，笑著說她叔叔願意見我們，但是得一個一個的單獨會見，因爲他非常虛弱。她先領莫德進去的。不久，女士返回來，陪我到花園散步。

花園散步

花園，一如房間的品味，佈置典雅、精緻。可以看出來，女主人對花園有著詩人一般的深情，她對所有的花都耳熟能詳，談到它們時，就像談論自己的孩子。她說這種花任性，沒有耐心，必須好好養護；說那朵花需要嬌寵和溫柔。我們一直走到樹林。夏日的樹林枝葉繁茂，中間有一個小涼亭，女士說她叔叔常常坐在這裡，鳥兒也不時造訪，唧唧長鳴。

「它們到處都是，正從樹葉中偷看我們呢，」她說，「但它們害怕陌生人。」

的確如此，到處可以聽到柔柔的叫聲和樹葉的沙沙聲。一條老狗和一隻小貓跟著我們，她讓我注意小貓。

「你看皮帕，它鐵了心跟著我們，卻假裝不是這樣，好像它自己出來溜達，然後很意外地在花園裡碰到我們似的。」

聽到提它的名字，皮帕帶著神秘而凝重的神

態，快步躲進樹叢，在樹叢中觀望。我們繼續向前走時，皮帕又一下子跑到我們前面，趾高氣昂的在前頭帶路。

「它很樂意玩這些小把戲，」女士說道，「可憐的老魯弗斯卻不會玩，也不會裝腔作勢，他很低調，往往用最普通的方式，表達陪伴我們時的興奮——它身上沒有一點貴族氣息。」

老魯弗斯抬頭向上看了看，謙卑的搖了搖尾巴。

老先生

不久，就開始談到她叔叔，她想用最簡短的話概括他。他叔叔是這個古老家庭的最後一位男性繼承人，一直在這裡擁有一塊地產。他曾在牛津大學有過輝煌的事業，但沒多久就遭遇了車禍，終生癱瘓。他定居在這兒，本不打算長住，卻一直待到了現在——古稀之年。雖然他癱瘓不能行走，但這裡的日子是最平靜的，她說，他過得非常幸福。他博覽群書，投身於當地的事務管理，但有時，幾周的時間他都不能做任何事。我後來知道，她是他唯一在世的親戚，從童年起就與他住在一起。

「你可能想不到，」她笑著補充道，「他這種

人在朋友面前表現得魅力無窮，結果卻像《小杜麗》
（英國著名批判現實主義作家狄更斯第十一部長篇小
說）中的主教加斯貝，他的神威跟力士參孫（《舊
約·士師記》中的大力士，他的力氣全來自於頭髮）
一樣仰仗自己的頭髮。但他根本就不是這樣的人，還
是你自己去發現他到底是不是一個有魅力的人吧。」

　　她的話中帶有些許對男性的揶揄和調侃，讓我
喜歡上了她。我們回到房間，她說雖然他喜歡一下午
見兩個人，但對他來說有些勞累，所以必須得限制一
下。

　　「他的病，」她說，「病因不明，就是神經系
統缺少足夠的活力。醫生給出了藥方，但似乎不能徹
底治癒，也不能減輕病症。他很堅強，無論身體還是
精神上，但哪怕一點點勞累也會讓他犯病。雖然偏心
的侄女說他體格強健，但犯起病實在嚇人。」

一次談話

　　我們走進一個小書房，裡面擺滿了書，窗前放
著一個大寫字臺。房間有些昏暗，腳落在地板上，發
出輕柔的聲響。房間裡沒有豪華的陳設，唯一的一幅
畫像懸掛在壁爐上方。房間裡也沒有任何的裝飾，只
有一束玫瑰花放在桌上的花瓶裡。我看到了這位紳

士，他旁邊放著張小矮桌，桌上堆放著書，寫字臺被推到了一邊。他身體前傾，莫德正坐在他的對面。他們似乎都在沉默，但這不是尷尬無語時的沉默，而是沉思時的沉默。

可以看出來，莫德受到了莫名的感動。先生直起身迎接我。他又高又瘦，穿著灰色的粗布襯衫，幾乎看不出他身體有病的跡象。他的頭髮濃密而花白，略顯蓬亂，有著長期居住在戶外的人所具有的面孔，明朗而淳樸。他算不上英俊，五官粗獷，眉毛又粗又白，鬍鬚也已花白。他神態安詳，毫無矯揉造作之感，雖不熱情，但很和善，藍色的眼睛飛快地掃視我一眼，彷彿要以最快的速度把我讀懂。

「非常感謝你能來看我，」他輕柔地說道，「當然，我應該去拜訪你，但看在我年長的份上，恕我冒昧了。另外，我有一個高度警惕的保護神，我是她順從的寶貝，需要堅決執行她的命令——『聽話啊』。」

說到這些話時，他微笑的瞅著他侄女。侄女反駁道：

「真的，你想不到我有多霸道。為了顯示我的霸道，我馬上要帶夫人離開，領她看看花園。十分鐘後，還要帶先生走，如果他願意協助我，維護我的權威的話。」

老人重新坐下，笑了起來，指向一把椅子。兩位女士離開了，我們開始了一次令我終生難忘的對話。

老先生的經歷

「你知道，雖然不希望這是我們最後一次見面，」他說，「但我也必須竭盡全力用好時間。如果你能有時過來看我，我就可以盡一下自己的地主之誼 —— 也許，我們可以偶爾一起散散步。那麼，我們言歸正傳，就不把時間浪費在客套話上了。」

他補充道：「我只想說，你來這裡我感到由衷地高興，我也向你保證，你會發現這是一個迷人的地方 —— 我想，你很聰明，喜歡鄉下，不喜歡城裡。」

他繼續道：「我讀過你的書 —— 我不會，」他笑著說，「連書都沒讀就和你談論它們的，而且我喜歡這些書。可以說，你的每本書都比上一本更勝一籌，但只有一本例外」 —— 他提到了書的名字 —— 「這本書似乎是把以前發表過的，又重新發了。」

「是的，」我回答，「您說得很對。我無法抵制出版商的勸誘。」

「好吧，」他說，「這本書不錯 —— 隨著年齡

的增長，人會失去某些東西，某種青春的朝氣，某種勇敢的衝動，某種美妙的思想的解放，但我們不可能擁有一切的。書的顏色取決於大腦。你的書變得越來越成熟、寬容、明智，越來越具有藝術觀賞性了，可以這麼說嗎？——最近的一本書真是讓我愛不釋手，佩服得五體投地啊。有那麼一兩天，我都幸福地生活在你的思想中，從你的眼睛中看待一切。我敢保證，這是一本了不起的書——高尚豁達，充滿真知灼見——是書中的精品。」

我含糊地迎合著，他接著說：

「你也許會認為我這麼評價你的書，有些高高在上的感覺，但我每天都與書為伴，確信自己有天生的鑒賞能力，這主要得益於我自己沒有很強的表達能力。你知道，最優秀的評論家，是那些嘗試過寫作，卻沒有成功，而且寫作沒有讓他們變得心胸狹窄、小肚雞腸的人。我失敗過很多次，卻因此更加欽佩那些傑出的作品。你現在還寫作嗎？」

「不，」我回答道，「什麼都不寫了。」

「噢，對不起，」他說，「可以冒昧地問一下為什麼嗎？」

「只是因為我寫不了了。」我回答道。

這時，一種奇怪的感覺湧上來。這種感覺在我回答一個富有同情心的著名醫生時也曾有過。這名醫

生當時負責爲我治病。我本應憎惡這些問題，可是我非但不憎惡它們，而且爲能有機會向這位睿智而眞摯的老人，講述自己的狀況而有了一種榮譽感和安全感。他低垂下目光，問我：「最近很艱難吧？」

「是的，」我如實回答，「我們失去了唯一的兒子，他只有九歲。」

「殘酷啊——」他的聲音飽含柔情，讓我感覺自己願意跪在他面前，在他的膝上哭泣。他的手撫摸著我的頭，爲我祈禱。我們默默的坐了一會兒。

「就是因爲這個，所以你不再創作了嗎？」他問道。

「不，」我回答，「我再也沒有能力創作了——創作不了新的東西，只是原地踏步，重複以前的思想。」

「噢，不，」他說，「毫不奇怪。我知道，你寫上一本書時是快樂的，但它一定讓你過於勞累了。記得有個朋友，一位偉大的阿爾卑斯山的登山者，因征服了某個難以攀越的山峰而聲名遠揚——他告訴我，自己登山從沒有一點疲倦感，有的只是快樂——可是，他第二天就犯了心臟病，爲自己的享受付出了代價。此後幾年都不能登山。」

「是的，」我說，「我的情況也是如此。但我擔心，如果失去了這個愛好——我似乎已經失去

了——將再也不能重新拾起來了。」

「不，不必擔心這個。」他回答道，「如果有話要說，就說出來嘛，而且你說的會更好 —— 但如果沒有，感到失落也是正常的。你平時怎麼打發時間？」

「我不知道，」我說，「有點浪費了，看看書，教教孩子，稀裡糊塗地往前走吧。」

「好吧，」他笑了，「能稀裡糊塗過日子就不是最糟糕的，人生難得糊塗。你相信上帝嗎？」

他突然問這個問題，讓我有些吃驚。

「是的，」我回答，「我相信上帝。我不可能不信仰上帝，是他把我放在了現在這個位置上，鞭策著我。我的後面有一個意志在支配著我，我對此深信不疑。但我不知道，這個意志是公正的還是偏頗的，是善意的還是惡意的，是仁慈的還是冷漠的。我曾有過天倫之樂、榮華富貴，但也不得不承受一些痛苦之事。那些事令人深惡痛絕到無法想像的程度，它們窮凶極惡的傷害我們內心最柔弱的情感，它們如地獄般恐怖，是對我們蓄謀已久的考驗。我無法希望自己滿懷勇氣和信心的去承受這些考驗，只能帶著強烈的叛逆思想去抵抗、去忍受。」

「對，」他說，「我非常理解你。但你提到的這些深惡痛絕之事，這些窮凶極惡的陰謀，難道你沒

有感覺到，它們沒有發生在其他人身上，只發生在你身上，這不是偶然的，而是刻意而爲的嗎？」

「是的，」我答道，「我明白，如果連自己都承受不了這種考驗，又怎能相信它是公允的呢？爲了我可愛的孩子，我會毅然的承受，但絕不會爲了那些鐵石心腸的敵人這麼做。」

「哈哈，」他笑道，「我看你現在已經熱血沸騰、袒露眞情了。你以爲只有你一個人這樣嗎？我給你講一下我的故事吧。五十年前，我從牛津大學畢業，可以說，前景一片光明──所有的一切都向著一個平和快樂、積極能幹的年輕人開放──我不富裕，但有足夠的資本，賺錢只是早晚的事情。我人緣好、社交廣泛、積極向上，對任何事情都有著濃厚的興趣。我還有韌勁，做事能堅持到底，學歷也很高。

「可是然後，一場意外發生了。我站在一把椅子上去拿書，從椅子上掉了下來，臥床休息了一段時間。最開始時，我只是感覺煩躁不安。等到後來能開始活動時，卻發現自己已經癱瘓了。不知道傷的是什麼部位──我想是脊髓的某種機能損傷──只有針鼻那麼大小的缺損──醫生從未講得很清楚。每次我工作稍長一點，就會昏厥過去。很長一段時間，我以爲自己能掙扎著站起來，但最後，我終於意識到，因爲摔傷還造成了其他部位的損壞，自己要帶著這種

劇痛終生臥床了。

「無法告訴你我所經歷的是怎樣的絕望、痛苦和反抗，多虧還有文學陪伴著我。我一直喜歡看書，屬於所謂的有才氣的人吧。但不久，卻發現自己欠缺表達的天賦，而且也沒有獲得這種天賦的希望，因爲任何投入的工作都會讓我犯病。我是個有理想的人，成功曾經近在咫尺——現在，我甚至都無法指望自己對人有所幫助。

「我嘗試做一些事情，但結果都一樣。於是，我陷入了深深的絕望，每日苟且殘喘，無時無刻不祈禱自己早日死去。終於，全新的生活如一縷燦爛的朝陽，突然照耀在我身上，我明白了，一切都是自己的問題，這才是我的束縛。我要竭力在麻木而破碎的生活中活出精彩。無論如何，我要學會快樂，學會成爲有用的人——彷彿被賦予了活力、朝氣和成功的信心，我努力平衡心態，去尋找眞正屬於自己的生活，不讓自己被湮滅或消化掉。

「這樣，對我而言，事情就變得簡單起來，我只要抵制所有想要活動的誘惑——這些誘惑會讓體驗生活的熱情把我俘虜——要勇敢堅強、思想純潔、充滿期待、盡己所能、信仰上帝。這算是一點心得吧，它令我受益匪淺。不久，我明白了，這是一個多麼貼心的禮物，因爲它給予了我家的寄託。任何興

趣和娛樂都已拋棄，因為最簡短的拜訪，最輕微的勞心都已成為奢求——甚至車輛發出的刺耳聲，都會令我感到煩躁不安。

「說不出經歷了何等漫長的過程，我終於獲得幸福的感覺。現在，回顧過去，我發覺，透過這慘痛的經歷——離群索居，自我淨化和自我約束——所學到的，實際上，正是獲取幸福的前提，是上帝讓我離群索居、淨化自我、約束自我。我要離群索居，因為我的生活已危在旦夕。我要自我淨化和約束，因為精力充沛的人可以拖延，甚至藐視奢侈、舒適、欲望以及物質享受所帶來的懲罰，而我卻不得不每時每刻，拒絕一點點的自由——因為必須，所以苦行。

「然而，最大的幸福來臨了。多年來，我完全沉迷於孤立的個人生活中，心中所想的只有上帝和他的關懷——這已非常美妙了，讓我充滿了希望——這時，我發覺自己與周邊的人關係越來越緊密了。這多虧了我侄女，她小時我收養了她。她屬於那種能夠很自然地融入他人生活、與人融洽相處的人。我逐漸認識了這個小地方的所有居民——用你的話就是，淳樸的鄉下人——他們與世界上其他任何地方的人一樣，情感豐富、睿智風趣。

「如果你認為他們沒有趣味，只能說你不瞭解。若能直接坦率地與人交談，就彷彿穿過了那扇關

閉的大門。回首過去，我知道了，我為上帝所用，不僅是他出於同情和漫不經心的溫柔，而是他的有意而為，是出於他苛刻而無所不在的愛，這是他強烈而親密的愛的表達。如果能看到這一點，就會明白，上帝對所有人都是一樣。我們的弱點、缺陷和品行，無論好與壞，都代表了上帝焦急而刻意的關懷。

「為什麼我們當中有些人會觸礁擱淺 —— 這也是上帝出於愛意和仁慈施予我們的恩惠 —— 就是因為他們不能每時每刻與上帝站在一起。每當那聲音響起，『去做這件事吧』，或者『不要做那件事呀』，我們都會不耐煩地回答：『啊，可是我已有了其他的安排』。這時，我們必須做出讓步。上帝每天、每時、每刻都在敲門，一旦打開房門，請他進來，就要摒棄其他的欲望，竭盡全力按上帝的意願行事。」

問題所在

他沉默了一會兒，目光深邃，陷入沉思。他接著說：

「你周圍的一切，你寫的書、你的妻子、你的言談、你的臉都告訴我，你真的離上帝指明的道路只有咫尺之遙 —— 只要往前走，不管一步還是兩步，你就徹底自由了！」

說到這裡，他彷彿感到有些精疲力盡，向後背靠去，休息了一會兒，然後接著說：

「請原諒我如此坦率地談話，但我時刻感到自己已時日不多。見到你時，甚至在見你之前，我就毫無疑問地確信，應該為你傳遞一些訊息，一些關於希望和耐心的訊息。」

寫到這裡，我為自己無法逼真的把老人表現出來而感到失望。我寫的這些話，總感覺有些突兀，甚至牽強。然而在當時，這些話既不突兀，也不牽強。老人的言談自然平和，笑容如父親般慈祥，柔弱的手幾乎沒有打過任何手勢，很好地彌補了他體力的不足，縮短了我們之間的距離，讓我有一種相見恨晚的感覺，感覺他如父親一樣能看到我的需要，無論我是什麼，也無論我會怎樣，都無法阻止他對我的愛。這時，他侄女走了進來，把我帶出房間。

上帝的旨意

在我和莫德回家的路上，談到了各自的感受。她說，老人與她簡單的談了埃里克，「我不知道怎麼回答，」她說，「我告訴了他自己內心所想的一切，似乎他也早已知道。」

「是的，的確這樣，」我說，「他使我真心地

想與眾不同──這麼說還不太確切，因為他使我希
望成為的不是外在的某人，而是內在的某人，一個一
直從心底想成為的人。我以前好像從未想過宗教的含
義，宗教就彷彿像外衣一樣隨身而行。但現在，宗教
儼然成了世界上最自然、最簡單、最美妙的事情。事
實上，所謂宗教，就是成為我們自己。」

「對，說得太對了，」莫德應和著，「我不知
道該如何表達出來，但這就是我的感覺。」

「的確如此。」我回應道。

啟迪

突然發覺，人生不再是發生在我們身上的一連
串的事件，而完全是我們自己本身。人生不是服從、
做事和表現，而是應該成為什麼樣的人。哇，這真是
一次美妙的經歷。然而奇怪的是，老人沒有告訴我任
何我所不知道的事情，他強調的只是上帝在我們心
中，而不是上帝與我們同行。過了一會兒，我接著
說：

「如果從未見過老先生，就無法體會到，他的
所作所為要比一百次交談、上千本書籍都更有意義，
就好像有了聖靈降臨（復活節後的第四十九天，因為
據說使徒們就是在這一天，耶穌降臨以後開始傳教

的）時，一切都突然之間豁然開朗的感覺。」這種感覺難以言喻，是自由的昇華，是真心誠意地與上帝的合作，它已深深駐入我們內心，伴隨著我們，直至永遠。

　　不敢說生活因此變得容易，烏雲已經消散，再沒有沮喪消沉的時刻，但的的確確，這是我人生的轉捩點。曾經的那條路引領著我，走向深淵，越來越黑；越來越深，似乎已觸到谷底。現在，我馬上就要在這黑暗之中觸底反彈，逆勢而上。而這一切都得益於在一個和煦的夏日的午後，在一間牆上裝飾嵌板的書房裡，一位坐在書叢中淳樸而孱弱的老人所說的一席話。

新的生活

在這個寂靜而炎熱的下午，我一直坐在草坪上，躲在古老的酸橙樹的樹蔭下乘涼。酸橙樹的芳香伴隨著微風不時傳來，不知疲倦的蜜蜂在周圍嗡嗡作響。除了這令人昏昏欲睡的聲音外，四周一片寂靜。炙熱的太陽躺在古老的房屋上，躺在花園四周修剪整齊的籬笆上，躺在果園裡茂盛的樹枝上。我彷彿進入了奇妙的夢幻，夢中的一切都那麼平靜而愜意，只希望這甜美的時刻停下腳步，陪伴我直到永遠。

麥琪陪我坐了一會兒，一直看著書。我們兩人都沒有說話，感受著在一起時的快樂。她不時抬起頭，衝我笑笑。過去常常困擾我的那種感覺：必須讓自己忙碌起來，必須做些事情，必須思考些事情，今天一點都沒有出現。不是因為我思想沒有以前活躍，恰恰相反。

我在這裡有許多事情要做，雖然似乎是瑣碎之事，不值一提，而且大部分是關於村裡和教堂的事務。我的寫作事業儼如一種夢幻，遠遠地隱退到過去，我甚至沒有計劃再去開始。我也教書，不只麥琪

一個人，還有本地的一些孩子。他們已經畢業，但還是願意晚上過來聽我講課。我結交了許多朋友，相處得很好，有一種被人需要的幸福感。最高興的事情莫過於，那種如中毒般的煩躁感，已從生活中消失了。

過去，總像拉緊的繩子一樣忙碌著，一本書一寫完就忙著寫下一本書——從未滿足過現狀，總是寄希望於未來帶給我似乎缺失的滿足感。當時沒有意識到這些，因為寫書時我是快樂的——但現在看來，這充其量只是一種甘於遭受折磨、喜歡奔波忙碌的快樂。深深的悲痛——對我意味著什麼？一件美妙之事，充滿希望和忍耐，教會我珍惜每一時刻，坦然面對生活中苦澀的經歷，不輕易粉碎美好的一切，不再把它們像枯枝敗葉一樣丟棄，而是要冷靜的、熱切的從此時此刻中獲益。

無論是即將承擔責任時的臨陣退縮，還是在面對拽著你的手臂、一遍遍懇求你起身前行時懶惰的拒絕，都有其意義。拒絕快樂，打破慵懶的空想，承擔微不足道的責任，都需積累何等的力量啊！因此，沒有任何負擔過於沉重、過於笨拙、過於光滑、過於醜陋，唯一需要的就是我們勇敢的承載。車轄不是問題，因為我們可以用信心裝載，而不必超負荷地耗損能力、窮竭希望。再不必從城堡高高的窗戶遙望人生，甘願感受它的平凡和醜陋，而不去與眞實的人生

交融。

現在的我，就在人生之中，我就是人生。我那古老的藝術夢想、那無比神聖的膜拜、那寂寞中的狂喜，都變成了什麼啊！噢，它們都在那裡，神奇的流入生活，如一眼溪水注入河流，不再像水中漂泊的樹葉任人拾取。我把精力從藝術轉向生活，充實和豐富了生活，提升了洞察力，也昇華了快樂——揮霍我狂熱的欲望，耗盡我的心血。那麼，我對自己扮演的角色感到滿意嗎？我想，自己的才能已得到了發揮，也為辛苦勞作的人們提供了幫助。我真的是這麼想的嗎？

心靈的成長

過去，我常這麼想，或認為自己是這麼想的，但現在，我明白了，我一直走在虛榮的幻境，為自己的歡樂服務，享受自以為是的滿足。並不是說過去的辛苦白白付之東流，或者現在的工作與過去有何不同，而是說，過去是刻意而為，對言談舉止和行為場合過分關注，現在，都已轉向了心甘情願的為上帝服務。也許，不，是確定無疑，有很長的路要走，很多事情要學，但我已恢復了元氣，生活充滿陽光，平坦大路就在眼前，只需頭腦清醒，緩緩前行。

生活，如穿插在光與火之間輕柔、美妙的插曲，過去所沒看到的，現在已然看見。我看見生命在壓抑和沉默中，在苦澀和失去中緩慢燃燒，漸漸枯萎──然而，當我感到殫精竭盡之時，當身體如霜打的葉子萎靡不振之時，生活卻最為活躍，靈魂已展開雙翼，振翅翱翔。也正在是這個時刻，生活燃燒得最為猛烈，把佯裝抵抗的我，從身心的愉悅中硬拉出來，投入默默燃燒的火爐。

　　真奇怪，之前竟然沒有認識到這一切！現在我已明白，在所有破碎殘缺的生命中，所有看起來庸庸碌碌、無所作為的生命中，同樣有炙熱的火苗在熊熊燃燒。他們之所以不能像鮮花一樣，在自由的空氣中綻放，就在於他們堅強的樹根頑地的插入地下，穿過冷漠的縫隙，與岩石纏繞在一起。是的，的確如此！爐中的炭火，被動而炙熱的燃燒，雖然只是默默的承受，卻也是一種力量，儼如在跳躍的活塞中或飛馳的車輪下躍動的力量。

　　靈魂不會在喧囂、勝利和成功中成長。當身體狂歡的時候，當思想大肆揮霍的時候，靈魂坐在一個陰暗的角落，像一隻蜷縮的蟬蛹，身體如死屍般僵硬，正沉浸在黃粱美夢之中。當勝利不再甜蜜之時，當雙頰蒼白、目光深沉之時，處在黑暗中的蟬蛹會打開身體，五彩斑斕的翅膀開始展開、發光，在天堂之

光的照耀下顯得格外晶瑩剔透。

　　我的靈魂已插上翅膀，蓄勢待發。長期的煎熬讓它有些昏眩，也許，它會在花園盛開的鮮花上和甜甜的花蕊上盤旋；也許，它會飛過花葉，越過樹林，來到我渴望的內心。誰知道呢？然而，在這些陽光明媚的時刻，在我的周圍，生命的脈搏在緩慢而堅強的跳動，似乎在為一個飽受心酸的人醞釀著什麼。在夏日的空氣中，希望悸動得多麼輕柔啊！樹叢中小鳥的耳語聲，樹葉的沙沙聲，昆蟲的鳴叫聲，交相呼應，融成一曲多麼和諧動聽、神秘委婉的樂章啊！

　　在愛與信任中，我等待著。似乎有人在走近，穿過花園的小樹叢，來到樹蔭中。在夏日的陽光下，鮮花驕傲地向上凝望。我註定要與他相見！他呼喚我的聲音，是高亢，還是低沉？

莫德病了

最近，莫德一直在生病，不知病情如何，因為她總是表現的很樂觀、很堅強，從未埋怨，也未懈怠。但最近有好幾次，我發現她一個人坐在那裡，一副若有所思的模樣——這不像她的一貫作風——臉上籠罩著難以覺察的陰影。

我們這種新奇而甜蜜的夥伴關係，也在她生病的這段時間加深和鞏固了。這麼多年來，我似乎一直與她形影不離，但近來發現她好像換了一個人似的，或許我們兩人都有所改變，但我卻沒感受到自己的變化。

心靈的歸宿

現在，莫德表現的更寬厚、更堅強、更深沉，彷彿昇華到更純潔的高度，看到了以前從未期望或夢想過的地方。但她並沒因此而產生距離感，似乎一直在與我分享更寬廣的視野。她不善言辭——可能在過去，我思想如恣意流淌的噴泉，無需迎合、無需交

流。她有著獨特的才華，能夠透析層層迷霧在複雜多變中發現問題的實質，往往一語中的、入木三分。

近來，她身上更增添了一些深厚的韻味，變得寬宏和睿智起來，這是我從未看到過的。雖然非常清楚她的判斷力或品行，但我想我低估了她的智慧，這讓我有些懊悔。自認為長期浸潤於精神世界，卻未想過它真正能解決多少問題，只是在狹小的領域自娛自樂。

我發現，這種智慧莫德一直都有，只不過我未覺察而已。但現在，我已從精神世界中走了出來，認識到高智商要比想像中的更加令人欽佩。我遵循的信條是，生於藝術、死於藝術。因此，過去常認為精神世界是唯一重要的世界，但現在隱約地認識到，思想只配站在靈魂的門口。

藝術家也許，不，確實，經常藉助於自己長期培養出來的認知力，認知在靈魂的歸宿裡發生的事情。但是，他只是作為一名在某個莊嚴時刻、在教堂中跪拜的人在認知——他看見了牧師的手勢和動作，目睹了陌生的儀式，聽到了莊嚴的禱告，感受到了源源不斷的內在的精神力量。但在禱告的過程中，那些波瀾不驚的深意，那些來自於上帝的炙熱的光芒，都已化為凡塵、歸於平淡——他卻無法認知。

那些牧師，專注於神聖的工作，常常會有所感

悟，卻不願表達，更不屑表達，這是對令人敬畏的神聖奧秘的褻瀆。藝術家把自己的感知表達出來並不算褻瀆，因為他可以成為象徵符號的闡釋者，向遙遠的人們進行闡釋。但他不是奧秘的參與者，他是觀察家，而不是實施者。

令我感到驚奇的是，莫德認為，事物的本質和內在的情感都是真實的，她可以把自己、把所有為我付出的愛，都透過思想表現出來。我總自認為，請上帝原諒我這麼說，自己的工作比她的工作更高一等。我真地很愛她，但思想上仍有一種居高臨下的感覺，儼然像在愛一個孩子或一束花朵。

現在，我知道了，她一直在默默的領先於我，是她在一路幫我前行。我如同一個被寵壞了的、任性的孩子，她卻像是和藹可親的媽媽，一直在傾聽我的嘮叨，將無限的愛心與耐心，奉獻給了渺小而跳躍的夢想。我簡單地告訴了她自己的感悟，雖然她表現得謙虛大方，對我說的極力否認，但我為自己能找到與她的差距，為看見——多麼模糊不清而又殘缺不全啊！——一路走來，她對我的恩情而感到由衷的幸福。

向她坦承一切，是一種快樂，但也讓我深感愧疚。現在，能為她分擔憂愁、滿足願望，更是一種特殊的快樂，是一個我能給予、她也願意接受的奉獻。

過去，我從未想過這些事情，因她總能未雨綢繆，計畫安排好一切。

終於，我勸動了她，到城裡去看了病。我們計畫到國外待上一段時間。如果可能，我自己賺路費。如果不行，我會犧牲點積蓄，然後再出版幾本應景之作，填補缺口，儘管我並不想靠自己的名望和充數的作品賺錢。我對她的病不十分著急，她病的很輕，就是人們常說的缺乏調養。她好的很快。雖然我也感到焦慮，但能為她做些事情的這種感覺戰勝了焦慮，帶給我快樂，這種快樂把我們緊緊的連在一起，一分一秒也不分離。

生活的陰影

　　生活的陰影又一次籠罩上來。醫生明確的告知，莫德的心臟有問題。醫生還說，雖不是器質性問題，但她必須像病人一樣生活一段時間，並且不能勞累操心。醫生說的肯定而平靜，儘管莫德比她平時表現的更加鎮靜，但我卻無法把恐懼拋之腦後。

　　她說，她知道自己過於透支身體了。醫生禁止她再去操勞，她也毫無怨言。我們靜靜地在家休養，等莫德病好以後再去國外。莫德一般不下樓，她只被允許散散步，我一般在上午要給她讀好多書。

麥琪

　　令我們感到驕傲的是，麥琪承擔起了管家的職責。女人做這種家務事的本能真讓人吃驚。男人寧願生病，也不願費心費力的操持家務。女人不在乎自己的身體，雖然她們寧可吃飯糊弄，煙灰缸帶進臥室，做事粗枝大葉，但她們卻有天生的本能，不用男人告訴，也不用男人叮囑，就知道男人的喜好。培養這種

本能，一定經歷了幾百年的時間吧。家裡的這種新分工，給予了我更多的責任去關心麥琪的世界。

下午，我和麥琪就被打發出來，因為莫德喜歡獨自跟鄰居見面。這些鄰居，無論老老少少，都來看望莫德。她現在已經不能再去看望他們了。莫德坦率地告訴我，我的出現只會讓鄰居感到尷尬。這樣，我就獲得了另外一種快樂，一生中最美好的時光，難以用語言表達 —— 與這個冰清玉潔、天真聰慧的女孩親密相處。

麥琪的思想如鮮花般盛開，她會把自己所有的想法，毫無保留地向我傾述。我們每次都是一小時接一小時的散步。孩子挽著我的胳膊，美麗的大眼睛凝視著我，充滿愛憐和柔情，腳步輕盈地走在我身邊。受到她如此的珍愛，我彷彿品嚐到了一生中最為純潔和甜美的愛情，感受到了初戀時的狂喜。

這裡不夾雜任何人類急迫而饑渴的欲望，它只會讓這真愛蒙上陰影。我的內心湧起強烈的渴望，要為她鋪平人生的道路，不讓她遭受任何痛苦的打擊，讓美麗與甜蜜永遠簇擁著她。我想不出世上還有什麼愛可與這種父愛媲美，因為它慷慨而充盈，沒有私心，不求回報，只希望她與我一樣珍視。她的憧憬、希望和夢想 —— 難以言喻，卻又多麼美妙動人啊！今天，她對我說，可能永遠不會結婚，失去自己的孩

子眞的很可憐。

「我不要任何人，眞的，只想要一些頑皮的孩子，逗我們開心。」

她想像力豐富，我們常做的趣事，就是講一個我們稱呼爲皮克福德家庭，所經歷的冗長的冒險故事。我已忘了他們的名字、年齡、故事的來龍去脈，但麥琪卻記得清清楚楚、絲毫不差。故事中的人物，在她看來，就是生活中的眞人。在他們遭遇不測時，她會痛苦不堪，所以我不得不想方設法把災禍避開。

皮克福德一家的生活一定很幸福，這種生活只有那些爲溫柔、細心和寬容的上帝所創造並監督下的人才配擁有。這與眞實的世界是多麼格格不入啊！但暫時我還不想讓麥琪回到現實生活中來，因爲現實會毫不猶豫的向她傾瀉焦慮、疲憊和悲傷啊，怎麼會這樣！

或許有些人指責我，說對孩子嚴格管教，會讓她胸懷大志、精神振奮、健康向上。但我卻不這麼認爲。我寧願生活只有溫情與甜蜜——那麼，當她必須面對生活的艱辛時，就會感受到這些溫情與甜蜜的力量，它們眞實的存在於生活當中，彷彿正躲在烏雲背後期盼著她。

我不想粉碎她的夢想，只想讓她建立起對幸福與眞愛的信心，堅不可摧的信心。無論如何，這比持

有堅忍的面對生活的態度更勝一籌，因為那種生活態度高估了人的忍受能力，會讓人期待枯燥乏味的生活，也會讓烏雲遮住太陽。人的忍耐是本能，而愛的能力卻需要培養。

對麥琪的打擊

　　翻開這本日記，已是幾個月前的事情，在這段可怕的日子裡，它一直孤零零的擺放在書桌上。我寫日記是習慣使然，今天卻不知如何落筆，因為我現在只剩下驚愕與麻木。再也無力承受，只會對自己苦笑，如書中的人物一樣，在人生拋錨時苦笑，在遭受接二連三的打擊時苦笑。我知道他為何苦笑，他本已萬分恐懼，所以當恐懼來臨時，他已再無恐懼，因為他已感受不到了恐懼。

　　今天晚上，我無聊的拾起擱置已久的日記。或許，這是個跡象，一種微弱的渴望，想要記錄下生活歸來時的聲響。我心潮起伏，不能自已。這本日記也許會為後人讀到，會為一直認為自己的悲傷絕無僅有之人所讀到。他們就會知道，在他們之前，已有另一個人處於幽暗的深谷中，霧色茫茫中，到處都是蹣跚而行的朝聖者。他們跌倒、爬起，再跌倒、再爬起，忍氣吞聲，驚恐萬狀。這種情景既不是承受，也不是忍耐。

　　莫德離我而去，她走時沒有留下一句話，哪怕

343

是一聲歎息。那天，她聲稱自己感覺比平時都好。她病情確實在好轉。她與我和麥琪一起散步，走了好幾百碼，然後獨自回家了。我最後一眼看到她時，她正站在拐角處向我們揮手，然後在視線中消失。我慶倖自己回頭看了揮手微笑的她。對將要發生的事情，我根本沒有料到，甚至連一絲預兆都沒有，而且那天我的心情也比最近這段時間都要輕鬆。

回家時，我們被告知她累了，上樓躺一會兒。她沒有下樓喝茶，我就去樓上找她，發現她躺在床上，頭枕著手──已經走了。她的身體那麼安詳、坦然，想必她走時沒有絲毫的痛苦。她原本只想躺下休息，誰知就真的永遠休息下去了。即使最寂寞、最沮喪之時，想到她以如此平靜的方式離世，我的心也感覺十分欣慰。如果知道自己也要這樣在安寧與愉悅中離去，我定會心情豁然。

但這種悲痛、這種打擊，卻讓我那一直沐浴在愛河中的可愛的女兒麥琪難以承受，雖然我也同樣感到悲痛與絕望。日子一天天過去，我莫名地感到，必須收藏好自己的悲傷，沉下心來，保護和扶持這個孩子。雖然人常說，傷心不會讓人死去，但我知麥琪的心已四分五裂。她一病不起，脆弱不堪，惹人無限憐愛。我只有一個想法，把她從痛苦中解救出來。這是一種需要摒棄的自私的想法嗎？

也許是吧。我心中的每一個觸角都在伸展，要把這孩子緊緊包住，拉到自己的身邊。她是我現在僅存的一切。在某種意義上，她是我唯一不可失去的一切。然而，她正慢慢地淡出了生活，她自己卻不知道，還以為自己過於疲倦，無法讓生命延續。我唯一的渴望就是把她留在身邊。直到最後，看到她如此疲倦、虛弱，我只好屈服，放走渴望，讓上帝帶走了她，上帝好像也在等待我的默許。

孤獨

現在，我已孑然一身。我鼓起所有的勇氣，坦誠地說，我沒有一絲的自憐和反抗。生活黑暗如淵，我不夠堅強，不想死去，甚至都沒有死的欲望，當然就同樣沒有了希望。他們三個人似乎永遠陪伴著我，在我的周圍、在我的腦海中、在我的夢裡。埃里克去逝時，我常常帶著顫抖和沮喪一天天驚醒。現在，早已有了天壤之別，我連自己的所作所為都無法述說。過去，哪怕最為渺小的事情，都會讓我久久地坐在家裡發呆，一小時接著一小時，既不看書，也不思考，只是木木的凝視著火苗在炭火上搖曳，或者呆望著紅紅的爐火向四周吐著火舌。

陽光明媚的早晨，我會坐在花園裡，木然地看

著周圍發生的一切。樹枝鋪展開葉子，雪花蓮推開了土壤，畫眉鳥尋找著草場，知更鳥從一條枝椏串到另一條枝椏，雲彩瞬息萬變，光線慢慢轉入暗淡。生存還是死亡，我都沒有了動力。回想起與麥琪一起散步的時候，她飄逸的頭髮，以及她親昵的依靠在我身旁的場景，仍然歷歷在目。

我坐在這裡，就像過去讀書時坐在莫德身邊一樣，看她的面容隨著情節變化。她目光清澈，雙手嬌柔卻有力。我似乎剛從一個悠長而甜美的夢中醒來，看到的都是同情，在不時過來探望的人們的臉上和話語中，在那些忠誠的女僕對我焦急的關懷中。但我想，如果接受這些同情，我會感覺不太真誠，因為我不需要同情。

或許世上還有未竟之事，否則，似乎沒有任何理由，讓我留在這個世界苟且延喘。老先生一直對我很上心，我幾乎每天都去看他。他似乎是唯一理解我的人。對我的悲傷，他幾乎隻字不提。他曾說過，不該談及此事。他說，以前我像一個在另一個孩子幫助下學習的孩子。但現在，我是在老師的幫助下學習人生之課。也許如此。但老師有一個膽怯和愚鈍的學生。天啊！這個學生甚至連字母都不認識。

無論上帝高興與否，我都不在乎。我遵從神聖的旨意，既沒有疼痛，也沒有埋怨，只是感覺自己一

定在某個地方犯了一個巨大而致命的錯誤，一個難以置信、無法想像的錯誤，以至於讓我感覺餘下的一切都無關緊要。好像——我無意冒犯上帝——上帝都對我的所作所為驚愕不已，再不願給我這個受到驚嚇的沉默而麻木之人以致命一擊。

　　與老先生在一起時，他談的都是平常之事，一些關於古代的書籍和思想方面的事情。有時，當我感覺疲憊的不想再開口時，他會講述他年輕時美麗的往事，我像孩子一樣認真的聆聽著他那低沉的聲音，往往在故事結束時感到一絲遺憾。日子就這樣一天天過去，不能說我沒有快樂，因為在那些點點滴滴的瑣事、景象和聲音中，我找回了難得的童趣。只是我的感覺似乎已被溫柔的給了一刀，讓我變得木然，太陽升起時我高興，太陽暗淡時我悲傷。

　　幾天前，讀到一本我以前的書，簡直不敢相信這本書是我寫的。書中的聲音似乎是由一個很久之前認識的人，在他意氣風發的時候所發出來的。我為自己敏捷的才思、獨到的見解，為自己嫻熟流暢的闡述世界的信心，感到既幸福又吃驚。現在，我無論如何再也無力去闡釋，也沒有這麼做的欲望。

　　我帶著玩世不恭的笑容等待著，看上帝是否能在這紛繁複雜的萬物中理出頭緒。我像一個正在窺探腳手架的孩子，只看見如林的杆子圍成的房間，以及

那些上上下下運送物品的吊籃。孩子會想，這奇怪的混亂，這無用的匆忙，到底有什麼用呢？

哎，無法繼續寫下去了。心中湧起了一股疲憊感和徒勞感。我要回到花園，盡情地欣賞那些美景。我心存麻木無語的感激，只希望不要讓我做什麼單調枯燥的工作，因為那會打擾我漫無邊際的遐想。

等待

　　上午，試著看了一遍莫德放在儲藏櫃中的書信。裡面有我寫給她的情書，都用絲帶仔細的紮在一起，還有她父母的來信，有我們出門時孩子寫的信。我讀了起來，心被無名的劇痛緊緊抓住，淚水意外地從眼中噴湧而出。我似乎已木然，我憎恨這些情感的宣洩。無奈之下，只得把信件收好。我為何這樣自尋煩惱呢？

幻象

　　如古詩頌道：「不再會有悲傷和哭泣，過去的一切將永遠消失。」（選自《聖經‧啓示錄》，原句為：上帝將會擦去他們眼中的所有淚水，不再會有死亡，不再會有悲傷和哭泣，也不再會有任何痛苦，過去的一切將永遠消失）我似乎在慢慢感受到這些。為何還心存顧慮呢？我只是無法克制自己。又重新翻出了書信，一直讀到深夜，像在讀一個古老而美麗的傳說。

突然，幕簾拉起，我看見了孤獨的我，看見了我所失去的一切。一直毫無意義的折磨著我的劇痛，因忍不住寂寞哭泣著跑了出來。「那一切都是我的」，長久冰凍而麻木的心開始融化。悲傷，如驚濤駭浪般襲來，拍擊著我，就像波濤拍打著岩石聳立的沙灘。我陷入了癲狂的狀態，往昔的種種場景，紛紛殘忍而大膽地展現在我眼前，走馬燈般的旋轉。難道我殘存的氣力和生命，就是為了讓自己稍稍休憩，好在醒來之後跌入更加痛苦的深淵嗎？

　　我只想讓她們復生回到我的身邊，哪怕只是短短的一刻；只想再次感覺到莫德的臉頰貼著我的臉頰，麥琪的手臂挽著我的脖頸；只想讓她們穿著光明之衣，滿面笑容的站在我身旁。似乎在夢幻中，我看見她們依靠在一扇窗前，窗戶位於迷霧籠罩的空曠的城堡之上。有一段臺階，從霧色纏繞的岩石中伸出，一直延伸到城牆的後面。臺階上，濃霧中，一個接一個的人現出身來，步履蹣跚的向上攀爬。窗戶後，她們三人，面帶笑容，相互挽著手臂在好奇地觀望。

　　難道我不想爬上臺階嗎？也許，我現在，正在她們的下面，在岩石及樹葉上掛著濕濕的露珠的地方。為何我無法解脫自己呢？不，如果帶著激情與怯懦，匆忙地爬上臺階，也無法看到她們的面容，她們會把目光從我這裡移開。除非她們迫切的需要，否

則，我不會來到她們面前。

　　晨曦漸漸來到這個沾滿露水的花園，鳥兒在樹叢中輕唱，這時，我才頭暈目眩、失魂落魄般踉蹌地回到床上。唉，又一場噩夢不斷的長夜，又一次痛苦糾纏的醒來。我終於知道，自己失去了什麼。

一個寓言故事

　　「只要認識到上帝就是愛 —— 完美之愛，」牧師邊帶手套邊說道，「一切就變得坦然了。」

　　他要趕回去喝茶，我們於是結束了這次尷尬的會面，留下我一個人。他是位善良的好人，陪我聊了二十分鐘。他眼中含著淚水，因此讓我格外珍視這種人與人之間的友誼，遠勝過他說的那些常規性的鼓勵。他聲音輕柔，好像在對病人說話。他沒有提到任何凡塵俗世，因此我很感激他的來訪。我確信，他對來訪還是心存忌憚的，但他之所以來了，既是出於憐愛，也是出於職責。不管怎樣，都是出於好意。

　　「完美之愛，的確 —— 只要我們能感受到愛！」我坐在椅子上沉思著。

　　好像是在圖畫中，我看見一個孩子，在一所富麗堂皇的大戶人家成長，撫養孩子的是一個意志堅強、不苟言笑的男人，他對孩子極盡寵愛，慷慨地給予孩子愛和溫柔、安逸和甜蜜，與孩子一起歡笑遊戲。所有的這一切，孩子都心安理得地接受，從不知其是怎樣與眾不同。孩子總是急不可待地去見他的這

352

位監護人，享受與他在一起的時光，每每離開時總是戀戀不捨。

孩子與花園

　　然後，在我的預言故事裡，我看見有一天，孩子跟以往一樣在花園裡玩耍，他注意到有一條綠色的小徑，小徑的上面是由漂亮的樹葉搭成的拱門——他以前從未見過—— 一直通向遠處的幽僻之處。孩子幾乎不知道花園裡有什麼地方他不該去，監護人只是告訴他不要離開這所房子，但孩子對這些只是有點似懂非懂的模糊印象，從來沒有人明確的指給他看，或者告訴他玩耍的禁區。

　　所以，孩子帶著探索奧秘的好奇，滿懷興奮的心情，沿著小路走了下去。不知不覺間，來到了一座更加寬敞漂亮的花園，花園的地上、樹上長滿了鮮美的果實。他不停地採摘，盡情地享受著這些美味。在花園的盡頭，有一座兩層樓房，像一個涼亭。孩子手捧著水果，向房子走去。

　　突然，在樓房的上層窗戶裡，發現了他的監護人，臉上帶著異樣的表情，正凝視著他。孩子起初想衝動地跑上去，與他分享這快樂，問他為什麼從未指給他這麼美妙的地方。但看見監護人臉上凝重而神秘

353

的表情，那表情雖不是一臉冰霜，但也是愁眉緊鎖，還有他那無動於衷的態度，孩子心頭一涼，感到一陣不快，就把果實往地上一扔，顫抖著跑出了花園。

晚上，當孩子與監護人待在一起時，發現監護人與往日一樣慈祥，絕口未提花園裡的事情，孩子也沒敢多問。

第二天，彷彿花園給了孩子長久以來一直追尋的新的力量和熱情，他不禁又走向了那條綠色的小徑。這一次，涼亭裡似乎空無一人，他又一次大快朵頤。這樣的日子過了許多天。有一天，當他正要採摘地面樹葉中間像珍珠一樣金色的果實時，突然聽到身後有腳步聲。他轉過身來，看見監護人滿臉怒容地快速向他走來，把他打倒在地，一次又一次的打倒。最後，監護人要把他從地上拉起來，但似乎過於激憤，又把他推倒在地，任他鮮血直流，然後一言不發地揚長而去。

開始時，孩子還躺在那裡呻吟。到後來，他自己爬了起來，回到了家中。一直照顧他的老保姆正滿含淚水地迎接他，不停地安慰他，處理他的傷口。孩子問她，自己為什麼要受到這種殘酷的懲罰，她卻什麼都沒說，只說這是主人的意思，主人有時就是這樣，儘管主人的內心非常仁慈。

孩子躺在床上病了很久，監護人仍來看他，與

他待在一起，盡心地照顧他、安慰他。然而，花園裡的一幕簡直像一場噩夢。監護人隻字未提自己的不快，孩子也不敢多問，只是努力忘記發生的一切。

孩子

終於，孩子康復了，又可以出去玩耍了。幾天後——因為恐懼，孩子一直避開那所花園——他坐在家裡曬太陽，心中隱隱產生了玩耍的念頭——那些老土的遊戲早已玩膩了，與在天堂般的花園裡採摘水果相比，簡直是無聊透頂。他多想再走進花園，追逐那濃郁的芳香，那鮮美的果實！——這一次，監護人又突然出現，憤怒的對他大打出手，用力將他摔倒在地。他又爬著回家，一病不起。而監護人又不知疲倦地照顧他。現在，在孩子的腦海裡對這個男人越來越充滿恐懼，唯恐他莫明其妙的憤怒會隨時爆發，把他一頓毒打。

孩子的身體終於又復原了。在監護人無微不至的關懷下，他又變的快樂起來，似乎忘記了兩次毒打帶給他的恐懼。他又可以出去活蹦亂跳地玩耍了，但他刻意避開那個碩果累累的天堂。可是，那些老套的遊戲實在無聊，他於是向樹林深處走去，來到了枝葉繁茂的樹林中。多麼涼爽，多麼神奇啊！

樹林領他一路前行。太陽懶散的依靠在樹林之上，溪水潺潺，穿過林間空地。這條小徑位於樹叢之中，樹叢遮住了遠處的風景。從林中走出來是一片更加開闊的空地，他感到一陣陣驚喜與激動。一群奇怪的動物正在那邊向這裡凝望，它們是一群犄角分叉的雄鹿，慢慢地向前走著，邊走邊啃食著綠草。孩子為這美麗的景色所陶醉。

不久，一隻高大的雄鹿停止啃食，看見了孩子，開始慢慢向他走來。孩子一點也不害怕這個長著花斑的雄鹿，向它伸出了手。突然，這個怪獸一低頭，撲向了他，用鹿角頂他，再把他擴起來，用尖尖的蹄子踢他。過了一會兒，在恐懼和昏迷中，孩子知道那頭怪獸已經走了，他拖著遍體鱗傷的身體，一步步在林中爬行。

猛然間，孩子看見監護人向他走來，就張開手臂，向他大喊，尋求幫助和安慰——監護人大踏步走來，臉上露出同以往一樣的憤怒，又一次的對他拳打腳踢。監護人離開時，孩子已奄奄一息，仍不得不艱難地爬回家。老保姆在再次痛哭之後，細心地照料著他。監護人過來看他，一如既往地善良和溫柔。

有一天，當監護人坐在孩子身邊，伸手撫摸著他的頭髮，給他講了一個古老的故事去安慰他。孩子終於鼓起勇氣，問了花園和樹林裡的事情。但一聽孩

子的問話，監護人就甩開孩子，一言不發地離開了。孩子躺在床上，心中充滿激憤和叛逆。他自言自語道：

「如果他告訴我哪裡不可以去，如果他對我說：『花園裡長著一些不潔之果，古樹林裡有野獸出沒，雖然我強勁有力，但還不能把有毒的植物拔起，讓樹林變成一片荒地，也不能在花園或樹林的周圍築起籬笆，不讓人走進。但我警告過你，不要進去。我這麼對你完全是因為愛你，無法容忍你走進那裡。』」

孩子想，他就不會再發問了，而只會心甘情願地服從；但孩子的好奇心又讓他想到，他真的貿然闖入，吃了那些惡果，或者被兇猛的野獸撞傷，此時，要是監護人能安慰他，告訴他不再進去，以免受傷，他會更加熱愛監護人的；他還想，如果監護人出於憤怒打了他，然後雙眼含淚地對他說，傷害了他也讓自己痛苦不已，這樣做的目的是讓他知道那些地方的邪惡。那麼，他不但會原諒監護人的種種粗暴，而且還會默默地承受。但是，令孩子無法理解的是，監護人時而慈愛、溫柔，時而冷酷、粗暴，沒有一句解釋。

所以，孩子對自己說：「我受盡了他的束縛。他可以為所欲為，但我不會再信任他，也不會再愛他，因為我看不出他這麼殘暴對待我的理由。如果他

告訴我原因，我會十分樂意聽從他的訓導，服從他。」

孩子思緒萬千，滿腦子的胡思亂想，而監護人卻再也沒來看望他。孩子為自己受到的虐待傷心不已，現在的他無人理睬，萎靡不振，心中只有恐懼和沮喪。

就這樣，腦海中的想像已然成型，塑造了一個悲傷而古怪的寓言故事。「完美之愛！」果真會是這樣嗎？然而，上帝為他脆弱的孩子做了許多事情，但如果人類這麼做，就不會被當成愛。如果上帝向我們保證，這一切都是為了把我們引領到幸福，我們就會欣然承受他給予的殘酷的打擊，以及他無情的旨意。

但是，他打擊了我們，然後離開。他是在憤怒中轉身而走的，因為我們違反了一條聞所未聞的戒律。當我們再一次的恢復平靜，快樂起來，又開始深深的愛上他時，他卻又一言不發的把我們擊倒。我希望，我迫切地渴望看到這一切，都是源於某個偉大而完美的意志，這個意志具有所謂的仁慈、正義和愛的品格，它像朦朧的陰影籠罩著，我卻無法捕捉得到。

我們無法逃避，只能承受上帝讓我們承受的一切。我們可以挺身而出，進行頑強的抗爭，直至他寬恕或打敗我們，送給我們悲傷或歡樂。我唯一的希望，就是與他合作，歡欣鼓舞地接受他的懲戒。但他

會再次奪走我的歡樂和勇氣，直到最後，我都不知道到底是在為誰服務，上帝還是暴君？懷疑他是不是暴君真的有用嗎？再一次，我不知所措，陷入迷茫與絕望，就像一個人陷入迷宮般的巨石陣中。

落空的意願

基督教的導師說：「上帝許給你一個意願，一個去行動和選擇的意願，你的意願與上帝的意願一致。」

唉，我不知道，自己擁有的自由有多少屬於自己，有多少屬於上帝。上帝似乎總能行使自己的意願，而且永遠會達到目的。然而，即使人類行使意願的過程神聖而美好，卻根本無法追尋到自己的意願。與我一樣，人們或多或少的受到羈絆，有些人似乎壓根就無心求善，甚至不明白何為善行。那個被拋棄的孩子，在殘酷與粗暴中長大，繼承了邪惡，我想他是不自由的。

有時，出於內心的純潔與力量，他拼命行善。然而，大多數情況下，他為邪惡所吞沒。意願，是一個不受條條框框約束的禮物，有時對我慷慨一點，有時對你吝嗇一些，有時卻對他一毛不拔。我真的希望，自己的意願能與上帝的意願契合，那麼，我會完全聽從上帝的意願。如果上帝約束了我，我將不會存有任何力量或氣力。我不會責備，只請求理解。

上帝給予我的理解，在我心中注入正義與仁愛的夢想。他為什麼不向我表明，他已滿足了我的夢想呢？我與大衛王（《聖經·詩篇》作者）一起吟誦：「瞧啊，我來了。」但上帝卻未上前悅納我，甚至我在遠處時，都沒有像剛才講的、那個寓言故事裡的監護人認出犯錯的孩子那樣認出我。

基督教的導師說，一切都會在耶穌身上得以默示，上帝也在調整，但並不是讓憤怒的上帝與任性的世界和好，而是讓悲傷粗暴的世界，與不能向世界默示他就是愛的上帝保持一致。

然而，基督說，上帝充滿憐憫，仁愛無邊，上帝主宰一切，甚至包括我們掉落的每一根頭髮。但是，如果上帝能這樣主宰一切，他一定不會放任我們的內心和意願，那麼，我們所有身存的罪惡，也一定是他的設計。不，這種想法太陰暗、太令人絕望了。我不知道，也不可能知道。

我只會在無知中一路蹣跚，直到終點。當一縷陽光撒落在我疲憊的身體時，我會感到欣喜，而有時，只知道在淒風苦雨中裹衣前行。我知道，我在上帝手中。我希望，自己可以大膽的去信任他。但他在身邊時，我的信心卻已動搖，如河流中隨風飄搖的蘆葦。

羔羊

　　這是一個寂靜的早春的上午，我正在讀書。陽光暖暖，偷偷的溜進來，撫摸著我，讓我沐浴在明媚和溫暖之中。如果心有愧疚，就是愧疚一整天自己的身體都處於慵懶的狀態，而且還反覆叨念自己的怡然自得。思想和靈魂，急迫的渴求死亡與沉默。然而，與此同時，我忠實而得力的身體，卻一直在快樂地吟唱，這種快樂似乎還要延宕許多年，這讓我無地自容。我是否該學會遺忘？

　　我在田間長久地漫步，沐浴在清新、溫暖的空氣中。啊！美妙的世界！萬物萌發──牧場上綠草絨絨，樹林中樹葉淡淡，到處都在孕育著無形的生命！我久久地站在門旁，觀看剛剛誕生的羊羔，它的叫聲哀婉動人，如音符般在空中飄蕩。

　　這些小羊，臉色黝黑，一身灰色，雙腿高高直立，像踩在高蹺之上。雖然只有一兩周大，卻已經學會了走路和嬉戲，還會以自己獨特的方式玩耍和沉思。羊媽媽咩咩地叫著，一刻不清閒，一會兒吃草，一會兒照顧羊羔。有一隻母羊站在她入睡的羊羔身

旁，不停地跺腳，毫無疑問，它是想把我嚇唬走。而那隻小羊羔呢，卻像一塊門墊，蜷縮著趴在草地上。

另一隻母羊卻粗暴的地驅趕著一隻它不認識的小羊，每當小羊接近時，母羊就用羊角頂它。還有一隻母羊在反芻，它的羊羔在吸奶。似乎從未見過這樣的情景，這真是一出美妙絕倫的人間戲劇，年復一年，周而復始，卻從不一樣。年老的牧羊人，手裡拿著趕羊的曲柄杖走了出來，幾句問候之後就離開了。羊羔乖乖的跟上他，母羊在後面一跳一跳的走著。

「他一定會在綠草肥沃的牧場讓我們飽餐一頓，然後，再領我們到水邊盡情地暢飲一番。」

多麼美妙而甜蜜的景象！這動人的景象深深打動了我，彷彿許多年前在伯利恆的山上曾經見過的那個景象，當時不知打動了多少蒼老的心房。

啊，然而今天，對我而言，這種景象似乎有一個至關重要的缺憾。當全身心的專注於上帝時，所有的那些嚮導、監護人、牧羊人的形象，怎麼變得如此破碎零散！因為在這裡，牧羊人只是比他的羊群聰明一點、強壯一點，他能辨別羊群的困境，設身處地的為他們著想。

但對上帝而言，上帝既是嚮導，也是創造者，因為他創造了所有他要引導我們渡過的危難。如果感覺上帝對那些危難自己也無能為力、感到悲傷和沮喪

的話，就更應該眞誠地求助上帝，懇求他不遺餘力地幫助我們；但如果覺得所有的這些困惑與痛苦，都來自於上帝之手，又怎能一心指望他阻止這些他所創造的、至少是放任的危難呢？

如果上帝眞正關心我們，想幫助我們克服這些困惑與痛苦，那爲什麼它們仍然還會存在呢？或者，如果知道它們就是上帝明智而可怕的旨意，那麼，怎樣才能相信上帝將幫助我們渡過危難呢？因此，人們似乎再一次的陷入黑暗。

如果上帝悅納一切、仁愛無邊、無所不能，那他眞的能創造或允許某種事物，置身其外，甚至與他敵對嗎？如果這一切都不幸言中，我們又怎能崇拜上帝、信仰上帝呢？然而今天，看到這群小羊，我眞的感到上帝仁愛天父之心的存在，這顆心因我的痛苦而悲傷。上帝把手放在我肩上，安慰我說：

「孩子，不要這麼煩惱，再忍耐一下！」

遙遠的希望

今天，某種東西 —— 遙遠朦朧，卻充滿快樂 —— 突然在內心深處吶喊起來。我感覺 —— 只能用這種比喻的方式表達出來，因為過於抽象、難以直言 —— 像一位婦女感覺到一個小生命在她體內的跳動；像出遊者在茫茫山脈之中迷失方向，聽到親切的呼喚時內心的狂跳；像被上漲的潮流擠入小溪的河水，在潮水退卻後重獲自由，順流漂下時的歡快；像春風沐浴之下冰封的土地開始融化、樹木開始抽枝發芽時，花園裡的土地內心的欣喜。

這種種悸動的感覺，在沉默的靈魂中蠢蠢欲動，也讓我們看到了黑暗存在的跡象。

漫步在溫柔的空氣中時，我就產生過這種感覺。不是身體的輕鬆讓我悸動，因為我一直慵懶疲倦、煩躁不安、坐臥不寧，而是我意識到，活著真好，儘管我孤獨寂寞、心力交瘁，但仍感覺到，冥冥之中有什麼在等待著我，而且它值得我滿懷期盼與耐心去走近它 —— 悲傷與失去，並未使生命淒慘不堪，卻讓生命更加充實，天堂裡有我珍藏的寶藏。

365

這像是一種幻境，但它比幻境更美麗。也許，在另一個世界，我的親人們已然醒來，發出了尋找我的訊息。常常在想，我們出生的這個世界，如果最初的幾年像現在這樣麻木而平淡，那麼，另一個世界也會同樣的平淡無奇。在那裡，或許可以得到允許，休息和沉睡。這似乎就能解釋，為什麼在當初悲傷的日子裡，當悼念者滿心悲痛的與消亡的靈魂交流時，當超越生命界限的靈魂向人們的渴望發回訊息時，世界沒有任何回音，也沒有任何暗示抑或徵兆。

也許，之所以假以時日，悲傷會漸漸消散，就在於我們所摯愛的靈魂想方設法的，把治癒傷口的靈丹妙藥，敷在了我們悲愴的心上。

我無從知曉。但今天晚上，當我站在山頂，看見璀璨的夕陽下雲蒸霞蔚，我的靈魂微笑著蘇醒了，呢喃著發出希望之音。我已失去了能讓生活變得豐富而快樂的一切，如仍能感受到那殘存著的難以割捨的希望，它打破失望而站在了渴望生存的一方，那麼，在黑暗的生活中，一定有什麼在等待著我——我不希望是愛，也不去渴求過去擁有的那種語言天賦，只希望是某種需要我學習、理解和領會的東西。

我想，我已學會不再貪求，也不再緊握不放，貪心的佔有欲早已離我而去。在人生課程的學習中，如能卸下重負，幫助無力的雙腳前行，就該心滿意

足。責任、快樂、工作——人們總好給生活起各種奇怪的別稱，總是反常的把連接一起的絲線生硬的割斷，因此對我變得毫無意義——不指望沒有悲傷或痛苦，但我將不再把它們與人生的經歷一刀兩斷。

假如有一件事是快樂的，我便要盡情享受；假如它是悲傷的，我就要竭力躲避。我要把生活當成一個整體，而不是把它肢解的支離破碎後再去選擇。悲傷，將成為一所沉默的教堂，裡面聖火通明，我會常常走進去，俯下身來，不是默誦那些刻板的禱詞，而是把自己完全交給聖壇，聽從它的召喚。它完全屬於我，沒有好奇的眼睛在窺探，這是一個受到保佑的庇護之所。

悲傷，正用強有力的大手，把我從焦慮、擔心、幻想與希望的漩渦中救起，我明白，雖然自己仍在繼續與激流抗爭，試圖抓住彼岸的救命稻草，希望從河流中救出什麼，但我根本無法拯救自己。現在，我已與上帝面對面的站在一起，他脫下我襤褸的外衣，讓我渾身赤裸，毫無羞愧的緊緊依偎在他的身邊，我的心與他的心緊貼在一起。

體驗人生

　　最近，深深地體會到人生眞諦：我們來到這個世界，不是爲了享受眼前的快樂，而是爲了體驗人生。我想，大多數人的誤區，就是獲得滿足後仍伸出手來。即使學會做事時，沒有感受到滿足，但在做事的過程中，也很難體驗得到成長。我要再次強調，我們所需要的，也能讓我們受益的，就是人生的經歷。有時，經歷的獲得要歷經苦難、無助、枯燥、無謂的困難。然而，當痛苦消退，誰還會希望痛苦再次降臨呢？我想沒有人。

　　因爲痛苦，我們變得更友善、更堅強、更純潔、更平和。有時，不如意的生活會讓我們獲得經歷。只是簡單地擺脫生活中的不如意，還難以解決快樂這個問題。生活，不可能變成人間天堂，即使在嘗試的過程中也會傷及心靈。我們所能擺脫的，只是生活中的徒勞、浪費以及常規。即使有時會犯錯誤，但仍可以追求所謂眞正的生活。

　　今天，人們犯的最常見的錯誤，就是如此之多的人總會糾纏於一個模糊的想法，即人們所說的行善。大多數人所能做的善事，就是盡心盡責的做好工

作、履行職責。如果意識不到人生真正需要的是體驗，而不一定是快樂或滿足，人生觀就會改變，就會發現，當受阻於自己所選的愉快的工作時，從無果的勞動中我們所獲得的並未減少，甚至更多。

　　即使在枯燥可怖的勞動中，當意識到有些疏忽難以挽回，有些輕率的放棄影響了生活，這時，這種意識就會燃燒起來，鑽入心靈，如同炙熱的灰燼冒著煙霧掉進地毯。在人生的這些時刻，我們才會有所行動，開始攀登。工作、吃飯、大笑、聊天的時候，是無法獲得值得稱道的滿足感的。生命的價值不能以時日、成功或平安來衡量，而應以人生經歷的品質，以及從經歷中獲益的程度來衡量。

　　遵循這樣的人生真諦，藝術 —— 悠閒之人殫精竭慮為悠閒之人設計的娛樂形式 —— 似乎該黯然隱退。更進一步說，人們會認為，如此輕易得到的快樂，幾乎就像苦澀的藥中摻入白糖，足可給予我們繼續生活的勇氣和信心。當然，忙中有樂和自我滿足都是最普通的快樂形式。還有一些其他的快樂，如最真摯的愛，是更高層次的人生經歷不可或缺的部分。倘若能以正確的方式把握它，竭盡全力的維護它，沒有抵觸，不玩弄，不淡忘，那麼，就會以更快的速度通過人生的終極考驗，也就是說，不應該膽怯的逃避，而是讓真理在我們心中留下不可磨滅的印跡。

我想，這似乎就是純正宗教的本質。固守某些信條或信仰，在我看來，似乎已喪失了朝氣，如同坐在輪椅上，卻想升入天堂，只能延緩，而不是加快了對眞理的領悟。我的腦海中，想到了一些宣揚神秘主義的書籍，它們主張不切實際的奉獻和虔誠，實際上，卻是在教唆人們卑躬屈膝，爲所謂崇高的付出和努力祈求寬恕。

　　令我更加難以置信的是，書中灌輸了對人類個性神秘的崇拜，認爲耶穌所遭受的人間劫難，十分健康有益、自然合理、符合基督教義。我簡直不敢想像，耶穌基督會親自宣揚這樣一種理念。如果有人找到耶穌，表達了追隨他的意願，我相信耶穌一定想知道，這個人是否珍愛他人、是否憎惡分明、是否信仰上帝，而不會讓他去背誦刻板的教義，更不會爲自己的教徒推薦帶有神秘色彩且言辭激烈的書籍去閱讀。

　　至少我不相信，在《福音書》中也沒有找到任何的證據讓我相信。不管怎樣，獲得人生經歷終會讓我們受益匪淺，這一信念給予我極大的幫助，而且我相信，今後會給予我更多的幫助。我還未完全徹底的遵循這一理念，但我十分確定，眞理就蘊藏其中。

　　總之，眞理就在那裡，我們知不知道，並不重要。眞理就是這樣，而非那樣，不管信與不信，都不會改變眞理。這也算是一種慰藉吧。

　　昨天晚上，上樓準備睡覺時，發現把書落在了樓下，因我正在讀它，就下樓去取。我找不到火柴，費了半天勁也沒有找到書。想到視力對看清事物是如此重要。

　　突然，腦海中閃現了一個念頭。假設有一種生物，智力發達，卻沒有視力，生活在黑暗之中，只靠聽覺和觸覺獲取印象。假設他被領進了一個房間，比如說我的房間吧，他要努力獲取房間的印象。椅子、桌子甚至樂器，都可以解釋，但他如何弄清楚寫字臺和臺上的物品呢？他會怎樣猜想繪畫的用途呢？最難的就是，他會如何看待書籍呢？

　　他會發現，我的房間裡裝滿了古怪的長方形的東西，靠折頁打開，裡面是一層一層的紙，憑藉敏銳的觸覺，他能清楚地辨別出書上面奇怪而模糊的凹痕。然而，他永遠也不可能猜出這些物品所使用的目的，是為了人類思想的交流。他會認為這些紙是什麼呢？

　　我浮想聯翩。如果我們自己在這個屬於我們

的、近乎完美的世界，眞的缺少了某種官能，我們的缺陷會暴露無遺嗎？我們經常遇到各種各樣、難以辨別、無法解釋的事物以及不公、疾病、痛苦、邪惡，卻無法猜測它們的含義和用處。但是，它們的的確確的存在著！實際上，它們就是房間裡的傢俱，既簡單，又完整，只是我們辨別不出它們。這種想法當然有些異想天開，但我更傾向於認爲，這不全是異想天開。

1891年5月10日

上帝般的平和

　　現在的問題是，在這個世界是否可以獲得平和與寧靜，以此作為反駁所有的災難、痛苦、悲傷、失落以及懷疑的證據？我敏感多疑、神經脆弱、情緒多變，有時信心百倍、有時膽小怯懦，對形象化的東西感覺敏銳，像我這樣的人，有可能獲得這種平和與寧靜嗎？抑或它們僅僅是腦力、道德或體力方面的事情，取決於某種品質的平衡，一些人有，一些人沒有。這種平衡，普通百姓可以獲得嗎？

　　所謂平和，指的不是冷漠或者淡泊，不是宗教意義的平和。在一些人身上所看到的那種平和，只是一種處心積慮的想當然的表現。我認為這種平和是不真實的，也不可能想當然的實現，而且在任何情況下，想當然的事情，從邏輯上或情理上都沒有多少可能性。

　　我所指的平和，是一個人擁有的心態，他的愛激情四溢、他的痛痛徹心扉、他的渴望深切強烈、他的恐懼觸目驚心。然而，在愛與痛苦、渴望與恐懼的後面，是內心的城堡，靈魂在這裡棲息，它牢不可

破，堅不可摧。這種內心的安全感不可能完全理性，因為理性無法解決我們面對的種種謎團，但同時，它也不會完全的失去理性，因為那樣恐怕連具有頂級智力天賦的人也無法企及。

所謂的平和，應該符合任何一種素質，如身體素質、道德素質或思想素質，它必須可以彌補身體方面的弱點，易於成為強烈誘惑的負擔。它還具有敏銳的頭腦、犀利的目光。平和的關鍵，就是和諧的生命力，個人之心與世界之心融為一體。它高高聳立在海上，如岩石、如燈塔，無論下面波濤如何洶湧的拍擊著礁石，無論浪花如何猛烈的撞擊著窗櫺，它一直都在誓死保護著生命之火熊熊燃燒。

如果平和可以獲得，就值得為其付出，為其承受任何痛苦。如果平和不可企及，就要盡可能的保持淡漠，不去熱愛、不去仰慕、不去渴求，因為這些都會變成情感的航道，痛苦的河水會一路流淌而至。

人們小心翼翼的接近這些航道。這時，傳來了一個聲音，雖微弱而遙遠，卻甜蜜而動聽，似乎在呼喊著讓人們不必害怕，呼喚人們打開每一條心靈的航道，讓激情蕩漾的經歷、振奮人心的思想、無限崇高的希望、大公無私的渴望，都可以流入心靈。我已看見，或夢想著看見，這種平和出現在我所熟稔的仁愛之人的臉上或聲音之中，它蘊含了無限的感激、純真

的本性、天眞的愛意，能夠識別烏雲掩蓋的歡樂，絕望背後的希望。

這種平和一定不會屈從於任何事物，成爲軟弱的幫兇，它一定是一股強大而炙熱的能量、一種體驗經歷的渴望、一次海納百川的寬容、一個令人鼓舞的希望、一次意志堅定的忍耐。這就是我對上帝的請求，僅此而已，再無他求。

鄉間小徑

今天的出行非常愉快。我先乘火車走了一段路，然後在一個路邊小站下了車。沿著一條鄉間小路，來到了一個舊農舍前。農舍有高高的山牆，窗戶上有窗框，地上盡是凌亂的雜物，一幅濃郁的鄉村生活景象。然後，我穿過雜草叢生的低窪的牧場，看到鳥兒埋身於樹葉沙沙作響的林中，唱出甜蜜的歌聲。鄉野裡蘭花遍地，都是葡萄酒般的紫色，金黃的毛茛在肥美的牧草上隨風蕩漾。

我走進樹林，長久的在綠意盎然的樹叢中行走。四周沉寂無聲，只有高大的樹枝在頭頂簌簌作響，鴿子在林中深處咕咕地發出叫聲。一路上只經過了一所房子，是一個由灰色的石頭砌成的小農舍，處於一片開闊地的中央。房子周圍是一片安寧的景象，讓我想起了小時候常讀的一本書《公主與妖魔》（英國作者喬治·麥唐納所著，作者以蘇格蘭民間故事中的惡鬼為線索，虛構了一段妖魔王國的歷史），裡面充滿了樹林奇遇和妖魔出沒的故事，神秘而浪漫。

下午時，有一段時間我曾感覺心情憂鬱，感慨

人生的無助與孤寂，覺得自己彷彿走在虛榮的陰影中。但樹林中優美的景色、野性的芬芳和清新的空氣，漸漸讓憂鬱在心中融化，儼如在跳躍的火苗上，揉搓著凍僵的雙手。有人告訴我，低語的樹叢飽含上帝寬厚而溫柔的愛意。因此，在那一時刻，我已與上帝的心近在咫尺。

人生的奧秘在於忍耐、在於承受，不必淡然視之，也不必無動於衷，只需用平靜的意志面對悲傷與痛苦。這樣，雖深陷其中，也不會讓你感到痛不欲生。散步時，我突然意識到，我的心與未來竟然一直相伴相隨。美麗的過去已然逝去，我對它心存感激，但卻不會期望它重新再來。我的感受，與一個正在艱難的穿過荒野之人的感受如出一轍。

「我敢保證，」他自言自語道，「路就在這裡。這個山脊，這片幽谷，都是路標。路一定就在這溪水的旁邊，在那片濃綠的樹林之中。」

他一直在說服著自己，儘管是徒勞的。終於，他找到了出路，那條出路清晰無誤的出現在他的眼前，於是他不再胡思亂想，只是一直朝前走去。畢竟，我的悲傷已指給我一條正確的道路。過去，我一直幻想著自己正向家的方向走去，有時自己處於所有親人的愛撫之中，有時陷入藝術的狂喜之中，有時沉浸在所選的事業之中。

然而，在內心深處，我知道，自己只是一個悠閒的過客。現在，我終於清清楚楚的看見了那條通往人生歸宿的道路，我不再迷茫，不再一昧尋找藉口、假裝匆忙，我已真正的找到了路標。這條路，在盲目和安逸中是無法選擇的，無需再對它有任何的疑慮，只管拭目以待，看在寧靜與必然之中，那些虛偽的抱負、美妙的空想、渺茫的希望如何灰飛煙滅！

　　我過去所追求的一切，都是虛幻的歡樂。雖然我仍渴望快樂，讓脆弱的本能發揮全部力量去追尋快樂，但現在我認為，這樣根本無法獲取上帝的悅納。這不再是希望與失望的問題，而是罪與罰的問題。這個問題遠比希望與失望的問題更為真實和強烈。

　　我的罪過與痛苦，是上帝許給我的旨意。雖然我從未渴望邪惡，卻經常掉入邪惡的泥潭。沒有一刻，我不盡己所能爭取變得純潔、無私和堅強。當一種強烈而炙熱的渴望，取代了以往奢華的歡樂、湧入我的心房時，那是我最幸福的時刻。無論上帝送來的是什麼，我都會滿懷虔誠與信心去接受。疲憊的身體，倦怠焦慮的思想，不過是一層磨薄了的面紗，懸掛在上帝與心靈之間，透過這層面紗，我看見了上帝之愛的榮光。

上帝的智慧

在一個溫暖明媚的午後，我突然醒悟，意識到了自己的所得、所失。這些天裡，一直非常渴望獨自一人待著，就漫無目的的來到了鄉下。我長時間地站在牧場門口，俯瞰著下面的山村，一間帶著山牆和煙囪的農舍，聳立在寬闊的田野上。田野裡麥子還未抽穗，如波浪般上下起伏。一隻布穀鳥，在附近的榆樹上發出長笛般的叫聲。聽到這個聲音，種種往事突然閃現在腦海，如夢幻一般，讓我想起了那些久遠的無憂無慮的幸福時光。

我的四周圍滿了熱情而快樂的人們，他們陪伴著我，眼中笑意盈盈，與我親昵無間，洋溢著難以掩飾的幸福。那時候，世界到處都是甜蜜和驚喜！夜晚時分，在愈發濃密的霧色中，我坐在花園裡，花園香氣四溢、靜謐宜人，陣陣微風吹來，送來了甜甜的神秘感。親人們沉思的目光、彎曲的臂彎、貼緊的臉頰，構成了一幅多麼美妙絕倫的風景啊！一切顯得那麼質樸自然。

但現在，這一切都已結束，都已成為了過去。

379

過去與現實之間已築起了一條鴻溝，已成為丁尼生所說的苦澀參半的「往日的激情」(丁尼生曾說，童年時，就一直縈繞著一種「往日的激情」，他的詩就是關於「往日的激情」)。一想到那些逝去的日子，淚水突然奪眶而出，心中湧起了一種強烈的渴望，希望往日重現，自己再重活一遍，讓生命更加充實，讓叛逆主宰渴望，以漠然的態度，放任自我，恣意享受往昔的狂喜。

我心潮起伏，突然產生了一個念頭──它像流星一樣升入藍色的夜空──過去的一切，根本就沒有消逝，如未來一樣，它仍在那裡，一動未動，已融入真我，難以抹滅，永遠留存。直覺還告訴我，人生的奧秘並非真正存在於快樂之中。那麼，這奧秘又是什麼呢？這奧秘就是，人必然一直前進，在上帝堅強的手臂引領下，如蹣跚學步的孩子那樣慢慢前行。

要知道，痛苦與悲傷，一如既往、美麗如昔，不必為逝去的歡樂心存不滿，要繼續向前，享受蘊含在痛苦與悲傷之中的快樂，享受失去快樂的快樂，因為我領悟到，人生最根本的目標，不是為了快樂、生動和堅強，而是為了更加睿智、寬宏和富有希望，哪怕以失去快樂作為代價。我明白，我會不惜任何代價留住過去的悲傷，增長遲遲不願學到的智慧。雖然重負已讓雙臂腫痛，但我還是要挽留這彌足珍貴的一

切，永遠也不願與之割捨分離。

　　我也很欣喜地發現，即使我出於孩童的任性，故意放下負擔，跑到花叢中玩耍，但上帝比我堅強，不會任我隨意丟棄已有的收穫。我也許，不，是確定無疑的希望，有一顆更加自由、輕鬆的心。我像一個女人，經歷了生產時的痛苦，無論照顧孩子多麼麻煩，在任何情況下，都不會希望自己未曾把孩子帶到世上，沒有體會到母愛。

　　我的確認為，自己已履行了使命，我很欣慰，因為痛苦已被我遠遠的甩在了後面，即使痛苦會讓我遠離那些無憂無慮的日子。希望在未來的日子裡，自己可以做一次朝聖之旅，來到讓我可以豁然開朗的地方，找到自己精神的歸宿，像聖人一樣親眼目睹基督顯聖（《福音書》中敘述耶穌在山上祈禱，面容改變，衣服潔白發光）。這的確是一次顯聖，因為真愛、悲傷和希望已被上帝的天堂之光深深觸動。

帶翅膀的鮮花

　　昨天，沿著一條鄉間小路穿過一個牧場。初夏時分，野草正在生長，花兒一團一簇的出現在眼前。有一片婆婆納，像一簇簇藍寶石鋪撒在地。為什麼會為那些鮮花動情，難道它們傳遞了某種訊息讓我們感慨？

　　有一條小徑從路上叉開，我看見一束束不知名的花蕾，長在高高的花徑之上，它們個頭很大，顏色淡淡的，看起來更像豆莢，而不像花。我憎恨踐踏牧草，卻難以抗拒衝動和好奇，於是走向花蕾，正要附身凝視。噢，看啊，所有的花朵就像聽到了同樣的信號，齊齊在我眼前綻放，打開他們湛藍湛藍的翅膀，從我面前飛走。它們不是朵朵鮮花，而是一群蝴蝶，玩耍累了，合上了翅膀，在高高的草梗上沉入夢想。它們棲息在那裡，就像折疊收起的承諾，包裹著華麗的紫色外衣。

　　也許，我的希望現在也在休息，同樣披著黃褐色的外衣，一動不動，似乎已然死去。也許，當我悄然接近時，它們會一躍而起，瞬間恢復活力，在陽光下舞動著飛去，融入水晶般清澈的天空。

基督教科學

　　上周去城裡待了幾天，處理了一些事務，見了見老朋友。一天晚上，兩三個客人過來與我共進晚餐。不知爲什麼，我發覺自己對其中的一位客人，一位剛剛認識的婦女，竟莫名地敞開了心扉。她真是一位既能幹又有教養的女人。但令朋友們感到驚奇的是，她最近開始學習了基督教科學。以前見她時，認爲她的自我保護意識很強，似乎有些古怪，難以接近，過著一種神秘而封閉的生活，總好像在舉著一塊世俗的盾牌在抵禦世界。

　　今天晚上，她放下了盾牌，我看見了一顆純潔而仁慈的心在跳動。她認爲，不應隨意相信事物的局限性，因爲根本就不存在局限性。我吃驚地發現，她情感豐富而強烈，對所有悲傷與痛苦持有深深的質疑，但卻能報以同情。她懇請我接受基督教科學——

　　「不要去讀它，或者談論它，」她說，「那沒有用，它是一種生活，不是一種理論。只有接受它，依靠它生活，就會發現它是真實的。」

但我的理智卻在抵制基督教科學的根本觀點 —— 我發覺，或自以為發覺，這個女人頭腦靈活、心思縝密，但並不明智。我想，痛苦、悲傷和折磨就是現象，與其他自然現象一樣真實，置身其中，體驗它們、接受它們，會受益匪淺；而否定它們，卻沒有任何益處。否定它們，就如同否認世界上有紅色一樣，如同說人們所看到的或者辨別出來的紅色，都是一種錯覺。

　　他們該好好的利用一下自己的認知能力了。如果悲傷和痛苦都是錯覺，那麼，怎麼知道愛與歡樂不是錯覺呢？它們一定會遭遇同樣的命運。我之所以相信愛和歡樂會戰勝一切，就在於我有，我們大家都有，對愛和歡樂本能的渴望。毋庸置疑，也有對痛苦和悲傷本能的恐懼。或許，不，我真的的確確地相信，不管痛苦和悲傷是否真實存在，我們終將從中掙脫出來。只要學會在悲痛與悲傷中勇敢無畏的生活，不刻意躲避，也不驚異而匆忙逃避，我們終將會戰勝它們。

　　如果把時間浪費在抱怨上、浪費在後悔上、浪費在期盼無憂無慮、甜蜜安寧的時刻會重頭再來上，就永遠戰勝不了它們，只會遭遇失敗。即使知道在認清真理之前必須飲下痛苦之酒，我們也還要堅強到主動再申請一杯。但在黑暗籠罩之時，在享受酣暢淋漓

的歡樂之時，上帝的大手已重重的壓在我們身上。

當生命消退之時，當所謂的積極力量疲倦衰弱之時，我仍會歡樂，因為上帝正向我們表露他的意願。那麼，悲傷就已結下累累碩果，而且它還會一直耕耘，彷彿正在成長的種子，在貧瘠的土地上奮力伸出纖弱的雙手，朝向太陽、朝向天空。

我和她，我們兩人坐在點著燭火的安靜的房間一角，長久地交談，就像兩位老朋友——有一兩次談話被音樂打斷，那音樂如雨露一般滴入乾涸的心靈。雖然不能接受這位朝聖夥伴的觀點，我卻發現，在她閃爍的目光中，滿是同情和好奇。的確，我們兩人都在選擇陌生的道路，走向上帝所在的天堂。這次談話，讓我受益匪淺，它幫助我擁有了甜蜜溫暖的友情。毫無疑問，上帝正以天父特有的方式教育著我的朋友，就像他教育我以及我們所有人一樣。

1891年7月19日

流便的悲傷

　　在劍橋大學國王學院（劍橋大學內最有名的學院之一，成立於1441年，由當時的英國國王亨利六世設立創建，因而得名「國王」學院）禮拜堂（劍橋古建築的典型代表，由亨利六世親自設計，耗時近一百年才於1547年建成完工）的一扇大窗戶上，塗著色彩斑斕的圖案，我從小就為它的美麗所驚歎，好奇它後面隱藏著怎樣的故事。

　　我想——也許我錯了——它是一幅流便（《舊約》中以色列人的祖先雅各的長子。新譯名：呂便）的巨像，他正帶著徒勞的悲傷，雙眼滿含痛苦，凝視地獄。他的兄弟們，就是從這裡把他們憎恨的兄弟找出並賣給了米甸人（基督教《聖經》中所載的一個阿拉伯遊牧部落。這個故事選自《創世紀》37：20-22，流便有感情和智慧，看見其他兄長計畫把弟弟約瑟殺了，就勸阻他們，使約瑟得以存活，但後來被轉賣到了埃及）。我無法描繪出畫像的細節，只記得灰濛濛的天空和鮮豔的紅色。地獄被離奇的畫成了吸水井，上面有一個結實的石頭井蓋，但這個荒唐的

構思，反而讓人充滿了更多的幻想。看看流便這個形象吧！——雖然十字鋁框、窗格和歲月讓畫像有些模糊，但仍可看出他雙手緊握，目光凝重，一種劇烈的痛苦已深深印到這個人物形象之中。

過去，常常好奇畫像後面隱藏著怎樣的故事。就藝術的魅力而言，在單純的人物形象下面，在其展示的動作之外，一定擁有更加豐富和深刻的意義。流便懊悔的是什麼呢？正是他的軟弱和順從，錯過了保護他最親愛的兄弟的機會。

我想，他愛自己的兄弟，也愛自己的父親，不願意他受到傷害。在流便屈從之時，在他敷衍之時，最壞的事情發生了，這個兄弟離去了，被送到了埃及人的手中。在那裡，這個孩子會受到怎樣殘暴的虐待，他不敢想像。他背叛了愛、正義和光明。然而，在上帝傑出的設計之下，背叛行為卻演變成為了民族的希望與榮光。這種行為獲得了仁慈的寬恕，實現了民族強大與繁榮的美好願景，把富足家庭的種子播撒到無限滋潤的土壤之中，最終打開一扇大門，讓上帝見證了巨大的影響和輝煌的成就。

雖然這是一則寓言故事，但這人物一整天都出現在我眼前，在我思想的深處時而閃現出來，時而黯然退去。

是我自己，而不是死亡，縱容了靈魂的迷

失——我從未精心蓄謀——但我知道，我已背叛了自己，一年又一年的背叛。一直鄙視那些脆弱而天眞之人所擁有的夢想與視野，當這個人在荒野之中，滿懷信心地出現在我眼前時，我卻聽任他落入米甸人的手中。這些米甸人坑、蒙、拐、騙，無惡不作，從沙漠的動物到人類的身體與靈魂，都是他們出賣的對象。

後來，靈魂在我眼前香消玉殞，上帝把它從我失信的手中奪走。我終於明白，爲了挽救靈魂，一定先要失去靈魂。如果讓靈魂變得堅強、快樂和理智，就必須先要出賣它，讓它受到奴役，歷經黑暗的折磨。我終於明白，當我軟弱無力、無法保護靈魂時，是上帝把它從我手中奪走。我終於明白，在地獄的黑暗之中，靈魂仍在進行艱難的旅程，一路前行，在從未夢想過的地方昇華，獲取純潔和忠誠。

流便一無所有，只剩下那顆充滿愧疚和悲傷的心，以及那隱藏罪過的謊言。我與他不同，我已習慣了眺望，眺望那沙漠的盡頭，那一群漸漸消失的駱駝，還有那聳立著的智慧王國的樹林和宮殿。在那裡，我悲傷的靈魂被困住手腳，孤苦伶仃，充滿沮喪。我的心盼望著和解的一天，我畏縮猶疑的背叛就會得到寬恕，我定會喜極而泣；那時，靈魂甚至會爲我的背叛而心存感激，因爲它藉此獲得了重生。在羞

愧與悲傷之外，還存在著和平與希望，如同在崇山峻嶺之上的懸崖峭壁之巔，有著陽光熠熠的平原，在那裡，我完全徹底的把自己交到了上帝手中。

那一天，他就在我的身邊，鼓勵著我、安慰著我、充實著我。我沒有隱沒在響起憤怒號角的濃雲之後，而是行走在溫柔與歡樂之中，沐浴在愛的芬芳之中，沉浸在花園裡涼爽的微風之中。

死亡之榻

　　老先生走了。他是昨天走的，走時拉著我的手。雖也曾想過他的離開，但他眞的離開時，仍感到突然。他最近瘦了很多，他自己也知道時日不多了。在最後的幾天裡，我一直陪著他。他不能多說話，但臉上帶有一種安詳的光彩，讓我想起了《天路歷程》（英國人班揚所著，該書藉用了寓言和夢境的形式，敘述了一個叫做「基督徒」的人前往天堂的朝聖過程）中的朝聖者，他們聽從召喚時也是快樂的。

　　老人幾乎沒有什麼欲望，對此我從未懷疑。但當知道自己的日子屈指可數時，他不自覺地流露出快樂的表情，如同一個囚徒，一直在勇敢地忍受牢獄之苦，終於知道自己即將獲釋時流露出來的快樂。每一次打擊對他而言，不過是鐵鍊抖動時產生的痛苦。

　　「我一生都過的很快樂，」有一次，他對我說，「回首過去，彷彿我前半生的幸福都滲透到了後半生，如同藉助於一座金色大橋，把老年的歡樂與少年的癲狂，都緊緊的連接到了一起。」

　　他帶著淺淺的笑意，用奇怪的眼神看著我說：

「雖然我挺快樂，但我其實挺羨慕你的。你不知道你多遭人嫉妒吧。再也沒有了難捨難分的恐懼，美好的過去已經折起，不再有褶皺，不會再受到玷污。你享受過天倫之樂帶來的摯愛——這是我所沒有的。你還有了名氣，比我又多飲了幾杯人生的苦酒。我把你，」他笑著說，「看成一個老後勤部長。一生除了守家之外，什麼活都沒幹過，見到一個勤雜工掛滿勳章載譽而歸，都會令你羨慕不已。」

　　過了一會兒，為了不讓自己睡過去，他提起精神接著說：「你會驚奇地發現，你的名字出現在我的遺囑裡。請不要心存顧忌的去接受這些遺產。當然，我希望，我侄女能替我管家。但如果她比你先走一步，所有的財產就歸你所有。我想讓你繼續在這個地方生活，在她寂寞的時候，像兄長一樣陪伴著她。還想讓你多幫助我這裡的鄰居們，細心的照顧他們。有許多事情女人做不了，而男人能做。你的麻煩是，如何為自己的人生找到一個圓滿的結局。記住，在遺產這件事上沒有人受到傷害，我侄女是我唯一在世的親人，所以請你接受這個遺囑，把它當成人生的職責，不會很難的。奇怪的是，」他繼續道，「人們總是對這樣的瑣事抓住不放，所以如果你願意的話，我想讓你用我的名。你必須找一個繼承人，我希望是你自己的孩子，我可以慢慢喜歡上他。」

不久，他侄女走了進來，老先生對她說：「我已經告訴他了，他同意。你的確同意，是嗎？」

　　我回答道：「是的，親愛的朋友，我當然同意，而且不勝感激，因為你給了我一份工作。」

　　然後，隔著床，我捧起女士的手親吻了一下，老人把他溫柔的雙手放在我們各自的額頭，說道：「兄妹情深，永世不變。」

　　我看他累了，正要離開，他卻說：「不要走，我的孩子。」

　　他躺在那裡，滿臉笑容，一副心滿意足的樣子。緊接著，臉色突然一變，我知道他要走了。我們跪在他身邊。他最後的遺言竟是對我們的祝福。

見證

　　這本日記一直陪伴著我，讓我度過了許多陌生、悲傷、恐怖或者快樂的時光，它是我忠誠的夥伴，無聲的朋友，真正的貼心人。有話要說時，產生強烈的衝動時——無論最原始的本能，還是最天真的本性，我都向它傾訴，傾訴我的痛苦和夢想，因為我無法向其他人訴說，不想讓自己的呻吟之聲進入任何人的耳朵。

　　或許，該向我最親愛的莫德訴說，這樣對我們兩人都有裨益，但出於好意，我不該把自己乏味的憂傷再強加在她身上，她本已不堪重負。我無法把自己這麼做的理由，堂皇地冠以出於男子漢的氣概或者騎士風度，因為在失去創作能力的最初的幾個月裡，我的心態令人鄙視。

　　另外，我不需要同情。我需要幫助，但這種幫助只有上帝才能給予。有一半的時間，我都在向上帝木然的祈禱中度過，祈禱他給予我力量和勇氣，因為我在茫然失措時表現得很儒弱。當然，上帝賦予了我力量——我現在才認識到——不是透過點亮路上的

393

燈火，而是透過讓道路變得難以容忍的泥濘難行，他向我指示，讓我必須負重前行。

我仍然茫然不懂，為什麼自己應承受這麼殘酷的懲罰；仍不明白，這種懲罰就是上帝給予我的幫助，而且按照我的需要調整了比重，說明我克服寂寞和孤獨。但現在，感謝這種痛苦的折磨，我也不再行走在虛幻的陰影中了。我已知上帝的憤怒，但我所處的黑暗不會給我帶來愈來愈多的憂愁，只會帶來黎明前的黑暗。

我想，日復一日的記下自己的思想，如同病人在床榻上不時的挪動身體，只為了減輕無奈而麻木的疼痛。不管怎樣，日記已經寫了，它會作為見證，永久的保存下來。

平和之路

現在，我不會再繼續寫下去了。我會懷揣滿心的感激，安然地融入無聲的凡塵之中。像我這樣的人，無時無刻不注意從地球、人群、房屋、大地、樹林和雲彩之中，接受那些明顯而清晰的印象，因為它們正被一種痛苦的欲望所困擾，這個欲望想把所有的一切都付諸於語言。嗨，我還是難明就理！我想，就是這種欲望，似乎使清晰的日記變得如此獨特、如此美麗、如此有趣，只因我無法忍受那麼生動而新奇的

畫面被人丟棄後，消失殆盡。

　　毫無疑問，這是一種藝術家的本能。穿過城市繁華的街道，與無數的人擦肩而過，要知道也許只有一兩個人有著同樣的本能，甚至還有可能因環境的制約，或者缺少機遇而被扼殺。其他人——生活對他們已然足矣——饑餓與乾渴、真愛與爭鬥、希望與恐懼，是他們每日的菜單。生活無疑是我們註定要品嚐的食物。在這些芸芸眾生之中，有渴望的人屈指可數，有能力脫穎而出的人更是鳳毛麟角。

　　謀生，交友，愉快地打發時光，這種單調的生活方式無法讓人們滿足。人們更渴望擁有存在感和影響力，按照自己的意願塑造他人，指使他人為自己服務。我對這些毫無苛求。但現在我明白，自己的生活從源頭就已受到了毒害，所以，就不斷的奢求與眾不同，不甘心老老實實地走在普通人中間。

　　我像一個悠閒之人，坐在街道上方的窗臺之上，觀察著街上發生的所有場景，描繪著所有激發想像力的事件，為自己高高在上，能與凡人截然分開而沾沾自喜。這是我最大的錯誤，不能容忍卑微的雙手，把財富和愛人當成隔離受眾的籬笆，生活在自己建築的天堂之中。但現在，我已把所有的這一切都永久地拋之腦後，開始過一種學生式的生活，盡可能的逆來順受。或許，我會真地被剝奪一切，被迫加入最

卑微的勞動者的行列，每日爲麵包而奔波。但上帝已寬恕了我的軟弱。如果注意到上帝是怎樣專注於我，我卻還沒有看清他爲我指路的那隻手，就感覺自己真的有負虔誠之人的稱謂。

上帝爲我提供了一份工作和一個歸宿，讓那些相繼離我而去的親人的嚴冬沒有凍僵我的心，反而讓真愛成爲連接那些逝去親人的紐帶，與她們變得愈發親密。我完全相信，她們朝夕盼望著我好好過活。我之所以這麼認爲，不是出於推理，不是出於信念，而是出於更強烈而深切的本能，這讓我即使心存疑慮，也根本無法置之不理。

如果帶著熱切的希望去期盼死亡，會讓人感到多麼不可思議。死亡近在咫尺，我已無法想像出比它更受到歡迎的消息了。但我卻並不希望死去，我仍神奇地保持著健康的軀體。我有著更爲大膽的想法，希望自己慢慢地學會將他人的快樂建在自己之上，傾聽所有悲傷和不滿的聲音，並努力去平息。爲此，我將竭盡所能，殫精竭慮。

這個希望並不遙遠。人不可能轉瞬之間就突破自我的生活。我模糊地知道，快樂無法依靠追求安逸而獲得。對於這種觀點，我過去既無法苟同，又感覺不快。現在，我明白了，這是顛撲不破的真理。如果可能，我會轉過身來，投身於孤獨無助而又永無滿足

的追求。我就是這麼做的——可以坦誠地說——滿懷深情和專注，追求莫德和孩子們永遠的快樂。

然而我認為，我所渴望的，是為了讓他們明媚的陽光穿透隔膜，送給我溫暖和光明。我清楚，我所追求的最終目標——那將異常艱辛——不再是為了自己平和的心態，而且在我內心深處，我也不希望自己是為了這個目標，將來也永遠不會是這個目標。所以今天，再一次讀完全部的日記，淚水早已模糊了雙眼。我想，這不是自我憐惜的眼淚，而是愛的眼淚。我將永遠合上這本日記，不再繼續下去。

但我不會銷毀它，因為它可以幫助那些後來的讀者，在悲傷與黑暗中拼命前行。我會欣喜的向他們揭示上帝為改造我的靈魂而付出的一切。我把這一切——那個可憐、可悲、畏縮的靈魂，他那微茫的希望，他對純潔、高貴與平和的渴望以及所有的自我折磨、不幸的失敗難以啟齒的過失、模糊難辨的弱點，都謙卑而坦然的放在了造就我的上帝手中。

我無法自我完善，但至少可以與上帝充滿仁愛的意志合作，可以把自己的手放在他的手中蹣跚而行，像一個膽怯的孩子，緊緊跟隨著堅強而慈愛的父親。我希望被他的雙臂舉起，好奇他為何沒對我的軟弱給予更多的憐憫。但我完全相信，他正引領著我，走在回家的路上，這條路最好，最近。

國家圖書館出版品預行編目資料

人生最幸福的時刻：一趟靈性的眞誠之旅 / 亞瑟‧本森著；王
少凱譯. -- 初版. -- 新北市：華夏出版有限公司, 2024.05
　　面；　　公分. -- （人文經典；004）
ISBN 978-626-7393-35-2（平裝）

873.6　　　　　　　　　　　　　　　　　　　113000320

人文經典　004

人生最幸福的時刻：一趟靈性的眞誠之旅

著　　作　亞瑟‧本森
翻　　譯　王少凱
審　　校　孔謐
出　　版　華夏出版有限公司
　　　　　220 新北市板橋區縣民大道 3 段 93 巷 30 弄 25 號 1 樓
　　　　　電話：02-32343788　傳眞：02-22234544
　　　　　E-mail：pftwsdom@ms7.hinet.net
印　　刷　百通科技股份有限公司
　　　　　電話：02-86926066　傳眞：02-86926016
總 經 銷　貿騰發賣股份有限公司
　　　　　新北市 235 中和區立德街 136 號 6 樓
　　　　　電話：02-82275988　傳眞：02-82275989
　　　　　網址：www.namode.com
版　　次　2024年5月初版一刷
特　　價　新台幣 600 元　　（缺頁或破損的書，請寄回更換）

ISBN-13：978-626-7393-35-2
《人生最幸福的時刻》由孔寧授權華夏出版有限公司出版繁體字版
尊重智慧財產權‧未經同意，請勿翻印（Printed in Taiwan）